MARY
HIGGINS
CLARK

DU BIST IN MEINER HAND

THRILLER

Aus dem Amerikanischen von Karl-Heinz Ebnet

HEYNE

Die Originalausgabe erschien unter dem Titel
I'VE GOT MY EYES ON YOU
bei Simon & Schuster, New York

FSC
www.fsc.org
MIX
Papier aus verantwortungsvollen Quellen
FSC® C014496

Verlagsgruppe Random House FSC® N001967

in der Verlagsgruppe Random House GmbH,
Neumarkter Str. 28, 81673 München
Umschlaggestaltung: Eisele Grafik • Design, München,
unter Verwendung von Yulia Aksa/Shutterstock
Redaktion: Claudia Alt
Satz: Leingärtner, Nabburg
Druck und Bindung: GGP Media GmbH, Pößneck
Printed in Germany

ISBN 978-3-453-27186-9
www.heyne.de

Für Elizabeth und Lauren.
Mögt ihr beide euer Leben lang glücklich sein.

1

Jamie war in seinem Zimmer im ersten Stock des bescheidenen Häuschens seiner Mutter in Saddle River, New Jersey, als sich sein ganzes Leben verändern sollte.

Eine Weile hatte er nur am Fenster gestanden und das Nachbargrundstück beobachtet. Dort drüben gab Kerry Dowling nämlich eine Party, und Jamie war sauer, weil sie ihn nicht eingeladen hatte. In der Highschool war sie immer so nett zu ihm gewesen, obwohl er Sonderunterricht gehabt hatte. Seine Mom hatte gesagt, wahrscheinlich war es eine Party nur für Kerrys Klassenkameraden, die würden nämlich in der folgenden Woche alle aufs College weggehen. Jamie war schon zwei Jahre vorher mit der Highschool fertig gewesen, und jetzt hatte er einen Job im Acme-Supermarkt gleich hier im Ort. Dort füllte er die Regale auf.

Jamie sagte seiner Mom nicht, dass er rübergehen und in Kerrys Pool schwimmen wollte, wenn die anderen drüben das auch tun würden. Seine Mom wäre dann ziemlich böse auf ihn. Kerry lud ihn doch auch immer ein, mit in den Pool zu kommen, wenn sie selbst schwimmen ging. Er sah den Gästen vom Fenster aus zu, bis sie sich alle auf den Heimweg machten und Kerry ganz allein die Terrasse aufräumte.

Er sah seinen Film noch zu Ende, und dann beschloss er, rüberzugehen und ihr zu helfen, obwohl er wusste, dass das seine Mom nicht wollte.

Als sich seine Mom die 23-Uhr-Nachrichten ansah, schlich er nach unten, und auf Zehenspitzen näherte er sich der

Hecke, die ihren kleinen Garten vom großen Garten von Kerry trennte.

Aber plötzlich sah er jemanden aus dem Wäldchen hinter dem Garten auftauchen. Und dieser Mann packte sich etwas von einem Stuhl und trat von hinten an Kerry heran, und dann schlug er ihr auf den Kopf und stieß sie in den Pool. Dann warf er etwas weg.

Man soll andere nicht schlagen, dachte sich Jamie, man soll andere auch nicht in den Pool stoßen. Der Mann sollte sich entschuldigen, oder er würde vom Platz gestellt werden. Aber, sagte er sich, Kerry war jetzt im Pool schwimmen, also könnte er doch auch mit ihr schwimmen.

Der Mann ging nicht schwimmen. Er rannte nur aus dem Garten und wieder hinein in den Wald. Der Mann ging nicht ins Haus, sondern rannte einfach davon.

Jamie eilte zum Pool. Mit dem Fuß stieß er gegen etwas, das auf dem Boden lag. Ein Golfschläger. Er hob ihn auf und legte ihn auf einen der Stühle beim Pool.

»Kerry«, rief er, »ich bin's, Jamie. Ich komm mit rein.«

Aber sie antwortete nicht. Er ging die Stufen zum Becken hinunter. Das Wasser war schmutzig. Jemand musste etwas verschüttet haben. Als er spürte, wie das Wasser durch seine neuen Sneakers sickerte und seine Hose sich bis zu den Knien vollsog, blieb er stehen. Kerry sagte immer, dass er mit ihr schwimmen könnte, aber er wusste, seiner Mom würde es gar nicht gefallen, wenn er seine neuen Sneakers nass machte.

Kerry trieb auf dem Wasser. Er streckte sich und berührte sie an der Schulter. »Kerry, wach auf.« Aber Kerry trieb nur weiter, weiter hinaus zum tiefen Bereich des Pools. Also ging er wieder nach Hause.

Im Fernsehen liefen immer noch die Nachrichten, deswegen sah ihn seine Mom nicht, als er sich wieder nach oben schlich und ins Bett ging. Seine Sneakers, die Socken und die Hose waren nass, deshalb versteckte er sie ganz unten in seinem Schrank. Vielleicht, hoffte er, würden sie trocknen, bevor Mom sie fand.

Beim Einschlafen überlegte er noch, ob Kerry Spaß hatte beim Schwimmen.

2

Es war schon nach Mitternacht, als Marge Chapman aufwachte und feststellte, dass sie während der Nachrichten eingeschlafen sein musste. Langsam stand sie auf. Ihre arthritischen Knie knackten, als sie sich aus dem großen bequemen Sessel hochhievte. Bei Jamies Geburt war sie schon fünfundvierzig gewesen, seitdem hatte sie immer mehr an Gewicht zugelegt. Ich müsste gut zwanzig Kilo abnehmen, dachte sie sich, um die Gelenke zu entlasten.

Sie schaltete die Lampen im Wohnzimmer aus, ging nach oben und warf noch einen Blick in Jamies Zimmer. Sein Licht war aus, sie hörte ihn gleichmäßig atmen, er schlief also sicher bereits.

Sie hoffte nur, dass es ihn nicht zu sehr aufgewühlt hatte, nicht zur Party eingeladen worden zu sein. Aber sie konnte ihm ja nicht jede Enttäuschung ersparen.

3

Am Sonntagmorgen um Viertel vor elf überquerten Steve und Fran Dowling die George Washington Bridge und fuhren weiter zu ihrem Haus in Saddle River, New Jersey. Beide schwiegen, denn sie waren noch müde nach dem 27-Loch-Golfmarathon, zu dem Freunde aus Wellesley, Massachusetts, sie eingeladen hatten. Sie hatten dort auch übernachtet und waren frühmorgens aufgebrochen, um auf dem Rückweg noch ihre achtundzwanzigjährige Tochter Aline am Kennedy Airport abzuholen. Sie hatte die letzten drei Jahre im Ausland verbracht und war in dieser Zeit immer nur zu kurzen Besuchen nach Hause gekommen.

Nach dem freudigen Wiedersehen auf dem Flughafen ließ sich die vom Jetlag sichtlich mitgenommene Aline auf dem Rücksitz des SUV nieder und schlief sofort ein. Fran musste ein Gähnen unterdrücken. »Zweimal hintereinander so früh aufstehen ... da merke ich wieder mein Alter.«

Steve lächelte. Er war drei Monate jünger als seine Frau, die deshalb alle besonderen Geburtstage, in diesem Fall den fünfundfünfzigsten, vor ihm begehen durfte.

»Bin mal gespannt, ob Kerry schon auf ist, wenn wir nach Hause kommen«, sagte Fran mehr zu sich selbst als zu ihrem Mann.

»Ich bin mir sicher, sie steht schon an der Tür und kann es kaum erwarten, ihre Schwester zu begrüßen«, erwiderte Steve gut gelaunt.

Fran hatte ihr Handy am Ohr und lauschte. Erneut erreichte

sie bloß Kerrys Mailbox. »Unser Dornröschen weilt noch im Land der Träume«, verkündete sie schmunzelnd.

Steve lachte. Er und Fran hatten einen leichten Schlaf. Bei ihren Töchtern war es genau umgekehrt.

Eine Viertelstunde später bogen sie in ihre Auffahrt ein und weckten Aline. Noch ganz verschlafen folgte sie ihnen ins Haus.

»Mein Gott«, rief Fran, als sie ihre sonst so ordentliche Wohnung sah. Leere Plastikgläser und Bierdosen standen auf dem Beistelltisch und fanden sich auch sonst überall im Wohnzimmer. In der Küche stieß sie im Ausguss auf eine leere Wodkaflasche, daneben lagen leere Pizzakartons.

Aline war jetzt hellwach. Ihre Mutter und ihr Vater waren nicht nur aufgebracht, sondern auch beunruhigt. Ihr ging es nicht anders. Sie war zehn Jahre älter als ihre Schwester und spürte sofort, dass irgendetwas nicht stimmte. Wenn Kerry eine Party feierte, warum war sie dann nicht so schlau gewesen, nachher noch aufzuräumen? Hatte sie zu viel getrunken?

Ihre Eltern liefen nach oben und riefen nach Kerry. Gleich darauf kamen sie wieder nach unten.

»Kerry ist nicht da«, sagte Fran. Sie klang jetzt mehr als besorgt. »Und sie hat auch ihr Handy nicht mitgenommen. Es liegt noch auf dem Tisch. Wo steckt sie bloß?« Plötzlich wurde Fran kreidebleich. »Vielleicht ist ihr übel geworden, und jemand hat sie mit zu sich nach Hause genommen ...«

Steve unterbrach sie. »Rufen wir ihre Freunde an. Jemand muss wissen, wo sie ist.«

»Der Spielplan des Lacrosse-Teams mit allen Telefonnummern liegt in der Küchenschublade«, sagte Fran und eilte schon durch den Flur. Kerrys engste Freundinnen gehörten alle zur Mannschaft.

Hoffentlich hat sie die Nacht bei Nancy oder Sinead verbracht, dachte sich Aline. Wenn sie noch nicht einmal ihr Handy mitgenommen hat, muss es ihr wirklich ziemlich elend gegangen sein. Na, wenigstens kann ich schon mal mit dem Aufräumen anfangen. Sie ging in die Küche. Ihre Mutter wählte bereits die erste Nummer, die ihr Vater ihr diktierte. Aline schnappte sich einen großen Müllbeutel aus dem Schrank.

Als Erstes wollte sie auf der hinteren Veranda und der Terrasse und am Pool nachsehen.

Was sie dann auf der Veranda entdeckte, verblüffte sie. Auf einem der Stühle stand ein halb gefüllter Müllsack, in dem schmutzige Pappteller, ein Pizzakarton und Plastikbecher steckten.

Offensichtlich hatte Kerry mit dem Aufräumen angefangen. Aber warum hatte sie dann abgebrochen?

Sie überlegte noch, ob sie ihren Eltern Bescheid geben oder noch warten sollte, bis sie ihre Anrufe erledigt hatten, ging dann aber schon mal die vier Treppenstufen zur Terrasse hinunter und trat an den Pool. Im Sommer war der Pool immer offen, sie freute sich schon jetzt darauf, hier mit Kerry zu entspannen, bevor ihre jüngere Schwester zum College wegging und sie ihre neue Stelle als Studien- und Berufsberaterin an der Saddle River Highschool antrat.

Der Putter, mit dem ihre Eltern immer übten, lag auf einem Liegestuhl auf dem Pooldeck.

Aline nahm ihn in die Hand, dabei fiel ihr Blick auf den Pool. Und dort, auf dem Grund des Beckens, sah sie ihre Schwester liegen, vollständig bekleidet und völlig regungslos.

4

Jamie schlief gern sehr lang. Er arbeitete von elf bis drei Uhr im Supermarkt. Um zehn hatte Marge ihm sein Frühstück gemacht. Nachdem er damit fertig war, schickte sie ihn nach oben, damit er sich die Zähne putzte. Jamie kam zurück, strahlte sie mit einem breiten Grinsen an und wartete, dass sie »sehr schön« sagte, bevor er zur Tür hinausstürmte, um sich auf den Weg zu »seinem Job« zu machen, wie er immer stolz verkündete. Er brauchte zu Fuß zwanzig Minuten zum Acme-Supermarkt. Als sie ihm hinterhersah, störte sich Marge an irgendetwas, konnte es aber nicht benennen.

Erst oben, als sie schon sein Bett machte, fiel es ihr ein. Jamie hatte seine alten, abgestoßenen Sneakers getragen, nicht die neuen, die sie ihm letzte Woche gekauft hatte. Warum das denn?, fragte sie sich, während sie sich daranmachte, sein Zimmer aufzuräumen. Und wo hatte er die neuen?

Sie ging in sein Badezimmer. Er hatte geduscht, Handtuch und Waschlappen lagen im Plastikkorb, in den er sie geben sollte – das hatte sie ihm so beigebracht. Aber von den neuen Schuhen oder der Hose, die er gestern anhatte, fehlte jede Spur.

Er hatte sie doch wohl nicht weggeworfen?, fragte sie sich, als sie in sein Zimmer zurückkehrte und sich umsah. Erstaunt fand sie die zusammengeknüllten Sachen schließlich ganz unten in seinem Schrank. Sie hob sie auf.

Die Socken und Schuhe waren patschnass. Genau wie die Hosenbeine.

Marge hielt sie noch in der Hand, als sie von draußen einen

gellenden Schrei hörte. Neugierig eilte sie ans Fenster und sah gerade noch, wie Aline in den Pool sprang und ihre Eltern aus dem Haus gerannt kamen.

Dann sprang auch Steve Dowling ins Wasser, und kurz darauf trug er, dicht gefolgt von Aline, Kerry die Stufen hinauf, legte sie am Beckenrand ab und begann hektisch mit der Herz-Lungen-Massage. »Ruf den Notarzt!«, schrie er. Innerhalb weniger Minuten trafen Streifenwagen und ein Krankenwagen ein.

Marge sah, wie ein Polizist Steve von Kerry wegzog und sich selbst über dessen Tochter beugte.

Gleich danach erschienen Sanitäter, und erst als der Polizist sich wieder erhob und den Kopf schüttelte, wandte sich Marge vom Fenster ab.

Dann dauerte es eine weitere lange Minute, bis ihr bewusst wurde, dass sie immer noch Jamies Hose, Socken und Sneakers in den Händen hielt. Sie glaubte auch zu wissen, auf welche Weise sie nass geworden waren. Aber warum sollte er halb in den Pool gestiegen sein? Und was waren das für Flecken hier?

Sie musste die Sachen sofort in die Waschmaschine und anschließend in den Trockner geben.

Marge wusste nicht, was sie dazu trieb, sie wusste nur, dass sie Jamie schützen musste.

Die heulenden Sirenen der Polizei und des Krankenwagens hatten die Nachbarn aus ihren Häusern gelockt. Die Neuigkeiten verbreiteten sich in Windeseile. »Kerry Dowling ist in ihrem Pool ertrunken.« Viele Nachbarn, manche noch mit der Kaffeetasse in der Hand, eilten nach hinten zu Marges Garten, wo sie sehen konnten, was geschah.

Marges Nachbarn besaßen alle größere Häuser. Dreißig Jahre zuvor hatten sie und Jack ihr Cape-Cod-Haus auf dem mit vielen Bäumen bestandenen Grundstück gekauft. Ihre Nachbarn damals waren wie sie gewesen, einfache, hart arbeitende Leute mit bescheidenen Häusern. Im Lauf der vergangenen zwanzig Jahre aber war das Viertel enorm aufgewertet worden. Der Reihe nach hatten ihre Nachbarn die kleinen Eigenheime zum doppelten des ursprünglichen Preises an Immobilienmakler verkauft. Marge war die Einzige, die ausgeharrt hatte. So wohnte sie jetzt inmitten teurer Häuser und deren wohlsituierten Eigentümern, die meisten von ihnen Ärzte, Anwälte, Wall-Street-Banker. Sie gaben sich ihr gegenüber freundlich, aber es war nicht mehr so wie früher, als sie und Jack mit ihren Nachbarn wirklich befreundet gewesen waren.

Marge gesellte sich zu ihnen. Einige erzählten, sie hätten Musik auf der Party gehört, nicht wenige Wagen hätten in der Auffahrt und auf der Straße geparkt. Aber sie waren sich einig, dass die Partygäste keinen besonderen Lärm veranstaltet hatten und gegen elf Uhr wieder verschwunden waren.

Marge verzog sich in ihr Haus.

Ich kann jetzt mit keinem reden, dachte sie. Ich muss nachdenken. Das laute Geräusch von Jamies Sneakers in der Waschmaschine machte sie noch nervöser.

Sie verließ das Haus, ging in die Garage, drückte auf den Knopf, um das Tor zu öffnen, und stieß rückwärts mit dem Wagen auf die Auffahrt. Ängstlich darauf bedacht, jeden Blickkontakt mit den Nachbarn zu vermeiden, entfernte sie sich von der immer größer werdenden Menschenmenge und den Polizisten, die sich auf der Terrasse und im Garten der Dowlings versammelt hatten.

5

Steve zog die tote Kerry aus dem Wasser, legte sie am Beckenrand ab und begann mit Wiederbelebungsmaßnahmen, während er gleichzeitig Aline zurief, sie solle den Notarzt verständigen. Verzweifelt bemühte er sich, Kerry zum Atmen zu bringen. Er hörte erst damit auf, als der erste Streifenwagen eintraf und ein Polizist ihn zur Seite schob und sich über die leblose Kerry beugte.

Ohne jede Hoffnung und betend sahen Steve, Fran und Aline zu, wie der über Kerry kauernde Polizist sie zu reanimieren versuchte.

Keine Minute später hielt ein Krankenwagen in der Auffahrt, Sanitäter sprangen heraus. Einer von ihnen übernahm die Wiederbelebungsmaßnahmen. Kerry lag nur da, hatte die Lippen geschlossen und die schlanken Arme ausgebreitet. Ihr rotes Sommerkleid klebte ihr am nassen Körper, aus ihren Haaren lief Wasser. Steve, Fran und Aline standen da und starrten fassungslos auf sie hinab.

»Es wäre für alle einfacher, wenn Sie nach drinnen gehen würden«, sagte ihnen einer der Polizisten. Schweigend zogen sich Aline und ihre Eltern ins Haus zurück und drängten sich vor das Fenster.

Die Sanitäter brachten Elektroden an Kerrys Brustkorb an und übermittelten die gemessenen Daten an die Notaufnahme des Valley Hospital.

Der diensthabende Arzt bestätigte umgehend, was jeder vor Ort bereits wusste. »Herzstillstand.«

In diesem Moment bemerkte der Sanitäter, der die Wiederbelebung übernommen hatte, ein dünnes Blutrinnsal an Kerrys Nacken. Er hob ihren Kopf an und entdeckte eine klaffende Wunde.

Er machte den leitenden Polizeibeamten darauf aufmerksam, der daraufhin sofort die Staatsanwaltschaft verständigte.

6

Michael Wilson, Kriminalermittler der Staatsanwaltschaft Bergen County, hatte an dem Tag Dienstbereitschaft. Er hatte es sich mit Zeitungen auf einem Liegesofa am Pool seiner Eigentumswohnanlage im Washington Township bequem gemacht und war kurz vor dem Eindösen, als sein Handy klingelte. Sofort war er hellwach, als ihm die Einzelheiten seines nächsten Falls durchgegeben wurden. »Teenagerin tot im Swimmingpool aufgefunden. 123 Werimus Pine Road, Saddle River. Eltern zum Zeitpunkt des Ertrinkens nicht anwesend. Laut Bericht der örtlichen Polizei soll auf dem Grundstück eine Party stattgefunden haben. Ungeklärtes Schädel-Hirn-Trauma.«

Saddle River grenzte an das Washington Township, dachte er. In zehn Minuten konnte er dort sein. Er stand auf und machte sich auf den Weg zu seiner Wohnung. Seine Haut roch noch nach Chlor. Als Erstes musste er also unter die Dusche. Gut möglich, dass er die nächsten zwei Stunden beschäftigt war, es konnten aber auch leicht zwölf oder vierundzwanzig Stunden werden.

Er nahm sich ein frisch gewaschenes langärmeliges Sporthemd und eine Khakihose aus dem Schrank, warf sie aufs Bett und ging ins Badezimmer. Zehn Minuten später war er geduscht, angezogen und auf dem Weg nach Saddle River.

Zeitgleich mit ihm waren auch ein Fotograf und eine Rechtsmedizinerin verständigt und an den Tatort geschickt worden. Sie würden kurz nach ihm eintreffen.

Saddle River, ein Bezirk mit knapp über dreitausend Einwohnern, gehörte zu den wohlhabendsten Kommunen in den USA. Obwohl von dicht besiedelten Vorortgemeinden umgeben, hatte sich hier noch eine ländliche Atmosphäre erhalten. Aufgrund der vorgeschriebenen Mindestgrundstücksgröße von 8000 Quadratmetern und der relativen Nähe zu New York City gehörte sie zu den Lieblingsgegenden von Wall-Street-Größen und berühmten Sportlern. Auch der ehemalige US-Präsident Richard Nixon hatte dort gegen Ende seines Lebens ein Anwesen gehabt.

Mike wusste, dass bis in die 1950er hinein in der Gegend noch gejagt worden war. Anfangs errichtete man kleine Ranch-Häuser, die später fast alle durch sehr viel größere und exklusivere Gebäude, teilweise aber auch durch billige Fertighäuser ersetzt wurden.

Das Haus der Dowlings war ein hübsches cremefarbenes Kolonialhaus mit hellgrünen Fensterläden. Ein Polizist stand auf der Straße, er hatte gerade einen Bereich für die offiziell mit dem Fall betrauten Personen reserviert, damit sie dort ihre Wagen abstellen konnten. Mike parkte und ging über den Rasen zum Garten hinter dem Haus, wo mehrere Polizisten aus Saddle River zusammenstanden. Er fragte sie, wer als Erster am Tatort eingetroffen sei. Officer Jerome Weld – seine Uniform war noch nass – meldete sich.

Weld erklärte, dass er um 11.43 Uhr am Tatort angekommen sei. Die Familienangehörigen hatten die Tote bereits aus dem Wasser gezogen. Obwohl er überzeugt gewesen sei, zu spät zu kommen, habe er sofort mit einer Herz-Lungen-Massage begonnen. Das Opfer aber habe nicht reagiert.

Er und andere Beamte hatten eine erste Durchsuchung des Grundstücks vorgenommen. Offensichtlich habe am Vorabend eine Art Feier stattgefunden. Nachbarn bestätigten, Musik gehört und zahlreiche Jugendliche beim Betreten und Verlassen des Hauses gesehen zu haben. Insgesamt seien während der

Dauer der Party zwanzig bis fünfundzwanzig Fahrzeuge auf der Straße geparkt gewesen.

»Ich habe in Ihrer Dienststelle angerufen«, fuhr der Polizist fort, »nachdem ich die Wunde hinten am Kopf entdeckt habe. Bei der Durchsuchung haben wir am Pool einen Golfschläger gefunden, anscheinend mit Spuren von Haaren und Blut.«

Mike nahm ihn in Augenschein. Wie vom Polizisten beschrieben, klebten am Schlägerkopf mehrere lange, blutige Haare, auch der Schaft war mit Blutspritzern bedeckt.

»Eintüten«, sagte Mike. »Wir schicken ihn zur Untersuchung ein.«

Mittlerweile war auch die Rechtsmedizinerin eingetroffen. Sharon Reynolds hatte bereits in mehreren Mordfällen mit Mike zusammengearbeitet. Er stellte sie Officer Weld vor, der kurz zusammenfasste, was sie am Tatort vorgefunden hatten.

Reynolds ging vor der Toten in die Hocke und machte Fotos. Sie schob Kerrys Kleid nach oben, musterte die Beine und suchte nach Stich- oder anderen Wunden. Dann drehte sie den Leichnam um und fotografierte die Rückseite, strich Kerrys Haare zur Seite und machte Aufnahmen von der tiefen Wunde am Hinterkopf.

7

Steve und Aline hatten sich oben umgezogen und kamen nach unten zu Fran in das immer noch mit Plastikbechern und Papptellern übersäte Familienzimmer. Officer Weld hatte sie angewiesen, nichts wegzuräumen, bevor der Ermittler der Staatsanwaltschaft eingetroffen war und alles, sowohl die Terrasse draußen als auch die Räume im Haus, in Augenschein genommen hatte.

Steve hatte den Arm um Fran gelegt. Sie saßen regungslos auf der Couch, bis Fran schließlich in lautes Schluchzen ausbrach.

Vereint in ihrem Schmerz, schmiegten sie sich aneinander. »Wie hat sie bloß voll bekleidet in den Pool fallen können?«, sagte Fran unter Tränen.

»Wir wissen, dass sie auf der Terrasse aufgeräumt hat«, sagte Steve. »Vielleicht hat sie sich zu weit nach vorn gebeugt und das Gleichgewicht verloren. Wahrscheinlich war es spät, und sie war müde.« Weder Fran noch Aline gegenüber äußerte er seine Befürchtung, dass Kerry betrunken gewesen sein konnte.

Die arme Kerry, dachte sich die in Tränen aufgelöste Aline. In den drei Jahren, in denen sie fort gewesen war, hatte sie regelmäßigen Kontakt mit ihrer Schwester gehabt, und sie konnte nicht begreifen, dass sie sie nun nie mehr sehen oder hören würde. Sie konnte und wollte einfach nicht glauben, dass sie erneut mit dem plötzlichen und unerwarteten Tod eines geliebten Menschen konfrontiert wurde.

Fran schluchzte weiter leise vor sich hin.

Es klingelte, gleich darauf wurde die Tür geöffnet. Monsignor Del Prete, der sechsundsechzigjährige »Vater Frank«, wie er sich selbst nannte, trat ein. »Fran, Steve, Aline, es tut mir ja so furchtbar leid«, sagte der Pfarrer von St. Gabriel, ihrer Kirchengemeinde. Offensichtlich hatte ihn jemand verständigt. Sie erhoben sich, er gab ihnen die Hand und zog sich einen Stuhl heran. »Ich möchte ein Gebet für Kerry sprechen«, sagte er leise. »Lieber Herr, in dieser Zeit des großen Leids ...«

Als er fertig war, platzte Fran heraus: »Wie kann Gott uns das bloß antun?«

Vater Frank setzte seine Brille ab, zog ein Tuch aus der Tasche und begann die Gläser zu putzen. »Fran, diese Frage stellt sich so ziemlich jedem nach einer Tragödie wie dieser. Warum beschützt unser allliebender und gnädiger Gott uns und unsere Lieben nicht, wenn wir es am dringendsten nötig hätten? Ich möchte ehrlich sein. Ich selbst ringe mit dieser Frage.

Die beste Antwort darauf habe ich in einer Predigt gehört, die vor vielen Jahren ein schon älterer Priester gehalten hat. Auf seinen Reisen im Nahen Osten war er überwältigt gewesen von der Schönheit der Perserteppiche, diesen kunstfertigen Zeugnissen höchster Handwerkskunst, die er dort zu sehen bekommen hatte. Eines Tages besuchte er einen Laden, in dem solche Teppiche ausgestellt waren. Er trat hinter einen Teppich, der an einem Haken von der Decke hing. Als er die Rückseite sah, war er geradezu schockiert vom unübersichtlichen Wirrwarr an Fäden, die scheinbar nirgendwohin führten. Welche Schönheit auf der einen Seite, und welche Unordnung und Disharmonie auf der anderen. Aber beide folgten demselben Plan. In diesem Augenblick wurde ihm die Botschaft klar. In diesem Leben sehen wir nur die Rückseite des Teppichs. Wir wissen nicht, auf welche Weise oder warum unser unaussprechlicher Kummer mit dieser wunderbaren Schönheit verbunden ist und zu ihr gehört. Darum ist der Glaube so wichtig.«

Das darauf folgende Schweigen wurde unterbrochen, als es an der Hintertür klopfte. Steve erhob sich, gleich darauf hörten sie Schritte im Flur, und ein Mann Anfang dreißig mit blonden Haaren und durchdringenden braunen Augen erschien. Er stellte sich als Detective Mike Wilson von der Staatsanwaltschaft Bergen County vor. »Ich möchte Ihnen mein Beileid aussprechen. Haben Sie was dagegen, wenn ich Ihnen einige Fragen stelle? Wir benötigen einige Hintergrundinformationen.«

Vater Frank erhob sich und schlug vor, später noch mal vorbeizukommen.

Aber Fran und Steve baten ihn zu bleiben. Nickend nahm er wieder Platz.

»Wie alt ist Ihre Tochter?«, fragte der Detective.

Aline antwortete ihm. »Sie ist im Januar achtzehn geworden. Sie ist gerade mit der Highschool fertig.«

Die weiteren Fragen waren nicht schwer zu beantworten. Steve und Fran bestätigten, dass sie Kerrys Eltern seien und Aline deren ältere Schwester.

»Wann hatten Sie das letzte Mal Kontakt mit Ihrer Tochter – per Telefon, SMS oder E-Mail?«

Sie kamen überein, dass das gegen siebzehn Uhr am Vortag gewesen sein musste. Steve erklärte, dass sie die Nacht bei Freunden in Massachusetts verbracht hatten und dort früh aufgebrochen waren, um Aline am Flughafen abzuholen. Sie sei aus London zurückgekommen.

»Wussten Sie, dass am vergangenen Abend eine Party in Ihrem Haus gefeiert würde?«

Die Antwort lautete Nein.

»Vieles deutet darauf hin, dass alkoholische Getränke angeboten wurden. Trank Ihre Tochter Alkohol oder nahm sie Drogen?«

Frank verneinte empört. »Sie hat bestimmt keine Drogen

genommen«, erwiderte Steve. »Sicherlich wird sie mit Freunden manchmal ein Glas Bier oder Wein getrunken haben.«

»Wir würden gern mit ihren Freunden reden. Können Sie mir deren Namen und Adressen geben?«

»Die meisten ihrer engsten Freundinnen gehören zum Lacrosse-Team der Highschool«, sagte Steve. »Der Plan hängt in der Küche. Ich kann ihn für Sie holen.« Dann fügte er noch hinzu: »Gibt es einen besonderen Grund, warum Sie mit ihnen reden wollen?«

»Ja, den gibt es. Soweit wir wissen, haben sich letzten Abend sehr viele Personen in Ihrem Haus aufgehalten. Wir möchten ihre Personalien feststellen und erfahren, was auf der Party vorgefallen ist. Ihre Tochter weist eine gravierende Verletzung am Hinterkopf auf. Wir müssen herausfinden, woher sie stammt.«

»Ist es möglich, dass sie hingefallen ist und sich dabei den Kopf angeschlagen hat?«

»Das wäre möglich. Es ist aber auch möglich, dass Kerry ein Schlag mit einem Gegenstand zugefügt worden ist. Wir werden mehr wissen, wenn wir den Bericht der Rechtsmedizinerin vorliegen haben.«

Jemand hatte ihr einen Schlag auf den Kopf versetzt?, dachte sich Aline. Die Polizei ging von Mord aus?

»Auf einem der Stühle am Pool lag ein Golfschläger. Indizien weisen darauf hin, dass er als Waffe eingesetzt worden sein könnte.«

»Was wollen Sie uns damit sagen?«, fragte Steve.

»Mr. und Mrs. Dowling, wir werden mehr wissen, wenn wir die Ergebnisse der Rechtsmedizin vorliegen haben. Aber ich muss Ihnen mitteilen, dass wir den Tod Ihrer Tochter als verdächtigen Todesfall behandeln, entsprechend werden wir ermitteln.«

Aline, die immer noch damit zu tun hatte, das Gehörte zu

verarbeiten, sagte: »Ich kann mir einfach nicht vorstellen, dass einer von Kerrys Freunden ihr etwas antun könnte.«

»Ich verstehe Sie vollkommen«, entgegnete Wilson, »trotzdem werde ich alles überprüfen müssen.«

Er hielt inne. »Eine andere Frage: Hatte Ihre Tochter einen festen Freund? Jemanden, zu dem sie eine besonders enge Beziehung hatte?«

»Ja«, kam es wütend von Fran. »Er heißt Alan Crowley. Er war Kerry gegenüber sehr besitzergreifend, und oft war er auch sehr gereizt und wütend. Wenn ihr jemand etwas angetan hat, dann er – davon bin ich überzeugt.«

Mike Wilson ließ sich nicht das Geringste anmerken. »Könnte ich die Liste sehen? Und ich würde gern erfahren, wer zu ihrem engsten Freundeskreis zählt.«

»Ich kann Ihnen dabei helfen«, antwortete Steve.

»Und noch etwas. Wir haben kein Handy in der Kleidung Ihrer Tochter gefunden. Wissen Sie zufällig, wo es sein könnte. Und haben Sie was dagegen, wenn wir es mitnehmen?«

»Natürlich nicht. Es müsste auf dem Esszimmertisch liegen«, sagte Fran.

»Ich habe im Wagen eine Einverständniserklärung. Sie müssen sie unterschreiben, damit ich die Sachen zur Auswertung mitnehmen darf.«

»Der Entsperrcode lautet 0112«, sagte Aline. Wieder traten ihr Tränen in die Augen. »Das sind die Monate ihres und meines Geburtstages.«

Dann zog Aline ihr Handy aus der Tasche und tippte darauf herum. »Detective Wilson, ich habe gestern von Kerry noch eine SMS bekommen: *Wenn du nach Hause kommst, muss ich mit dir über was SEHR WICHTIGES reden!!!*«

Wilson beugte sich vor. »Wissen Sie, worauf sich das beziehen könnte?«

»Nein, ich habe nicht die geringste Ahnung. Kerry hatte eine leicht theatralische Ader. Ich dachte, es geht um einen Freund oder ums College.«

»Aline, vielleicht werde ich im Lauf der Ermittlungen noch mal mit Ihnen reden müssen. Fliegen Sie in nächster Zeit zurück nach London?«

Sie schüttelte den Kopf. »Nein, ich bleibe jetzt hier. Ich werde an der Saddle River Highschool eine Stelle als Studien- und Berufsberaterin antreten.«

Mike wartete kurz, bevor er sie alle zusammen ansprach. »Ich weiß, wie schlimm das alles für Sie ist. Ich muss Sie aber bitten, mir in einer Sache zu helfen. Erwähnen Sie niemandem gegenüber die Wunde an Kerrys Kopf oder den Golfschläger. Für die weiteren Befragungen ist es von höchster Wichtigkeit, dass so wenig Einzelheiten wie möglich an die Öffentlichkeit gelangen.«

Die Dowlings und Vater Frank nickten.

»Ich werde noch mal mit Ihnen reden, bevor ich hier aufbreche. Und räumen Sie bitte nichts auf, bevor die Ermittler alles durchgegangen sind und entschieden haben, was wir zur Untersuchung mitnehmen.«

8

Nachdem sich Detective Wilson die Einverständniserklärung zur Mitnahme von Kerrys Handy und Laptop hatte unterschreiben lassen, sprach er draußen mit den Leuten von der Spurensicherung, die sich das Haus und das Grundstück vornahmen. Dann setzte er sich in den Wagen, entsperrte Kerrys Handy und sah sich die letzten Textnachrichten an. Die ersten vier waren kurze Meldungen, in denen sich Freundinnen für die tolle Fete bedankten. Eine schrieb Kerry, hoffentlich würde sie das mit Alan wieder auf die Reihe kriegen, während eine andere ihr empfahl, »diesen Idioten« endlich in die Wüste zu schicken, bevor sie anfügte, hoffentlich ginge es ihr nach dem Streit wieder besser. Mike notierte sich die Namen der vier Mädchen.

Dann ließ er sich alle SMS von »Alan« anzeigen. Er ging in der Liste ganz nach unten, damit er die Nachrichten in der Reihenfolge ihres Eingangs lesen konnte.

Alan um 22.30 Uhr: *Ich hoffe, du lässt es dir mit Chris gutgehen. Bin im Nellie's. Am liebsten hätte ich ihm eine geschallert. Und dir gleich eine mit dazu.*

Kerry um 22.35 Uhr: *Danke, dass du mir die Fete ruiniert hast. Du hast dich wie der letzte ARSCH benommen. Ich gehöre dir nicht. Ich rede, mit wem ich Lust habe. Tu mir einen Gefallen: Verschwinde aus meinem Leben.*

Alan um 23.03 Uhr: *Sorry, ich bin einfach ausgerastet. Ich würde dich gern noch mal sehen. Schlimm genug, dass Chris hinter dir her ist, wenn ihr auf dem BC seid. Du hättest nicht schon heute Abend damit anfangen müssen.*

Mike überlegte, ob »BC« für »Boston College« stehen könnte.

Kerry um 23.10 Uhr: *Komm nicht mehr vorbei. Ich bin müde. Ich räum nur noch im Garten auf, dann geh ich ins Bett. Lass uns morgen reden.*

Eine scheinbar einfache Sache, dachte sich Mike. Ein eifersüchtiger Freund. Sie ist bereit für einen anderen. Er kann sich nicht damit abfinden. Mindestens eine ihrer Freundinnen rät ihr, Schluss zu machen.

Mike legte das Handy weg. Über seinen Computer am Armaturenbrett loggte er sich in die Kraftfahrzeugbehörde ein und rief dort »Alan Crowley, Saddle River« auf. Kurz darauf erschien auf dem Bildschirm Crowleys Führerschein.

Der nächste Anruf galt dem diensthabenden Captain der Mordkommission bei der Staatsanwaltschaft. Er fasste zusammen, was er bislang herausgefunden hatte, und erzählte von Kerrys Auseinandersetzung mit ihrem Freund während der Party. »Normalerweise würde ich erst mit den jungen Leuten reden, die auf der Party waren, aber ich fürchte, das gibt ihm die Möglichkeit, sich einen Anwalt zu besorgen. Er wohnt hier in Saddle River. Ich bin nur fünf Minuten entfernt. Mein Gefühl sagt mir, dass es besser ist, wenn ich mich gleich mal ein bisschen mit ihm unterhalte und ihn zu einer Aussage bewegen kann.«

»Weißt du, ob er schon volljährig ist?«, fragte der Captain.

»Ja, laut Führerschein ist er letzten Monat achtzehn geworden.«

Es folgte eine Pause. Mike wusste, dass er seinen Boss nicht beim Denken stören sollte. Außerdem war ihm klar, dass Richter bei Angeklagten, die formal zwar als Erwachsene galten, aber erst vor kurzer Zeit volljährig geworden waren, gern noch das Jugendstrafrecht anwandten.

»Okay, Mike. Ruf mich an, wenn du mit ihm gesprochen hast.«

Das Haus der Crowleys lag in der von hohen Bäumen gesäumten Twin Oaks Road. Es war ein großes, weißes, schindelverkleidetes Haus mit dunkelgrünen Fensterläden. Ziemlich beeindruckend, dachte sich Mike. Allein der Anblick des wunderschön gestalteten Anwesens ließ vermuten, dass das Grundstück locker zehntausend Quadratmeter groß war. Hier hatte jemand richtig Geld. Am Rand der Auffahrt stand ein Aufsitzmäher.

Mike klingelte. Niemand reagierte. Er wartete eine volle Minute, bevor er erneut klingelte.

Alan Crowley war beim Rasenmähen ins Schwitzen geraten, also hatte er sich im Haus eine Flasche Wasser geholt und dabei einen Blick auf sein Handy geworfen, das er auf dem Küchentisch hatte liegen lassen. Eine ganze Reihe von Anrufen und Nachrichten war in der Zwischenzeit eingetroffen. Mit dem Smartphone in der Hand ging er zur Tür. Er musste nur die erste SMS lesen, um zu begreifen, welcher Albtraum gerade über ihn hereinbrach.

Erneut klingelte es an der Tür. Kerry war tot. Gerüchten zufolge war sie ermordet worden. Die Polizei sprach mit den Nachbarn und erkundigte sich ganz genau nach den Namen der Partygäste.

Es würde nur eine Frage der Zeit sein, bis sie vom Streit zwischen ihm und Kerry erfuhren.

Verängstigt ging er zur Tür und öffnete.

Der Mann, der vor ihm stand, stellte sich vor und ließ seinen Dienstausweis sehen. »Ich bin Detective Mike Wilson von der Staatsanwaltschaft Bergen County.« Er klang freundlich. »Sie sind Alan Crowley?«

»Ja.«

Nach der Miene des jungen Mannes zu schließen, musste er bereits von Kerrys Tod erfahren haben.

»Sie wissen, was Kerry Dowling zugestoßen ist?«, fragte Wilson.

»Sie meinen, dass Kerry tot ist?«

»Ja ...«

»Warum sind Sie hier?«

»Ich will herausfinden, was mit Kerry passiert ist. Dazu rede ich mit jedem, der vergangenen Abend auf der Party war. Wäre es Ihnen recht, wenn wir uns kurz unterhalten?«

»Natürlich. Wollen Sie reinkommen?«

»Alan, ich würde mit Ihnen gern zu meiner Dienststelle in Hackensack fahren. Dort können wir ungestört reden. Sie müssen nicht mitkommen, aber es würde einiges sehr erleichtern. Kommen Sie. Ach, und noch etwas. Wissen Sie noch, was Sie letzten Abend anhatten?«

»Natürlich. Warum?«

»Reine Routine.«

Alan dachte nach. Es sieht besser aus, wenn ich kooperiere und mich nicht querstelle. Es gibt nichts, worüber ich mir Sorgen machen müsste. »Ich habe ein Princeton-T-Shirt, Shorts und Sandalen getragen.«

»Wo sind die Sachen jetzt?«

»In meinem Zimmer.«

»Hätten Sie was dagegen, sie in eine Tüte zu packen und mir alles für ein paar Tage zu überlassen? Ebenfalls reine Routine. Auch dazu sind Sie nicht verpflichtet, aber ich würde Ihre Kooperation sehr zu schätzen wissen.«

»Ja, vermutlich«, erwiderte Alan widerstrebend.

»Ich begleite Sie«, sagte Mike freundlich.

Shorts, T-Shirt und Unterhose lagen ganz oben im Korb. Alan gab sie in einen kleinen Turnbeutel und packte auch noch seine Sandalen dazu. Mit dem Handy in der einen und dem Turnbeutel in der anderen Hand folgte er dem Detective hinaus zu dessen Wagen.

Mike Wilson hatte nicht die Absicht, Alan zu befragen, bevor sie in seinem Büro saßen. Je entspannter Alan war, desto mehr würde er wahrscheinlich preisgeben, wenn die Kamera erst einmal lief.

»Auf dem Grundstück der Dowlings ist mir ein Putting Green aufgefallen. Die Dowlings müssen große Golf-Fans sein. Spielen Sie auch?«

»Hin und wieder, aber eher selten. Im Frühling und im Sommer spiele ich Baseball, mir bleibt also nicht viel Zeit für Golf.«

»Haben Sie auf Kerrys Party zufällig gesehen, dass sich jemand auf dem Putting Green herumgetrieben hat?«

»Ein paar Jungs haben dort herumgealbert. Aber ich war nicht dabei.«

»Sie haben auf der Party ein Princeton-Shirt getragen. Hat das irgendeine Bedeutung?«

»O ja«, antwortete Alan und starrte auf die Windschutzscheibe. »Noch an dem Tag, an dem ich erfahren habe, dass ich genommen wurde, hat meine Mutter auf der Uni-Website Sachen mit dem Princeton-Logo für mich und Tennisklamotten für sich und meinen Vater bestellt. Sie haben sich beide gar nicht mehr eingekriegt vor Aufregung.«

»Da haben Sie auch etwas ganz Großartiges geleistet. Ihre Eltern und Sie können sehr stolz sein. Freuen Sie sich aufs College?«

»Ich freue mich darauf, unabhängig zu sein. Ob in Princeton oder woanders.«

Ihr Gespräch wurde unterbrochen, als Mikes Handy klingelte. Er meldete sich, worauf über die Freisprecheinrichtung zu hören war: »Mike, wir haben einen Dreiundneunzigjährigen, der in seiner Wohnung in Fort Lee von einem Nachbarn tot aufgefunden wurde. Keine Anzeichen, dass sich jemand gewaltsam Zutritt verschafft hätte.«

Mike drückte aufs Handy und nahm den Anruf von der Freisprecheinrichtung. Er hielt sich das Handy ans Ohr und lauschte.

Alan war froh um die Unterbrechung. Er musste nachdenken. Punkt für Punkt ging er durch, was er an dem Abend getan hatte.

Er hatte sich mit Kerry gestritten, weil Chris ständig um sie herumgeturnt war und gesagt hatte, er würde ihr helfen, sich am Boston College einzuleben. Und dann seine *Am liebsten hätte ich ihm eine geschallert*-SMS, die er ihr geschickt hatte.

Ich bin zum Nellie's gefahren, weil ich wusste, dass die Jungs dort sein würden. Dort bin ich wieder etwas runtergekommen. Ich wollte alles wiedergutmachen, deshalb hab ich ihr geschrieben, dass ich ihr beim Aufräumen helfen will. Aber Kerry hat geantwortet, dass sie müde ist. Ich bin trotzdem noch mal zu ihr gefahren.

Bei dem Gedanken wurde ihm eiskalt.

Die Polizei nimmt an, *ich* hätte Kerry umgebracht. Der Detective wird versuchen, mir ein Geständnis zu entlocken. Verzweifelt suchte er nach Antworten. Ihm fiel nur eine ein. Die Jungs im Nellie's müssen mich decken. Wenn sie sagen, ich wäre bis Viertel vor zwölf bei ihnen geblieben, wäre alles in Ordnung. Gegen Mitternacht bin ich nach Hause gekommen. Mom und Dad waren da, und Mom hat mir noch Gute Nacht zugerufen. Ich war schnell unterwegs und hab die Strecke in weniger als zehn Minuten geschafft. Unmöglich, in der Zeit noch einen Abstecher zu Kerrys Haus auf der anderen Seite der Stadt zu machen.

Ich werde also sagen, ich wäre so lange mit den Jungs im Nellie's gewesen, bis sie aufgebrochen sind. Das tun sie für mich. Dieser Gedanke beruhigte ihn ungemein. Er versuchte, gelassen zu bleiben, als man ihn in den Befragungsraum führte. Die ersten Fragen waren einfach zu beantworten. Wie lange waren er und Kerry schon zusammen?

»Ungefähr ein Jahr. Ja, klar, wir haben uns gestritten. Manchmal hat Kerry damit angefangen. Es gefällt ihr, wenn sie mich eifersüchtig machen kann.«

»Haben Sie sich auch auf der Party gestritten?«

»Ja, es ist eigentlich um gar nichts gegangen. Dieser Typ, Chris, der wollte sich zwischen uns schieben. Er ist Kerry kaum von der Seite gewichen.«

»Und deswegen waren Sie aufgebracht?«

»Ja, anfangs. Aber das ist vorbeigegangen. Es war nicht das erste Mal, dass so was passiert ist, es hat sich aber immer wieder eingerenkt. Wie gesagt, Kerry gefällt es, wenn ich eifersüchtig werde.«

Ist ja gar nicht so schlimm, wie ich befürchtet habe, dachte sich Alan, während er Wilsons Fragen beantwortete.

»Alan, viele werden wütend, wenn sie eifersüchtig sind. Ist das bei Ihnen auch der Fall?«

»Manchmal. Aber das geht bei mir sehr schnell wieder vorbei.«

»Gut. Wann haben Sie die Party verlassen?«

»So gegen halb elf.«

»Wie lange waren Sie auf der Party?«

»Ich bin etwa um sieben gekommen.«

»Alan, das Folgende ist sehr wichtig. Haben Sie auf der Party oder davor Drogen oder Alkohol zu sich genommen?«

»Ich nehme keine Drogen. Es gab auch keine Drogen auf der Party. Ich hab zwei Bier getrunken.«

»Hat jemand Sie begleitet, als Sie die Party verlassen haben?«

»Nein. Ich bin allein weggefahren.«

»Wohin?«

»Ins Nellie's in Waldwick, das sind bloß zehn Minuten mit dem Auto. Auf eine Pizza mit Freunden. Die waren schon dort.«

»Wer sind diese Freunde?«

»Bobby Whalen, Rich Johnson und Stan Pierce, Freunde aus der Baseball-Mannschaft.«

»Die waren auch auf der Party?«

»Nein.«

»Hatten Sie von Anfang an vorgehabt, sich mit denen dort zu treffen?«

»Nein. Aber ich wusste, dass sie ins Kino und dann ins Nellie's wollten. Ich war mir also ziemlich sicher, sie dort zu treffen.«

»Und um wie viel Uhr waren Sie im Nellie's?«

»So gegen Viertel vor elf.«

»Wie lange sind Sie geblieben?«

»Ich habe mir eine Pizza bestellt und bin dann mit ihnen ungefähr eine Stunde geblieben.«

»Und dann?«

»Bin ich gegangen und nach Hause gefahren.«

»Ihre Freunde sind mit Ihnen aufgebrochen?«

»Ja. Wir haben zusammen das Lokal verlassen.«

»Wann waren Sie zu Hause?«

»Um Mitternacht, vielleicht auch ein bisschen früher.«

»War jemand zu Hause?«

»Ja, meine Mom und mein Dad. Sie haben in ihrem Schlafzimmer noch ferngesehen. Ich hab ihnen Gute Nacht zugerufen.«

»Die beiden haben Sie kommen hören?«

»Ja. Mein Mom hat mir auch eine gute Nacht gewünscht.«

»Und Sie waren nicht mehr in Kerrys Haus, nachdem Sie um halb elf die Party verlassen haben, weder vor noch nach Ihrem Nachhausekommen?«

»Nein.«

»Haben Sie Kerry in dieser Zeit angerufen oder ihr eine SMS geschickt?«

»Ich hab sie nicht angerufen, aber wir haben ein paar SMS ausgetauscht.«

»Ging es um Ihren Streit?«

»Ja. Wir waren beide angefressen.«

Wilson verfolgte das nicht weiter, weil er die SMS auf Kerrys Handy bereits kannte. Außerdem würde er sich für alle weiteren Nachrichten oder Anrufe von Alan eine gerichtliche Verfügung besorgen.

»Alan, Folgendes noch: Sie haben ein Handy, richtig?«

»Klar.«

»Mit dem haben Sie letzte Nacht Kerry einige SMS geschickt, ja?«

»Ja, natürlich.«

»Wie lautet Ihre Nummer?«

Alan ratterte sie herunter.

»Gut, Sie waren also auf Kerrys Party, sind dann ins Nellie's gefahren und anschließend von dort nach Hause. Sie hatten Ihr Handy die ganze Zeit bei sich?«

»Ja, klar.«

»Alan, die Dowlings haben auf ihrem Grundstück ein Putting Green. Haben Sie zufällig gesehen, dass es während der Party jemand genutzt hat?«

»Das habe ich Ihnen doch schon gesagt, es waren ein paar von den Jungs auf dem Putting Green.«

»Und haben Sie den Schläger vergangenen Abend in der Hand gehabt?«

»Nein. Ich war bloß mal kurz auf dem Übungs-Green.«

»Dann haben Sie vergangene Nacht den Putter also nicht angefasst?«

»Nein.«

»Es war ein warmer Abend. War denn jemand im Pool schwimmen?«

»Nein. Zumindest nicht, solange ich da war.«

»Waren Sie im Pool?«

»Nein.«

»Alan, wenn Sie schon mal hier sind, hätte ich eine Bitte an Sie, die uns später sehr viel Zeit ersparen kann. Es gibt im Haus der Dowlings eine Menge Gegenstände mit Fingerabdrücken. Ich würde gern erfahren, wer wo seine Fingerabdrücke hinterlassen hat. Hätten Sie was dagegen, wenn wir Ihre Fingerabdrücke nehmen, bevor Sie aufbrechen? Sie sind dazu nicht verpflichtet, aber es würde uns sehr helfen.«

Die Fingerabdrücke abnehmen, dachte Alan. Sie müssen mich für den Täter halten. Plötzlich kam ihm der Befragungsraum sehr viel kleiner vor. War die Tür zugesperrt? Warum habe ich mich auf das alles hier überhaupt eingelassen? Verzweifelt versuchte Alan, sich seine Panik nicht anmerken zu lassen. Aber er hatte Angst, sich der Bitte des Polizisten zu widersetzen. »Ich denke, das wäre schon okay«, sagte er schließlich.

»Und als Letztes, Alan, hätte ich gern einen Abstrich Ihrer Mundschleimhaut. Damit wir Ihre DNS besitzen. Haben Sie ein Problem damit?«

»Nein.« Wie benommen folgte er Wilson in einen anderen Raum, wo seine Finger gescannt wurden und der Abstrich vorgenommen wurde.

»Alan, ich weiß Ihre Kooperationsbereitschaft sehr zu schätzen. Eine letzte Bitte noch. Wäre es okay für Sie, uns für ein paar Tage Ihr Handy zu überlassen?«

Mittlerweile völlig eingeschüchtert, holte Alan es aus der Tasche und legte es auf den Tisch. »Okay, aber jetzt möchte ich nach Hause.«

Während der zwanzigminütigen Fahrt nach Saddle River sprachen sie kein einziges Wort.

9

Sobald Wilson ihn abgesetzt hatte, eilte Alan ins Haus. Seine Eltern waren noch nicht vom Golfplatz zurück. Er schnappte sich das Festnetztelefon im Wohnzimmer, atmete einmal tief durch und wählte Richs Nummer. Rich meldete sich nach dem ersten Klingeln.

»Rich, hier ist Alan. Weißt du zufällig, wo Stan und Bobby sind?«

»Die sind zufällig bei mir am Pool.«

»Hör zu, ein Detective hat mich auf seine Dienststelle mitgenommen. Er hat mich über den Zoff mit Kerry ausgequetscht, und ich hab erzählt, ich wäre mit euch im Nellie's geblieben, bis wir alle zusammen aufgebrochen sind. Du musst mir versprechen, dass du meine Geschichte bestätigst. Sonst denken die noch, ich hätte Kerry umgebracht. Du weißt doch, ich würde ihr nie was antun. Du weißt das. Und jetzt red mit den anderen.«

»Die können dich hören. Ich bin auf Lautsprecher.«

»Rich, frag sie. Hast du mich verstanden?«

Alan hörte seine Freunde im Hintergrund sagen: »Klar decken wir dich. Mach dir mal keine Sorgen, Mann, wir sind für dich da.«

»Danke, Jungs. Ich wusste, ich kann mich auf euch verlassen.«

Alan legte auf und brach in Tränen aus.

Bobby, Rich und Stan sahen sich nach dem Anruf an. Alle drei riefen sich noch mal den gestrigen Abend in Erinnerung, und alle drei konnten immer noch nicht fassen, dass Kerry tot war.

Wie Alan würden auch sie bald aufs College weggehen. Sie waren im Kino gewesen und anschließend auf eine Pizza ins Nellie's eingefallen.

Etwa um Viertel vor elf war dann Alan hereingestürmt. Ein Blick hatte genügt, um zu wissen, dass er kochte vor Wut. Er hatte sich einen Stuhl herangezogen, der Kellnerin zugewinkt und ihr angedeutet, dass er ebenfalls eine einfache Käsepizza wollte.

Und es war nicht zu übersehen, dass er getrunken hatte. Rich fragte ihn, ob er sich mit Uber hatte herkutschieren lassen.

»Nein, alles in Ordnung«, antwortete Alan und verschliff leicht die Worte.

Der größere Raum war zu dieser Zeit fast leer. Die meisten Gäste hielten sich im Barbereich auf und waren auf das Spiel der Yankees gegen Boston konzentriert, in dem bereits ein Extra Inning lief. Im Johlen und Klatschen der Zuschauer war von ihrer Unterhaltung an den Nachbartischen nichts zu hören.

»Mann, Alan«, sagte Stan, »bist du abgefüllt. Du weißt, dass hier gern die Bullen rumhängen. Die Dienststelle von Waldwick liegt gleich um die Ecke.«

»Mach dir um mich mal keine Sorgen«, brauste Alan auf. »Ich bin ohne Probleme hergekommen, ich komm auch ohne Probleme wieder nach Hause.«

»Was bist du denn so angefressen?«, fragte Bobby, den Alans Ton zunehmend nervte. »Es ist noch nicht mal elf. Wie war's denn auf Kerrys Party? Ist da schon Schluss?«

»Die ist echt mies gelaufen. Deswegen bin ich abgehauen. Chris Kobel, dieser Penner, hat sich ständig an Kerry rangemacht. Ich hab ihm gesagt, er soll die Finger von ihr lassen, da ist Kerry auf mich losgegangen.«

»Das gibt sich wieder«, sagte Bobby. »Ihr beide zofft euch doch ständig, und dann versöhnt ihr euch wieder.«

»Diesmal nicht. Chris hat ihr vor meinen Augen gesagt, dass er ihr beim Einziehen helfen will, wenn sie auf dem BC ist. Er macht sie ganz offen an, und es kümmert ihn nicht im mindesten, dass ich alles mitbekomme.«

Bevor die anderen darauf antworten konnten, signalisierte Alans Handy, dass er eine SMS empfangen hatte. Er zog das Gerät aus der Hemdtasche und las die Nachricht. Sie stammte von Kerry.

Sofort tippte er eine Antwort.

Die Kellnerin brachte ihm seine dampfende Pizza, und er bestellte sich eine Coke. Er verschlang die Pizzastreifen, leerte die Coke, wurde allmählich ruhiger und auch nüchterner. Seine Freunde spürten, dass der SMS-Austausch ihn besänftigte. Sie konzentrierten sich wieder auf das Yankee-Spiel, in dem jedem Team im zwölften Inning drei Homeruns gelangen.

Nach einer halben Stunde schob Alan seinen Stuhl zurück. »Kerry hat gesagt, um elf müssen alle draußen sein. Jetzt ist es Viertel nach. Ich fahr noch mal kurz bei ihr vorbei und bring die Sache wieder in Ordnung.«

»Ja, mach das«, sagte Bobby.

»Viel Glück«, kam es von Stan.

»Du willst wirklich selber fahren?«, fragte Rich. »Bleib doch noch und sieh dir mit uns das Spiel zu Ende an.«

»Es geht mir *gut*«, entgegnete Alan in einem Ton, der jeden weiteren Kommentar überflüssig machte.

Kurz darauf kam die Kellnerin mit Alans Rechnung, und nachdem sie ihn nicht mehr sah, fragte sie: »Übernimmt die irgendwer?«

»Ich mach schon«, sagte Rich. »Ich hol mir die Kohle morgen von ihm. Vorausgesetzt, er erinnert sich überhaupt noch, dass er hier war.«

Zwanzig Minuten später erzielten die Yankees den entscheidenden Run, und sie beschlossen, es für den Abend gut sein zu lassen. Sie stiegen in Stans Wagen, und er brachte sie alle nach Hause.

10

Es war noch viel zu früh, um Jamie bei der Arbeit abzuholen. So ließ sich Marge in der Kirche St. Gabriel auf einer Bank nieder und betete. Um 14.30 Uhr fuhr sie zum Acme-Supermarkt und fand auf dem Parkplatz eine Stelle, wo sie ihn sofort sehen würde, wenn er das Gebäude verließ.

Auch diese halbe Stunde verbrachte sie mit Gebeten. »Gnädige Mutter Gottes, hilf, damit die Dowlings diese Tragödie verkraften. Außerdem sorge *bitte* dafür, dass Jamie nichts damit zu tun hat. Jack, wärst du doch bloß noch hier, damit du uns helfen könntest. Er braucht dich doch so sehr.« Dieses Gebet hatte sie in den vergangenen Jahren, seitdem ihr Mann an einem Herzinfarkt gestorben war, immer wieder an ihn gerichtet.

»Lieber Gott, du weißt, dass er nie jemandem etwas zuleide tun würde. Aber wenn er gedacht hat, es wäre bloß zum Spaß, und weil er doch so stark ist ... dann ...«

Das Bild von Jamie, der Kerry unter Wasser drückte, wollte ihr nicht mehr aus dem Kopf. Angenommen, Jamie hatte sie im Pool gesehen und war die Stufen hinuntergestiegen. Vielleicht hatte er nach ihr gegriffen, als sie an ihm vorbeischwamm. Früher hatten sie immer ein Spiel gespielt – wer konnte länger unter Wasser bleiben. Angenommen, er hatte sie also unten gehalten, bis sie ...

Diese schrecklichen Gedanken wurden erst unterbrochen, als sie Jamie mit zwei schweren Lebensmitteltüten in jeder Hand aus dem Laden kommen sah. Sie beobachtete ihn, wie er einer älteren Frau zu ihrem Wagen folgte. Jamie wartete, bis sie den Kofferraum geöffnet hatte, dann hob er die prall gefüllten Plastiktüten hoch und setzte sie sanft im Kofferraum ab. Er hat so viel Kraft, dachte Marge erneut und nicht ohne Schaudern.

Jamie schloss den Kofferraum und schlenderte anschließend über den Parkplatz zu einem wartenden Wagen, wo er Tony Carter, der wie er im Supermarkt arbeitete, die Hand schüttelte, bevor Tony die hintere Beifahrertür der Limousine öffnete und auf dem Rücksitz Platz nahm. »Viel Spaß noch«, hörte Marge Jamie rufen, als der Wagen davonfuhr.

Und als er sie dann entdeckte, fing er an zu strahlen. Er winkte ihr zu, wie er es immer tat – die Handfläche nach vorn gestreckt, während die Finger leicht nach hinten zeigten –, und kam zu ihr, öffnete die Tür und stieg neben ihr ein.

»Mom, du holst mich ab«, verkündete er triumphierend.

Marge beugte sich zu ihm hinüber, strich ihm die blonden Haare aus der Stirn und gab ihm einen Kuss.

Jamies glückliches Lächeln schwand aber sehr schnell, und er wurde recht ernst. »Mom, bist du vielleicht böse auf mich?«

»Warum sollte ich böse auf dich sein, Jamie?«

Für einen Moment wirkte er sehr besorgt. Marge betrachtete ihn und musste wie so oft feststellen, was für ein hübscher Bengel er doch war.

Jamie hatte Jacks blaue Augen und gleichmäßige Gesichtszüge, dazu seine gerade Haltung und die Größe von über eins achtzig. Der einzige Unterschied war nur: Jamie hatte bei der schwierigen Geburt an Sauerstoffmangel gelitten, was Schädigungen am Gehirn nach sich gezogen hatte.

Es war ihm anzusehen, dass er sich zu erinnern versuchte, warum sie auf ihn ärgerlich sein sollte.

»Meine Sneakers und die Socken und die Jeans sind ganz nass geworden«, sagte er dann stockend. »Das tut mir leid. Okay?«

»Wie sind sie nass geworden, Jamie?«, fragte Marge und versuchte ganz sachlich zu klingen, bevor sie den Zündschlüssel umdrehte.

Flehentlich sah Jamie sie an. »Nicht böse sein auf mich, Mom.«

»O Jamie«, beruhigte sie ihn sofort. »Ich bin doch nicht böse auf dich. Aber es ist wichtig, dass du mir erzählst, was in Kerrys Pool passiert ist.«

»Kerry ist schwimmen gewesen«, sagte Jamie und hatte den Kopf gesenkt.

Sie war vollständig bekleidet, dachte Marge. Ich hab sie gesehen, als Steve sie aus dem Becken getragen hat.

»Hast du sie im Pool schwimmen sehen?«

»Ja, sie ist schwimmen gewesen«, sagte er, ohne seine Mutter anzusehen.

Vielleicht war sie noch am Leben, als er sie sah, dachte sich Marge. »Jamie, hast du Kerry gefragt, ob du mit ihr schwimmen darfst?«

»Ja, das hab ich.«

»Und was hat sie gesagt?«

Jamie starrte nur angestrengt vor sich hin und versuchte ein Bild des vergangenen Abends in sich wachzurufen. »Sie hat gesagt, ›Jamie, du kannst immer mit mir schwimmen.‹ Und ich hab gesagt, ›danke, Kerry, das ist sehr nett von dir.‹«

Marge seufzte insgeheim. Jamie hatte nur ein sehr diffuses Zeitgefühl. Erinnerungen an einen Ort, den sie eine Woche zuvor besucht hatten, vermischten sich oft mit Erinnerungen an einen Besuch, der schon Jahre zurückliegen konnte. Hatte dieses Gespräch mit Kerry vergangenen Abend stattgefunden oder viel früher, bei einem der vielen Male, als er mit ihr wirklich schwimmen gewesen war?

»Jamie, warum bist du mit deinen Sneakers und deiner Hose schwimmen gegangen?«

»Tut mir leid, Mom. Ich mach es nicht wieder. Versprochen, okay?« Die Antwort kam diesmal lauter und wütender.

»Jamie, haben Kerry und du im Pool irgendwelche Spiele gespielt?«

»Kerry ist ganz lange unter Wasser geblieben. Ich hab gesagt, ›Kerry, wach auf, ich bin's, Jamie.‹«

»Hast du Kerry aus dem Wasser geholfen?«

»Ich helfe Kerry immer. Ich bin ihr Freund.«

»Als ihr das Spiel gespielt habt, hast du da Kerry unter Wasser gedrückt?«

»Ich hab doch schon gesagt, Mom, es tut mir leid.« Tränen traten ihm in die Augen. »Fahren wir jetzt.«

»Schon gut, Jamie«, sagte Marge. Es war klar, dass Jamie dicht machte und nichts mehr sagen würde. Aber sie musste sich etwas überlegen, um ihn zu schützen.

»Jamie«, sagte sie so fröhlich wie möglich, »kannst du ein Geheimnis für dich behalten?«

»Ich mag Geheimnisse«, sagte Jamie. »Wie zum Beispiel Geheimnisse über Geburtstagsgeschenke.«

»Richtig. Wenn wir jemandem ein Geburtstagsgeschenk kaufen, dann behalten wir das für uns. Aber bei diesem Geheimnis geht es um dich und dass du letzten Abend mit Kerry beim Schwimmen warst. Kannst du dieses Geheimnis für dich behalten, sodass nur du und ich davon wissen?«

Er legte die Hand an die Brust und sagte: »Hand aufs Herz ... ich schwöre es.« Er lächelte breit.

Marge seufzte. Mehr konnte sie im Moment nicht tun. »Willst du mit mir nach Hause kommen?«

»Kann ich noch beim Training zusehen?«

Damit meinte er die Football-, Fußball- oder anderen Highschool-Mannschaften, die auf dem Spielfeld dort gerade trainierten. »Ja, kannst du. Ich setz dich ab. Aber danach kommst du sofort nach Hause.«

»Mach ich, Mom, und ich werde auch keinem sagen, dass ich im Pool war.«

Und dann, als wollte er versuchen, das Thema zu wechseln, sagte er: »Tony Carter und sein Dad fahren zum Angeln.«

Hoffentlich erwischen sie nichts anderes als eine saftige Erkältung, dachte Marge. Sie hatte nämlich einmal gehört, dass Carl Carter zu anderen gesagt habe, bei Jamie seien »ein paar Schrauben locker«. Das hatte sie weder vergessen noch ihm verziehen. »Wie nett«, antwortete sie schließlich.

Jamie sah zu den Häusern, die am Straßenrand vorbeizogen. Es ist ein Geheimnis, dachte er sich, und ich werde keinem sagen, dass ich mit Kerry schwimmen war. Und ich werde auch keinem sagen, dass ich mir die Sneakers und die Hose und die Socken nass gemacht habe, und ich werde auch keinem sagen, dass der Große gekommen ist und Kerry geschlagen und in den Pool gestoßen hat. Weil das auch ein Geheimnis ist.

11

Doug Crowley stutzte, als er in seine Auffahrt einbog. »Ich hab Alan doch gesagt, er soll den Rasen mähen, bis wir zurückkommen. Schau dir an, hier vorn ist noch nicht mal die Hälfte fertig.«

June war ebenso irritiert wie ihr Mann. Sie waren beide begeisterte Tennisspieler, beide zwar eher klein, dafür aber topfit. Doug, eins fünfundsiebzig groß, hatte grau melierte Haare, die er über die beständig größer werdende kahle Stelle kämmte. Trotz ebenmäßiger Gesichtszüge hatte er immer etwas Finsteres an sich, und Junes halblange braune Haare vermochten nicht, ihren verkniffenen Mund und ihr strenges Stirnrunzeln auch nur etwas abzumildern.

Beide waren dreiunddreißig gewesen, als sie geheiratet hatten. June hatte eine Ausbildung als Krankenpflegerin abgeschlossen, und Doug arbeitete als Software-Ingenieur. Zu ihren gemeinsamen Zielen gehörte es, sich ein schönes Zuhause einzurichten, Mitglied in einem Country Club zu werden und sich mit sechzig zur Ruhe zu setzen. Sie waren zielorientiert und bestrebt, das auch auf ihren einzigen Sohn zu übertragen.

Nach Hause zu kommen und festzustellen, dass eine übertragene Aufgabe nicht ausgeführt war und der Mäher mitten auf dem Rasen vor dem Haus stand, verärgerte June ebenso sehr wie Doug. Dichtauf folgte sie ihrem Mann ins Haus, wo sie beide nach ihrem Sohn riefen. Als sie keine Antwort erhielten, gingen sie von Zimmer zu Zimmer, bis sie ihn in seinem Zimmer vorfanden, wo er weinend auf dem ungemachten Bett lag.

»Alan, was ist los mit dir? Was ist passiert?«

Alan konnte nicht gleich antworten. Irgendwann sah er zu ihnen auf. »Man hat Kerry tot im Pool gefunden, und die Polizei glaubt, dass ich es war.«

»Warum glauben sie das?«, schrie Doug fast.

»Weil wir uns auf ihrer Party gestritten haben, vor allen anderen. Und als ein Detective gekommen ist und …«

»Ein Detective ist gekommen?«, rief June. »Hast du mit ihm geredet?«

»Ja. Er ist mit mir zur Dienststelle gefahren und hat mir Fragen gestellt.«

Doug sah zu seiner Frau. »Hat die Polizei das Recht dazu?«

»Keine Ahnung. Er ist letzten Monat achtzehn geworden.« Sie sah zu ihrem Sohn. »Alan, was ist mit Kerry passiert?«

Mit stockender Stimme erzählte er, was er wusste. Kerry war am Morgen im Pool gefunden worden. »Angeblich soll ihr jemand einen Schlag auf den Kopf verpasst und sie ins Wasser gestoßen haben, wo sie ertrunken ist.«

Kurz kam June der Gedanke, ihrem Sohn zu sagen, dass ihnen durchaus klar war, wie nahe ihm Kerry gestanden hatte. Aber dafür würde später noch genügend Zeit sein. Im Moment ging es nach den ungeheuerlichen Ereignissen ausschließlich darum, ihren Sohn mit allen Mitteln zu schützen.

Aber je mehr sie ihn ausfragte, desto mehr wuchs ihre Verzweiflung.

12

Marge setzte Jamie an der Highschool ab und fuhr nach Hause. Grace, ihre Nachbarin, stand auf der Terrasse im Vorgarten und hatte schon nach ihr Ausschau gehalten. Sobald Marge den Wagen abgestellt hatte, winkte sie sie zu sich herüber.

»Ist das nicht schrecklich? Kerry, die Arme, ist ermordet worden. Gestern war da so eine Teenie-Party, so was findet ja gern statt, wenn die Eltern nicht da sind. Jedenfalls hat die Polizei mit allen Anwohnern gesprochen. Sie haben bei Ihnen auch geklingelt und mich gefragt, wer da wohnt. Ich hab den Polizisten von Ihnen und Jamie erzählt und gesagt, ich wüsste nicht, wo Sie sind.«

Marge hatte zu tun, ihre Besorgnis zu verbergen.

»Sie haben von Jamie erzählt?«

»Ich hab ihnen gesagt, er ist ein sehr freundlicher junger Mann, der besondere Betreuung benötigt und nicht mehr auf die Highschool geht. Ich nehme an, sie wollen mit allen in der Gegend reden, die vielleicht was gesehen haben könnten.«

»Vermutlich«, stimmte Marge zu. »Bis bald mal wieder.«

Als Jamie einige Stunden später nach Hause kam, entging Marge nicht, dass ihn etwas umtrieb. Sie musste ihn gar nicht fragen, denn er erzählte es von sich aus. »Die Mädchen in der Fußballmannschaft sind sehr traurig, weil Kerry jetzt im Himmel ist.«

»Jamie, ein Polizist wird wahrscheinlich kommen und mit uns über Kerry reden, weil sie im Pool krank geworden und in den Himmel gekommen ist. Du weißt doch noch, dass du ihm nicht sagen sollst, dass du im Pool warst?«

In dem Moment klingelte es an der Tür. Jamie ging die Treppe zu seinem Zimmer hinauf. Als Marge die Tür öffnete, stand vor ihr kein Polizist in Uniform, sondern ein Mann in einem Anzug.

»Ich bin Detective Mike Wilson vom Büro der Staatsanwaltschaft Bergen County.«

»Ja, kommen Sie rein«, sagte Marge und wies ihn ins Wohnzimmer. »Hier können wir uns unterhalten.«

Nachdem sie sich auf den beiden gegenüberstehenden Sesseln niedergelassen hatten, begann Mike: »Wie Sie sicherlich wissen, Mrs. Chapman, wurde Ihre Nachbarin Kerry Dowling heute Morgen tot im Swimmingpool aufgefunden.«

»Ich hab es schon gehört, ja. Was für eine Tragödie. So ein nettes Mädchen.«

»Mrs. Chapman, soweit ich weiß, wohnen Sie mit Ihrem Sohn hier?«

»Ja, nur wir beide.«

»Waren Sie beide gestern Abend nach dreiundzwanzig Uhr zu Hause?«

»Ja, wir waren beide hier.«

»War sonst noch jemand bei Ihnen?«

»Nein, nur wir zwei.«

»Ich möchte Ihnen sagen, warum ich besonders daran interessiert bin, mit Ihnen und Ihrem Sohn zu sprechen. Heute Morgen ist mir im Garten hinter dem Haus der Dowlings aufgefallen, dass man von dort einen freien Blick auf das obere Zimmer in Ihrem Haus hat. Das heißt, wenn sich dort jemand aufgehalten hat, hätte er vielleicht etwas sehen können, was uns in unseren Ermittlungen weiterbringen könnte.«

»Natürlich«, antwortete Marge.

»Ich würde gern das Zimmer sehen. Wird es irgendwie genutzt?«

»Ja. Es ist Jamies Zimmer.«

»Kann ich mit ihm reden?«

»Natürlich.«

Marge trat an die Treppe und rief nach Jamie.

Detective Wilson unterbrach sie. »Wenn Sie nichts dagegen haben, Mrs. Chapman, würde ich gern mit Jamie in seinem Zimmer reden.«

»Das sollte in Ordnung sein«, sagte Marge und ging die Treppe hinauf. Der Detective folgte ihr. Vorsichtig klopfte sie bei Jamie an und öffnete die Tür. Er lag auf dem Bett und sah sich ein Video an.

»Jamie, ich möchte dir Detective Wilson vorstellen.«

»Hallo, Jamie«, begrüßte Mike ihn und streckte ihm die Hand hin.

Jamie erhob sich. »Es freut mich, Sie kennenzulernen, Sir«, sagte er und schüttelte ihm die Hand. Er drehte sich zu Marge hin, um sich ihrer Zustimmung zu versichern. Ihr Lächeln bestätigte ihm, dass sie seine guten Manieren zur Kenntnis nahm.

Jamie und Marge setzten sich aufs Bett. Mike trat ans Fenster. Die Grundstücke der Dowlings und der Chapmans grenzten jeweils an den Gärten aneinander. Er sah hinüber zum Swimmingpool der Dowlings, dann setzte er sich auf den Stuhl gegenüber dem Bett.

»Jamie, ich möchte mich kurz mit dir unterhalten. Du kennst Kerry Dowling, oder?«

»Ja. Sie ist jetzt im Himmel.«

Wilson lächelte. »Das stimmt, Jamie. Sie ist im Himmel. Aber ihre Eltern und die Polizei möchten herausfinden, was passiert ist, bevor sie in den Himmel gekommen ist. Es gab letzte Nacht dort eine Party.«

»Kerry hat mich nicht eingeladen.«

»Ich weiß, dass du nicht da warst, Jamie. Ich wollte bloß ...«

»Die Party war bloß für die, die gerade mit der Schule fertig geworden sind. Ich bin schon älter. Ich bin zwanzig. Ich hab gerade Geburtstag gehabt.«

»Na, dann alles Gute zum Geburtstag, Jamie.« Wilson ging wieder ans Fenster. »Jamie, ich kann von hier aus den Garten und den Pool von Kerry sehen. Das heißt also, wenn du gestern Abend hier warst, hast du das auch sehen können.«

»Ich bin mit Kerry nicht schwimmen gewesen«, sagte Jamie und sah mit einem verschwörerischen Lächeln zu seiner Mutter.

Mike lächelte. »Das weiß ich doch, Jamie. Hast du gestern Abend gesehen, wie Kerry nach der Party aufgeräumt hat?«

»Ich helfe im Supermarkt immer beim Aufräumen, da arbeite ich von elf bis drei Uhr.«

»Dann hast du also nicht gesehen, wie Kerry gestern Abend aufgeräumt hat oder in den Pool gegangen ist?«

»Ich bin mit Kerry nicht schwimmen gewesen. Ehrenwort«, sagte Jamie, legte den Arm um seine Mutter und gab ihr einen Kuss.

»Gut. Ich danke dir, Jamie. Mrs. Chapman, ich lasse Ihnen meine Karte da. Manchmal erinnern sich die Leute später noch an etwas. Wenn Ihnen oder Jamie also etwas einfallen sollte, was uns bei den Ermittlungen helfen könnte, dann rufen Sie mich bitte an.«

Sie gingen nach unten und brachten Wilson zur Tür. Nachdem Marge sie hinter ihm geschlossen hatte, lächelte Jamie sie triumphierend an. »Ich hab mein Versprechen gehalten!«, rief er.

»Schhhh«, sagte Marge und legte den Finger an die Lippen. Sie hatte Angst, dass der Detective noch auf der Veranda stand und Jamie womöglich gehört hatte. Mit klopfendem Herzen trat sie ans Fenster und sah zu ihrer Erleichterung, dass Wilson bereits am Ende der Auffahrt war und gerade in seinen Wagen stieg.

Mike ließ den Motor an, zögerte aber noch, bevor er losfuhr. Warum hatte er das komische Gefühl, dass Jamies Antworten so einstudiert geklungen hatten?

13

Während sich Mike Wilson auf die vier Mädchen konzentrierte, deren SMS auf Kerrys Handy gespeichert waren, suchten weitere Ermittler der Staatsanwaltschaft Kerrys Freunde auf, von denen man wusste, dass sie die Party besucht hatten. In den meisten Fällen waren der Vater oder die Mutter anwesend oder sogar beide zusammen. Meistens saßen sie neben ihrem Sohn oder ihrer Tochter auf der Couch, oft so dicht, dass sich ihre Ellbogen berührten.

Detective Harsh begann die Befragung stets damit, die Anwesenden zu beruhigen. »Ich möchte Ihnen gleich zu Anfang mitteilen, dass wir keineswegs vorhaben, Minderjährige wegen Alkoholkonsums zur Rechenschaft zu ziehen. Wir wissen, dass einiges getrunken wurde. Im Haus und auf dem Grundstück der Dowlings sind zahlreiche Wodka- und Bierflaschen gefunden worden. Wir wissen nicht, ob an dem Abend Drogen genommen wurden. Wir müssen uns aber bei allen nach eventuellem Alkohol- und Drogenkonsum erkundigen, weil darunter die Wahrnehmungsfähigkeit und das Erinnerungsvermögen leiden. Aber noch einmal, uns liegt nichts daran, jemandem deswegen Probleme zu machen. Wir wollen lediglich erfahren, ob es an dem Abend zu irgendwelchen Streitigkeiten oder Auseinandersetzungen gekommen ist, vor allem, wenn dabei Kerry Dowling beteiligt war.«

Einunddreißig Jugendliche hatten sich auf Kerrys Party eingefunden. Acht Mädchen hatten den Streit zwischen Alan und Kerry miterlebt. Keines der Mädchen gab zu, mehr als zwei Bier getrunken zu haben. Alle wiesen strikt von sich, dass Drogen genommen wurden.

Eines der Mädchen, Kate, die sich selbst als Kerrys beste Freundin bezeichnete, weinte bei der Befragung. »Alan ist wütend geworden, weil Chris Kobel Kerry kaum von der Seite gewichen ist und ständig herumposaunt hat, was sie auf dem Boston College für einen Spaß haben würden. Es war offensichtlich, dass er an ihr interessiert ist. Ich habe jedenfalls gehofft, dass es zwischen den beiden was werden würde. Alan ist nämlich ein ziemlicher Idiot.«

»Warum denken Sie das?«

»Weil er so tut, als würde Kerry ihm gehören. Als er im Juni erfahren hat, dass Chris Kerry auf seinen Abschlussball eingeladen hat, ist er auf Chris losgegangen und hat ihm klargemacht, dass Kerry seine Freundin ist und er sie nie mehr fragen soll, ob sie mit ihm ausgehen will. Ich hab Kerry gesagt, dass Chris viel netter ist als Alan und sie Alan endlich in die Wüste schicken soll.

Auf der Party jedenfalls hat sich Alan ziemlich volllaufen lassen und dann Streit mit Chris gesucht. Kerry ist irgendwann dazwischengegangen und hat Alan angeschrien. Darauf ist er abgezogen und hat die Tür hinter sich zugeknallt.«

»Wie hat Kerry darauf reagiert?«

»Sie war kurz ziemlich durcheinander, aber dann hat sie sich wieder eingekriegt und gesagt: ›Vergiss es!‹«

»Um wie viel Uhr ist Alan gegangen?«

»Ich weiß nicht genau. Halb elf vielleicht, vielleicht auch Viertel vor elf.«

»Ist Alan dann noch mal zurückgekommen?«

»Nein.«

»Um wie viel Uhr war die Party zu Ende?«

»Bis elf waren alle draußen. Um die Zeit rufen die Nachbarn häufig die Polizei, wenn es zu laut wird.«

»Hat jemand Kerry beim Aufräumen geholfen?«

»Sie meinte, sie würde alles allein machen. Sie wollte, dass bis elf die geparkten Autos verschwunden waren. Kerry war ziemlich nervös, dass die Polizei auf der Matte stehen würde, wenn die Party noch am Laufen wäre.«

»Zwei letzte Fragen noch. Waren Sie irgendwann an dem Abend auch draußen auf der Terrasse?«

»Klar.«

»Ist Ihnen da ein Golfschläger aufgefallen?«

»Ja. Die Dowlings sind große Golfer. Sie haben auf ihrem Grundstück an der Seite sogar ein Putting Green. Ein paar Jungs haben darauf gespielt.«

14

Was mit Kerry geschehen war, fühlte sich so entsetzlich unwirklich an. In den kurzen Stunden, in denen Aline in der Nacht zum Sonntag in einen unruhigen Schlaf fiel, drängten sich die Ereignisse in ihre Albträume, und alles, was sich abgespielt hatte, nachdem sie Kerry im Pool entdeckt hatte, lief wie im Zeitraffer in ihrem Kopf ab.

Der Polizist, der erst versuchte, ihre Schwester wiederzubeleben, und dann den Kopf schüttelte.

Der Detective, der sie ins Haus scheuchte.

Der Versuch, das Unaussprechliche zu verarbeiten.

Vater Frank, der bemüht war, dem Sinnlosen einen Sinn zu verleihen.

Nachbarn, die kamen und Hilfe anboten. Hilfe wobei?

Grandpa Dowling im Pflegeheim in Florida, der zu krank war, um zu kommen.

Moms Eltern, die morgen mit dem Flugzeug anreisen würden.

Leute, die ihnen zu essen brachten, was sie aber kaum anrührten.

Moms ständiges Schluchzen.

Dad, bleich, mit zusammengepressten Lippen, seine Miene voller Kummer. Sein Bemühen, Mom und sie zu trösten.

Um sieben Uhr setzte Aline sich auf, schob die Decke weg und schleppte sich aus dem Bett. Der Tag, wolkenverhangen, mit Aussicht auf Regen, passte genau zu ihrer Stimmung.

Sie hatte ihre langen braunen Haare nach hinten gebunden, nur hatte sich der Haargummi in der Nacht gelöst. Sie trat vor den Spiegel auf der Ankleide. Ihr war, als würde Kerry neben ihr stehen und ebenfalls in den Spiegel blicken. Mit ihren blonden Haaren, ihren funkelnden blauen Augen und makellosen Gesichtszügen sah Kerry genau wie Mom aus.

Aline dagegen war ganz die Tochter ihres Vaters. Sie hatte haselnussbraune Augen, ein schmales Gesicht und dunkelbraune Haare. »Schlammfarben«, wie sie selbst es nannte.

Der Kummer spiegelte sich in ihren Augen, sie war sehr blass. Der Pyjama hing schlaff an ihr. Hätte Kerry sie jetzt gesehen, hätte sie wahrscheinlich bloß gesagt: »Du siehst ja aus wie eine Vogelscheuche!« Unwillkürlich musste sie schmunzeln. Nur verging ihr das Lächeln gleich wieder.

Leise schlich sie in die Küche und machte sich Kaffee. Ted Goldberg, ein Arzt und Freund ihrer Eltern vom Golfclub, war gestern am Spätnachmittag gekommen und hatte ihren Eltern ein Schlafmittel gegeben. Aline hoffte, dass die Tabletten gewirkt und ihnen etwas Ruhe verschafft hatten.

Sie hatte es am gestrigen Nachmittag auf sich genommen, Familienangehörige und enge Freunde anzurufen und sie über die Tragödie in Kenntnis zu setzen. Manche wussten bereits aus den Nachrichten davon. Tröstlich waren auch die zahllosen Beileidsbekundungen, die auf der Facebook-Seite ihrer Schwester eintrafen. Am Abend hatten ihnen die Nachbarn nebenan Essen gebracht. Keiner hatte Appetit gehabt, aber alle hatten ein paar Bissen gegessen und sich dann besser gefühlt.

Um halb sieben hatte ihr Vater den Fernseher angestellt. Ihr Haus war zu sehen. Die Hauptnachricht drehte sich um den Mord an Kerry. Sofort hatte er wieder ausgeschaltet.

Normalerweise hätte Aline beim Betreten der Küche sofort die Morgennachrichten angestellt. Aber sie wollte im Fernsehen nichts über Kerry sehen. Noch nicht. Niemals.

Ihr Handy lag noch im Esszimmer, wo sie am Vortag die Familienangehörigen angerufen hatte. Mit der Kaffeetasse ging sie hinüber. Sie sah, dass eine Stunde zuvor eine Nachricht von einer ihr unbekannten Nummer hinterlassen worden war. Sie stammte von Mike Wilson, dem Detective, der mit Kerrys Fall betraut war. Sie sah ihn wieder vor sich. Attraktiv, gut eins achtzig groß, durchdringende dunkelbraune Augen, schlank und sportlich. Er war immer leicht nach vorn geneigt und hatte die Hände verschränkt, als wollte er kein Wort verpassen, das gesagt wurde.

Sie hörte sich seine Nachricht an: *Ms. Dowling, ich weiß, wie schwer das alles im Moment für Sie ist, aber ich brauche Ihre Hilfe. Ich hoffe, ich rufe nicht zu früh an. Meines Wissens sind Sie Studien- und Berufsberaterin an der Saddle River Highschool und könnten mir in dieser Funktion möglicherweise eine große Hilfe sein. Bitte rufen Sie zurück, sobald Sie diese Nachricht gehört haben.*

Ohne sich Gedanken zu machen, inwiefern sie ihm helfen könnte, ließ sie sich mit ihm verbinden. Er kam sofort auf den Punkt: »Nach meinen bisherigen Erkenntnissen waren etwa dreißig Leute auf der Party. Vom Großteil davon habe ich die Namen. Die meisten waren aus Kerrys Jahrgang, das heißt, sie stehen kurz vor der Abreise zu ihrem College. Ich würde gern herausfinden, auf welches College sie gehen und wann sie aufbrechen. Aus offensichtlichen Gründen möchte ich zunächst mit denen reden, die am frühesten abreisen. Können Sie mir dabei helfen?«

»Ich bin froh, dass Sie angerufen haben. Ich habe völlig vergessen, dass ich heute um eins an der Highschool sein soll, für ein erstes Orientierungstreffen. Vielleicht kann ich Ihnen tatsächlich helfen. Heute soll ich nämlich unter anderem in das Computersystem eingewiesen werden.«

»Sie gehen hin?«

»Ehrlich gesagt, ein bisschen Ablenkung wird mir guttun. Sie fragen, wann die Colleges den Vorlesungsbetrieb aufnehmen. Als Faustregel können Sie von Folgendem ausgehen: In den

Südstaaten fängt das Studium Mitte August an. Der Lehrbetrieb hat dort also schon begonnen. Katholische Unis fangen um den Labor Day herum an, also Anfang September. Die Elite-Unis folgen Mitte September. Die meisten anderen jetzt, in der letzten Augustwoche.«

»Ich danke Ihnen. Tut mir leid, wenn ich Sie um diese Sache bitte, obwohl es erst einen Tag ...«

Sie schnitt ihm das Wort ab. »Ich bin froh, wenn ich etwas Sinnvolles tun kann. Schicken Sie mir die Namen, und ich besorge Ihnen die Universitäten, auf die die Schüler jeweils gehen.«

»Das wäre toll, Ms. Dowling.«

»Nennen Sie mich Aline.«

»Gut, Aline. Eine letzte Bitte noch: Haben Sie auch Geburtsdaten in Ihren Aufzeichnungen? Ich müsste nämlich wissen, wer minderjährig und wer schon volljährig ist.«

»Die kann ich Ihnen ebenfalls beschaffen. Am späten Nachmittag sollten Sie alles haben.«

Mit einem sehr seltsamen Gefühl stellte Aline ihren Wagen auf dem für Fakultätsmitglieder reservierten Bereich ab. Der Parkplatz war nahezu leer.

Sie klopfte an die halb offen stehende Tür der Direktorin. Pat Tarleton erhob sich von ihrem Schreibtisch, kam auf sie zu und umarmte sie. »Mein tiefes Beileid. Wie geht es Ihnen und Ihren Eltern?«

»Wir stehen alle unter Schock und versuchen zu begreifen, was geschehen ist. Ich dachte, es würde mir guttun, wenn ich mich auf was anderes konzentrieren kann, daher wollte ich den Termin wahrnehmen.«

Pat führte Aline zu einem Stuhl neben ihrem, sodass sie beide den großen Bildschirm auf ihrem Schreibtisch vor sich hatten. Sie reichte ihr ein Blatt. »Hier ist Ihr Passwort für den Zugang zum System. Ich zeige Ihnen, wie alles funktioniert.«

Aline folgte Pats Erläuterungen. Zum Glück unterschied sich das Computersystem kaum von dem, mit dem sie an der International School in London gearbeitet hatte. Als sie damit durch waren, gab ihr Pat eine ausgedruckte Liste. »Das sind alle Dozenten und sonstige Angestellten und ihre Kontaktdaten.«

Aline überflog die Liste. Erfreut stellte sie fest, dass viele ihrer früheren Lehrer immer noch unterrichteten. »Das ist ja fast wie eine Heimkehr«, sagte sie und versuchte dabei zu lächeln.

15

Marge wusste nicht, was sie tun sollte. Hatte der Detective erkannt, dass Jamie nicht die Wahrheit sagte? Jamies Blick zu ihr, um sich ihre Bestätigung zu holen, konnte leicht falsch aufgefasst werden. Detective Wilson vermittelte nicht den Eindruck, als ließe er sich leicht hinters Licht führen.

Wie immer, wenn sie durcheinander war, griff sie nach ihrem Rosenkranz. Bevor sie mit der Rezitation der Schmerzhaften Geheimnisse, der Passion Jesu Christi, begann, dachte sie wie so oft an Jack. Sie hatten sich in einem Vergnügungspark in Rye kennengelernt, damals, als er noch die Abschlussklasse der All Hallows Highschool besucht hatte und sie im vorletzten Jahr am St. Jean gewesen war. Sie hatte in der Bronx gewohnt und musste immer mit der U-Bahn zu ihrer Schule in der East 75th Street in Manhattan fahren, während er in der West 200th Street gewohnt hatte. Er hatte im darauffolgenden September mit dem Studium an der Uni in Fordham beginnen wollen, und sie hatte ihm erzählt, dass sie in zwei Jahren nach Marymount wollte.

Wir sind einander nicht mehr von der Seite gewichen, bis seine Gruppe wieder aufs Boot musste und die Nonnen uns in unseren Bus scheuchten.

Jack war für mich der bestaussehende Mann, der mir jemals untergekommen war, er war groß, hatte blonde Haare und blaue Augen. Jamie ist ihm wie aus dem Gesicht geschnitten. Er erzählte mir, der Name Chapman findet sich auf sehr alten Grabsteinen auf Cape Cod, wo seine Vorfahren beerdigt waren.

Sie waren zwar nicht mit der *Mayflower* gekommen, aber auch nicht viel später, wie Jack mir erzählte. Darauf war er immer sehr stolz gewesen, dachte sie liebevoll.

Mein irischer Vater stammte aus einer Bauernfamilie aus Roscommon. Da sein älterer Bruder den Hof erben würde, sagte er mit zwanzig Jahren seinen Eltern, Schwestern und Brüdern Lebewohl und ging nach New York. Dort lernte er meine Mutter kennen, und die Hochzeit fand statt, als er zweiundzwanzig und sie neunzehn war.

Genau wie bei uns, als wir geheiratet haben, dachte Marge. Ich war zwanzig und ging nach dem zweiten Studienjahr vom College ab. Jack war vierundzwanzig. Er hatte schon im ersten Jahr das College verlassen und eine Ausbildung als Elektriker begonnen. Er arbeitete gern im Baugewerbe.

O Jack, wie sehr wünsche ich mir, dass du jetzt hier wärst. Wir hatten schon alle Hoffnung auf ein Kind aufgegeben, aber dann, mit fünfundvierzig, bin ich doch noch schwanger geworden. Es war wie ein Wunder für mich nach der langen Zeit, in der wir uns damit abgefunden hatten, dass Gott uns keine Kinder schenken würde. Wie glücklich wir waren, dachte sie. Aber dann hätten wir Jamie bei der Geburt fast verloren. Er hat zu wenig Sauerstoff bekommen, er hat trotzdem überlebt, knapp zwar, aber er war da.

Als Jamie fünfzehn war, starb Jack an einem Herzinfarkt. Der arme Junge suchte überall nach seinem Daddy und weinte herzzerreißend.

Jack, ich brauche jetzt deine Hilfe, flehte Marge im Stillen. Vielleicht hat Jamie gedacht, er würde mit der armen Kerry ein Spiel spielen. Aber sie hat einen Schlag auf den Kopf bekommen, und so was würde er nie tun, davon bin ich überzeugt.

Die Polizei allerdings könnte seine Geschichte völlig falsch auffassen, wenn sie erfährt, dass er mit ihr im Pool war. Kannst du dir vorstellen, dass er ins Gefängnis geht? Er wäre zu Tode verängstigt, und die anderen würden einen Jungen wie ihn natürlich gnadenlos drangsalieren.

Das darf nicht passieren. Das darf einfach nicht passieren.

Marge sah hinab zum Rosenkranz in ihren Händen. Dann begann sie zu beten, und Jamie kam aus seinem Zimmer herunter, wo er ferngesehen hatte.

»Ich hab keinem erzählt, dass ich mit Kerry schwimmen war«, sagte er. »War das nicht gut?«

16

Aline liebte ihre Großeltern. Sie waren beide Ende siebzig und wegen Großmutters chronischer Arthritis nach Arizona gezogen. Ihre Ankunft würde ihnen Trost sein, aber auch nicht ganz unwesentlich die Nerven belasten, dessen war sie sich sicher.

Sie waren kaum durch die Tür, als ihre Großmutter – sie hatte die Schultern gebeugt und umklammerte mit arthritischen Fingern ihren Stock – auch schon klagte: »Mich hätte es treffen sollen! Warum dieses wunderschöne Kind? Warum? Warum nur?«

Weil du nie in einen Swimmingpool gehst, war Alines erster Gedanke. Ihr für sein Alter noch überaus rüstiger Großvater sagte: »Sie hat, habe ich gehört, in eurer Abwesenheit eine Party gefeiert. So etwas passiert dann, wenn man seine Kinder unbeaufsichtigt lässt.«

Das nun war mehr Anklage als Trost. »Das hab ich Steve auch immer gesagt«, stimmte Fran mit ein.

Aline und ihr Vater wechselten einen Blick. Ihre Großeltern, wusste sie, waren immer noch der Meinung, dass ihre Mutter lieber den Mann hätte heiraten sollen, mit dem sie dreißig Jahre zuvor für kurze Zeit verlobt gewesen war. Der war später im Silicon Valley zum Tech-Milliardär aufgestiegen. Ihr Vater, Partner in einer Anwaltskanzlei, verdiente sehr gut, verfügte aber eben nicht über einen Privatjet, eine Jacht, ein Herrenhaus in Connecticut oder über eine Villa in Florenz.

Kritik wie diese ließ ihr Vater normalerweise an sich abperlen. Aline fragte sich, wie er jetzt darauf reagieren würde, aber er sah nur zu ihr und rollte mit den Augen, womit er ihr unausgesprochen zu verstehen gab: Keine Sorge, in drei oder vier Tagen sind sie wieder fort.

Am Mittwoch schlug Aline ihrem Vater vor, dass sie ihn begleiten würde, wenn die Vorbereitungen für die Totenwache am Donnerstag und die Beerdigung am Freitag zu treffen waren. Sie fürchtete, ihre Mutter würde vollends zusammenbrechen, wenn sie einen Sarg aussuchen müsste. Aber es war dann ihre Mutter, die entschied, dass Kerry in dem Kleid bestattet werden sollte, das sie auf dem Abschlussball der Highschool getragen hatte. Es war ein wunderschönes blassblaues Abendkleid aus Organdy, in dem Kerry schlichtweg bezaubernd ausgesehen hatte.

Am Donnerstag um dreizehn Uhr versammelte sich die Familie in der neu erworbenen schwarzen Kleidung im Beerdigungsinstitut. Als Fran die tote Kerry im Sarg sah, fiel sie in Ohnmacht.

»Warum, warum nur?«, klagte Alines Großmutter wieder, während Steve seine Frau auffing. Fran allerdings fand dann so viel Kraft, um die Beileidsbekundungen der Gäste entgegenzunehmen.

Fernsehkameras waren auf der gegenüberliegenden Straßenseite postiert, während Nachbarn, Lehrer und Schüler der Highschool sowie alte Freunde eintrafen. Um fünfzehn Uhr zog sich die Schlange um den gesamten Block.

Aline überlegte, ob Alan Crowley erscheinen würde. Aber er ließ sich nicht blicken. Sie wusste nicht, ob sie darüber erleichtert oder verärgert sein sollte. Aber wenn man bedachte, welche Meinung ihre Mutter über ihn hatte, so war es wohl besser, wenn er fortblieb.

Einige aus Kerrys Lacrosse-Mannschaft kamen mit ihrem Trainer Scott Kimball. Er war ein attraktiver, durchtrainierter Mann mit dunkelbraunen Haaren. In ihren hochhackigen Schuhen war sie gerade so auf Augenhöhe mit ihm.

Er hatte Tränen in den Augen, als er Aline die Hand schüttelte.

»Ich weiß, wie Sie sich fühlen müssen«, sagte er. »Mein kleiner Bruder ist bei einem Autounfall ums Leben gekommen, bei dem der Täter Fahrerflucht begangen hat. Es vergeht kaum ein Tag, an dem ich nicht an ihn denke.«

Ein Leben ohne Kerry konnte sie sich einfach nicht vorstellen.

Die quälende Frage, wer sie umgebracht hatte, ging jedem durch den Kopf. Aline hörte ihre Mutter, die mehreren Leuten sagte, ihrer Überzeugung nach sei es ganz sicher Alan Crowley gewesen. »Ich wollte ihn ihr immer ausreden«, murmelte Fran. »So viele waren an Kerry interessiert, warum sie sich ausgerechnet für ihn entscheiden musste, ist mir immer ein Rätsel geblieben. Dauernd war er eifersüchtig auf sie und ist so leicht hochgegangen. Und jetzt seht nur, was er ihr angetan hat.«

Am Morgen der Beerdigung lag bereits ein erster Hauch von September in der Luft. Die Sonne schien, aber der schwache Wind war bereits empfindlich kühl. Erneut empfand Aline die Unwirklichkeit der Situation, als sie Kerrys Sarg durch den Mittelgang folgte. Kerry und ich sollten jetzt am Pool sitzen und darüber nachdenken, was sie alles mit aufs College nehmen würde, dachte sie sich. Aber doch nicht hier sein. Nicht hier.

Vater Franks Predigt war Zuspruch und Tröstung zugleich. »Wir verstehen nicht, warum sich solche Tragödien ereignen. Aber nur der Glaube spendet uns den Trost, den wir in einem solchen Fall benötigen.« Erneut sprach er von dem wundervollen Perserteppich, der sich so unterschiedlich präsentierte, je nachdem von welcher Seite man ihn betrachtete. Für Aline klang es jetzt noch bedeutsamer als an dem Tag, an dem sie Kerry im Pool gefunden hatte.

Die Frage, ob es Alan wagen würde, sich sehen zu lassen, war ständig gegenwärtig. Sie ließ den Blick über die Anwesenden schweifen, konnte aber weder ihn noch seine Eltern entdecken. Sein Anblick würde Mom wahnsinnig machen, dachte sie. Als sie und ihre Eltern dem Sarg aus der Kirche hinaus folgten, bemerkte sie ihn dennoch. Alan kniete in der letzten Bank, an der abgewandtesten Seite, und hatte den Kopf zwischen den Händen geborgen.

17

Valerie Long war im zweiten Highschool-Jahr wegen der beruflich bedingten Versetzung ihres Stiefvaters zusammen mit ihrer Familie von Chicago nach Saddle River gezogen. Die Veränderung war ihr nicht leichtgefallen, da der Umzug über die Weihnachtsfeiertage vonstattengegangen war und sie bereits im Januar mit der Schule beginnen musste.

Sie war groß für ihre sechzehn Jahre, sah aber jünger aus. Sie hatte grüne Augen, pechschwarze Haare und eine blasse Haut, und ihr Gesicht hielt das Versprechen zukünftiger Schönheit bereit. Valerie war ein Einzelkind, ihre verwitwete Mutter hatte zwei Jahre zuvor erneut geheiratet. Ihr Stiefvater war zwanzig Jahre älter als ihre Mutter, und dessen zwei erwachsene Kinder, die beide in Kalifornien lebten, sahen sie nur selten. Valerie war überzeugt, dass ihr Stiefvater sie als Belastung empfand. Ihre ängstliche, zurückhaltende Art äußerte sich bei ihr in extremer Schüchternheit.

Im Winter hatte Valerie feststellen müssen, dass sie an der Schule aus den Cliquen und Freundschaften, die sich bereits gebildet hatten, ausgeschlossen war. Das hatte die Umstellung für sie umso schwerer gemacht. Erst im Frühling begannen sich die Dinge zu ändern.

Aufgrund ihrer Schnelligkeit und Koordinationsfähigkeit hatte sie an ihrer ehemaligen Schule zu den besten Spielerinnen in der zweiten Mannschaft des Lacrosse-Teams gehört. So hoffte sie, bald neue Freundschaften schließen zu können, falls sie es in Saddle River in die Mannschaft schaffte. Wie gewöhnlich lief es aber nicht so, wie sie es sich wünschte.

Denn der Trainer Scott Kimball, der sofort ihr Talent erkannte, steckte sie in die erste Schulmannschaft. Mit Ausnahme von zwei Spielerinnen und ihr gehörten dort alle dem Abschlussjahrgang an. Sie hätte viel lieber in der zweiten Mannschaft mit den jüngeren Schülerinnen gespielt, wollte den Trainer und ihre Mitspielerinnen aber auch nicht enttäuschen.

Kerry, die Mannschaftskapitänin, bestaunte als Erste Valeries Fertigkeiten und erkannte auch, wie schüchtern sie war. Kerry sprach sie daraufhin an und gab ihr dabei auch zu verstehen, was für eine gute Spielerin sie war. So wurde Kerry schon nach kurzer Zeit zu Valeries großer Schwester und ihrer Vertrauten.

Kerrys überraschender Tod traf Valerie schwer. Sie brachte es nicht über sich, zur Totenwache oder zur Beerdigung zu gehen, sondern stand allein auf der Straße und sah nur zu, wie der Sarg die Kirche verließ und in den Leichenwagen geschoben wurde. Sie hatte bis dahin nicht geweint, und auch jetzt, als sie sich abwandte und fortging, kamen ihr keine Tränen.

18

Brenda, die Haushälterin der Crowleys, war Marges beste Freundin. Brenda und ihr Mann Curt, ein schon in Rente gegangener Klempner, wohnten in Westwood, New Jersey, nur wenige Kilometer von Saddle River entfernt. Curt Niemeier hatte auf Baustellen oft mit Jack Chapman zusammengearbeitet. Wie Jack und Marge hatten auch die Niemeiers in einem kleinen Ranchhaus in Saddle River gewohnt, bevor die Immobilienpreise explodiert waren. So hatten sie das Haus verkauft und in Westwood ein neues erworben und dazu eine kleine Ferienwohnung an der Küste von New Jersey.

Curt genoss sein Rentnerdasein, Brenda jedoch war fürs Nichtstun viel zu umtriebig. In den ersten Jahren ihrer Ehe hatte sie als Haushälterin gearbeitet, um Geld dazu zu verdienen. Die Arbeit gefiel ihr und ging ihr leicht von der Hand. »Manche gehen in den Fitnessclub. Ich hol mir meine körperliche Betätigung beim Putzen.« Also hielt sie Ausschau nach derartigen Stellen, damit sie was zu tun hatte. So arbeitete sie nun drei Tage in der Woche als Haushälterin und Köchin.

Mit Marge verband sie seit Jahren eine enge Freundschaft. Wenn sie Marge etwas anvertraute, konnte sie davon ausgehen, dass ihre Freundin es nicht weitererzählte. Brenda war von mittlerer Größe, hatte einen grauen Kurzhaarschnitt und schmale Schultern, und sie mochte die Arbeit bei den Crowleys, allerdings mochte sie die Crowleys nicht. June Crowley hielt sie für hochnäsig und ordinär, ihren Mann Doug für einen Egoisten und eine totale Schlaftablette. Der Einzige in der Familie, an dem ihr etwas lag, war Alan. Der arme Junge war mit seinen Eltern geschlagen. In deren Augen konnte er nichts richtig machen. Wenn er in der Schule eine 1 bekam, hätte es in ihren Augen eine 1+ sein sollen.

Ja, er konnte ziemlich jähzornig sein, dachte sich Brenda, aber bei diesen Eltern konnte man ihm das kaum verdenken.

Deren große Hoffnung war, dass Alan im September auf eine Elite-Universität gehen würde und sie damit bei ihren Freunden angeben konnten.

Ständig bedrängten sie ihn, vertraute Brenda Marge an. »An seiner Stelle hätte ich mich an der Uni auf Hawaii beworben, nur um ihnen zu entkommen.

Klar, ich war am Wochenende, als das arme Mädchen umgebracht wurde, nicht da. Aber die Crowleys sind wahrscheinlich an die Decke gegangen, als sie gehört haben, dass ein Polizist aufgetaucht ist und sich mit Alan unterhalten hat. Jetzt hört man überall in der Stadt, dass Alan es gewesen ist. Und so, wie sich die Crowleys aufführen, könnte man glatt meinen, sie glauben es selbst.«

19

Langsam begann sich alles wieder zu normalisieren. Aline half ihrer Mutter bei den persönlichen Dankesschreiben an alle, die Blumen zur Totenwache geschickt hatten.

In stillschweigender Übereinkunft hielten sie die Tür zu Kerrys Zimmer geschlossen. Auf dem frisch bezogenen Bett lag die blau-weiße Tagesdecke, die sich Kerry als Sechzehnjährige ausgesucht hatte.

Im Schrank hingen ihre Kleider. Ihren Stoffhund Lassie, den sie als Kleinkind überall mit sich herumgeschleppt hatte, saß auf einer Bank vor dem Fenster.

Ursprünglich war vorgesehen gewesen, das Stofftier mit in den Sarg zu legen, in letzter Minute aber hatte Fran beschlossen, ihn aufzubewahren.

Unnachgiebig zeigte sich Fran im Fall des Swimmingpools. Er sollte, so ihr Wunsch, abgerissen und die Fläche eingeebnet werden, um alle Spuren seiner Existenz ein für alle Mal zu beseitigen. Steve konnte sie schließlich zu einem Kompromiss überreden. Sie wollten den Pool für die Saison schließen und im nächsten Frühjahr entscheiden, ob sie ihn ganz loswerden wollten.

In den zehn Tagen bis zum Beginn des neuen Semesters versuchte Aline, ihre Gedanken zu ordnen. Kerry und ich waren so unterschiedlich, dachte sie. Und wie schön Kerry gewesen war, von Geburt an.

Als Kerry geboren wurde, war Aline zehn Jahre alt gewesen, ein dürres Mädchen, mit Zähnen, die ganz offensichtlich korrigiert gehörten, und mausbraunen Haaren, die ihr schlaff auf die Schulter fielen.

Aber ich habe sie angebetet. Nie war zwischen uns so etwas wie geschwisterliche Rivalität. Wir waren lediglich zwei unterschiedliche Menschen. Wie habe ich Mom immer angebettelt, mich den Kinderwagen schieben zu lassen.

Später bildeten sich andere Unterschiede heraus. Ich war von klein auf eine unersättliche Leserin. Ich wollte Jane Eyre sein oder Catherine, die mit Heathcliff durch die Moore stürmt. Ich wollte zeigen, wie intelligent ich war. Von der ersten Klasse an wollte ich die Beste sein, und das habe ich auch geschafft.

Als Sport kam für mich nur Tennis infrage, weil es so wettkampforientiert war. »Vierzig-null« war Musik in meinen Ohren.

Die Columbia University war für mich erste Wahl, und auch dort schaffte ich die Aufnahme. Es folgte ein Master-Abschluss in Psychologie.

Und dann die Verlobung mit Rick. Er war Doktorand, als wir uns kennenlernten. Rick wollte seinen Doktor machen und später an der Uni lehren. Ich wollte an der Highschool unterrichten oder Studien- und Berufsberaterin werden. Ich hatte gerade meinen Master und er seinen Doktor, als wir den Termin für die Hochzeit festlegten.

Das war nun vier Jahre her. Alles für den großen Tag war vorbereitet. Mom und ich hatten das Brautkleid ausgesucht. Ich wollte einen Schleier tragen, erinnerte sich Aline. An dem Abend waren wir zusammen essen, und dann war Rick nach Hause gefahren.

Drei Stunden später kam der Anruf von seinem Vater. Rick war frontal mit einem betrunkenen Fahrer zusammengestoßen und im Krankenhaus gestorben. Der Betrunkene hatte nicht einen Kratzer abbekommen.

Wie wieder zur Normalität zurückfinden?, fragte sich Aline

jetzt wieder. Damals wusste ich, dass ich weg musste. Deshalb habe ich die Stelle an der International School in London angenommen.

Das war nun drei Jahre her. Ich bin nur zu Thanksgiving und zu Weihnachten nach Hause gekommen. Drei Jahre des Wartens, damit der Schmerz nachließ, und irgendwann wachte ich morgens auf, und ich musste nicht als Erstes an Rick denken.

Drei Jahre mit lockeren Beziehungen, aber ohne Interesse an etwas Ernsterem.

Und im vergangenen Jahr dann das Bedürfnis, nach Hause zurückzukehren, in täglichem Kontakt mit den Eltern und den Freunden zu sein, die sie zurückgelassen hatte.

Stattdessen war bei ihrer Rückkehr die kleine, so sehr geliebte Schwester einem Mord zum Opfer gefallen. Aber ich kann etwas tun, dachte sie. Ich kann für meine Eltern da sein. Ursprünglich hatte sie vorgehabt, sich in Manhattan eine eigene Wohnung einzurichten. Das konnte jetzt warten.

Wer hatte Kerry getötet? Wer konnte das jemandem antun, der so vielversprechend war, der sein ganzes Leben noch vor sich hatte?

Das, schwor sich Aline, würde nicht mehr vorkommen. Wer immer Kerry umgebracht hatte, er würde dafür zur Rechenschaft gezogen werden. Ich mag Mike Wilson. Ich halte ihn für intelligent und fähig. Aber wie kann ich ihm helfen?

Es gab nur eine Möglichkeit. Viele von denen, die auf der Party gewesen waren, würden wieder zur Schule gehen. Vielleicht wusste ja jemand mehr, als er Mike und den anderen Polizisten erzählt hatte, vielleicht würde ihnen im Lauf der Zeit das eine oder andere herausrutschen.

Die Polizei mochte sich auf Alan Crowley einschießen. Doch nach allem, was sie gehört hatte, gab es zwar Indizien gegen ihn, aber die waren nicht gerade überwältigend.

Seit ihrem Highschool-Abschluss hatte Aline immer Kontakt

zur Direktorin Pat Tarleton gehalten. Einen Monat zuvor hatte Pat sie per E-Mail über eine offene Stelle in der Studien- und Berufsberatung informiert. Ob sie interessiert sei?

Das war exakt die Stelle, die sie sich wünschte, und der Zeitpunkt war genau richtig. Kerry hätte bis dahin ihren Abschluss, und so würde ihr die peinliche Situation erspart bleiben, dass ihre ältere Schwester an derselben Schule beschäftigt war.

20

Marge befand sich in einem Zustand unausgesetzter Anspannung. Es hatte an dem Tag begonnen, an dem die tote Kerry gefunden wurde und Detective Wilson zu ihnen kam und bemerkte, dass Jamie ihren Blick suchte, um sich ihrer Zustimmung zu versichern. Sie glaubte zwar, dass Jamie niemandem von seinem Aufenthalt im Pool erzählt hatte, trotzdem musste sie jederzeit damit rechnen, dass es ihm unerwartet herausrutschte. Es half auch nicht unbedingt, dass er sie immer wieder unvermittelt darauf ansprach.

»Mom, ich hab keinem erzählt, dass ich mit Kerry schwimmen war.«

Ihre Beschwichtigungen folgten schnell und im Ton der Verschwiegenheit. »Psst, das ist unser Geheimnis, mein Lieber. Über Geheimnisse spricht man doch nicht.«

Jeden Tag, wenn sie ihn am Supermarkt absetzte, stand sie schreckliche Ängste aus und kam erst wieder ein wenig zur Ruhe, wenn sie ihn nachmittags abholte. Ohne dass eine bewusste Entscheidung vorausging, stellte sie fest, dass sie ihn mittlerweile jedes Mal mit dem Auto hinfuhr oder abholte, statt ihn zu Fuß gehen zu lassen.

Sobald sie zu Hause waren, fragte sie, mit wem er sich in der Arbeit unterhalten habe und worum es dabei gegangen sei. Manchmal beendete er seine Antworten mit einem triumphierenden Lächeln. »Und ich hab keinem gesagt, dass ich mit Kerry schwimmen war.« Marge war in einem Dilemma gefangen. Einerseits wollte sie erfahren, mit wem er sich unterhielt. Andererseits dachte er aufgrund ihrer Fragen möglicherweise noch mehr an das, was sich in der Nacht von Kerrys Tod ereignet hatte.

Und es wurde noch schlimmer, als er mit einem Mal anfing, vom »Großen« aus dem Wald zu reden. Jacks liebevolle Bezeichnung für Jamie war »Großer« gewesen. So beiläufig wie möglich fragte sie ihn: »Was ist mit diesem Großen, Jamie?«

»Er hat Kerry geschlagen und in den Pool gestoßen«, sagte er ganz ruhig.

Marge zwang sich zur nächsten Frage. »Jamie, wer ist dieser Große?«

»Daddy hat mich immer Großer genannt, weißt du noch, Mom?«

Ihr schnürte sich die Kehle zusammen. »Ich weiß, Jamie«, flüsterte sie. »Ich weiß es noch.«

Marge wusste, dass sie diese Last nicht allein tragen konnte. Sie war überwältigt von der Sorge, dass die Polizei Jamie beschuldigen würde, wenn er ihnen von seinem Poolaufenthalt mit Kerry erzählte, allerdings wusste sie auch, dass es nicht richtig war, die Wahrheit zu verheimlichen.

Am Abend zuvor hatte Jamie erzählt, ein »Großer« sei aus den Büschen gekommen, nachdem der erste Mann weggegangen war, und habe Kerry auf den Kopf geschlagen und in den Pool gestoßen.

Wenn Jamie das der Polizei erzählte, würden sie ihn zwangsläufig mit Alan Crowley vergleichen. Alan war von mittlerer Größe und eher schlank. Jamie hingegen war fast eins fünfundachtzig und massig, nicht dick. Manchmal bezeichnete er sich sogar selbst als »Großer«, dachte Marge. Wenn er das der Polizei erzählte, würden sie annehmen müssen, dass er selbst dieser »Große« war, von dem er erzählte. Und dann würden sie ihn verhaften.

Er würde so große Angst haben. Er war doch so leicht zu manipulieren. Immer wollte er es allen recht machen. Er würde alles erzählen, was sie hören wollten.

Wieder spürte sie, wie ihr eng um die Brust wurde. Ihr Arzt hatte ihr empfohlen, in solchen Fällen eine Glyceroltrinitrat-Tablette zu nehmen. Bis zum Abend hatte sie drei davon geschluckt.

Mein Gott, lass mir nichts zustoßen, flehte sie. Er braucht mich mehr als je zuvor.

21

Als Nächstes suchte Mike Wilson die vier Mädchen auf, die Kerry nach der Party jeweils eine SMS geschrieben hatten. Alle bekamen von ihren Eltern die Erlaubnis, mit ihm zu reden.

Er klingelte bei Betsy Finley und wurde ins Wohnzimmer gebeten. Betsy saß, eingeklemmt zwischen ihren Eltern, auf einer Couch. Wilson ließ sich im Sessel gegenüber nieder.

Wie Detective Harsh stellte er erst einmal klar, dass er niemanden aufgrund von Alkohol- oder Drogenmissbrauch belangen wolle, es aber äußerst wichtig sei, dass Betsy ihm ehrlich antwortete. Er betonte, dass er ausschließlich daran interessiert sei, herauszufinden, was Kerry zugestoßen war.

Er versuchte seine Fragen so beiläufig wie möglich zu stellen. Nachdem Betsy verlegen gestanden hatte, ein oder zwei Wodka getrunken zu haben, wurde festgehalten, wann sie zur Party gekommen und wann sie wieder gegangen war. »Gab es irgendwelche Auseinandersetzungen während der Party?«, fragte Wilson.

Natürlich. Sofort erzählte Betsy von Alans und Kerrys Streit, weil Kerry und Chris Kobel miteinander geflirtet hatten. Danach sei Alan aufgebrochen, allein. Alle anderen seien erst kurz vor elf Uhr abgezogen, weil Kerry zu diesem Zeitpunkt alle aus dem Haus haben wollte.

Betsys Aussage bestätigte alles, was Mike bereits von den SMS und seiner Befragung von Alan wusste.

Seine letzte Frage lautete: »Wissen Sie, wer das Bier und den Wodka besorgt hat?« Daraufhin schüttelte Betsy nur den Kopf.

»Das war alles schon da, als ich gekommen bin, und ich war die Erste auf der Party.«

Ähnliche Antworten erhielt er von den nächsten beiden Mädchen. Diejenige, die geschrieben hatte, Kerry solle »den Idioten« in die Wüste schicken, erklärte aufgebracht, dass Alan sich nicht bloß aufgeregt habe oder wütend geworden sei; er sei vollkommen ausgerastet.

Das letzte Mädchen erwies sich für Mike am wertvollsten. Auf die Frage, wer den Alkohol mitgebracht hatte, antwortete sie: »Kerry hat mir erzählt, der Typ, der ihr den platten Reifen gewechselt hat, meinte, wenn sie mal eine Fete macht, könnte er ihr alles besorgen, was sie wollte.«

Mikes Miene blieb ungerührt. »Wissen Sie zufällig den Namen dieses Mannes?«

»Nein.«

»Hat Kerry ihn beschrieben oder erzählt, wo sie ihn kennengelernt hat?«

»Die Reifenpanne, glaube ich, hatte sie auf der Route 17 in Mahwah, und er hat angehalten, um ihr zu helfen.«

»Wissen Sie zufällig, wo sie ihn getroffen hat, als er den Alkohol für die Party besorgte?«

»Nein, aber sie hat mir erzählt, bei der Alkoholübergabe hat sie erst alles im Kofferraum verstaut, und dann hat er sie gefragt, ob er mit auf die Party kommen könnte. Sie hat gesagt, das wäre nur für ihre Freunde von der Highschool, es wäre keiner in seinem Alter da. Laut Kerry war er so um die fünfundzwanzig. Und dann hat er gesagt: ›Na, vielleicht können wir uns ja noch treffen, wenn deine Freunde wieder weg sind.‹ Natürlich hat sie abgelehnt. Da hat er sie gepackt und sie küssen wollen.«

»Hat sie ihn beschrieben?«

»Nein. Sie hat ihm gesagt, er soll sich verziehen, und dann, hat sie mir erzählt, ist sie ins Auto gestiegen und weggefahren.«

»Sie hat also nicht gesagt, wo sie sich für die Übergabe des Alkohols getroffen haben?«

»Ich glaube nicht. Ich kann mich jedenfalls nicht erinnern.«

Er sah zu ihren Eltern. »Ich bin Ihnen sehr dankbar, dass Sie mir ermöglicht haben, mit Ihrer Tochter zu reden.«

Er verabschiedete sich und kehrte zu seinem Wagen zurück. Als er losfuhr, drehten sich seine Gedanken darum, dass gerade ein weiterer potenzieller Verdächtiger im Mordfall Kerry Dowling aufgetaucht war.

22

Die Sonne fiel durch die Fenster des Pfarrhauses. Marge saß mit Vater Frank in dessen Büro. Statt sich hinter seinem Schreibtisch niederzulassen, hatte er einen Stuhl herangerückt und sich neben sie gesetzt.

»Marge, ich bin froh, dass Sie gekommen sind. Schon am Telefon war zu hören, wie aufgewühlt Sie sind. Was ist denn los?«

»Jamie ... er steckt in Schwierigkeiten.«

Es folgte eine Pause. Dann erzählte Marge mit zitternder Stimme: »Vater, Jamie hat von seinem Fenster aus die Party bei Kerry Dowling beobachtet. Als sie in den Pool fiel oder hineingestoßen wurde, dachte er, sie würde schwimmen gehen. Also ist er zu ihr hinüber und mit in den Pool gestiegen.«

»Hat er Ihnen das erzählt?«

»Nicht sofort. Am nächsten Morgen habe ich mich gewundert, weil seine Hose und die Socken und Turnschuhe nass waren. Als ich ihn darauf angesprochen habe, hat er mir erzählt, dass jemand von hinten an Kerry herangetreten ist, ihr einen Schlag verpasst und sie in den Pool gestoßen hat. Und weil er mit ihr schwimmen wollte, ist er zu ihr in den Pool gestiegen.«

Marge atmete tief durch.

»Ich wusste nicht, was ich tun sollte, Vater. Ich habe gesehen, wie Steve Dowling und Aline die tote Kerry an den Beckenrand gebracht haben. Ich hatte Angst. Angst um Jamie. Auf seinen Schuhen und der Hose waren Flecken. Vielleicht war es falsch, aber ich habe alles gewaschen. Ich musste doch Jamie schützen.

Ich habe ihm das Versprechen abgenommen, mit niemandem darüber zu reden, was in dieser Nacht vorgefallen ist.«

»Marge, was Jamie gesehen hat, könnte für die Polizei sehr wichtig sein.«

»Ja. Aber es könnte Jamie auch in große Schwierigkeiten bringen, wenn die Polizei zu dem Schluss kommt, dass er der Täter ist.« Marge holte noch mal tief Luft. »Vater, das ist noch nicht alles. Sie wissen, dass mein Mann Jamie immer als den ›Großen‹ bezeichnet hat.«

»Natürlich weiß ich das noch.«

»Und jetzt sagt mir Jamie ständig, dass dieser ›Große‹ Kerry in den Pool gestoßen hat. Alan Crowley ist nicht sonderlich groß und eher schmächtig. Jamie aber bezeichnet sich manchmal selbst als den ›Großen‹. Wenn er aufgeregt ist, bringt er oft alles durcheinander. Ich habe Angst, dass er, wenn er mit der Polizei spricht ...« Sie ließ den Satz unausgesprochen.

»Marge, können Sie sich vorstellen, dass Jamie Kerry das hätte antun können?«

»Jamie war enttäuscht, vielleicht war er auch wütend, dass er nicht zur Party eingeladen wurde. Aber ich kann mir beim besten Willen nicht vorstellen, dass er ihr jemals wehtun könnte.«

»Aber wenn Jamie sagt, ein ›Großer‹ habe Kerry ins Becken gestoßen, dann fürchten Sie, dass er damit von sich selbst spricht?«

Marge seufzte. »Ich weiß nicht mehr, was ich glauben soll. Er hat sie sehr gemocht. Ich kann nicht glauben, dass er ihr was antut. Ein Polizist war bei uns und hat mit uns geredet. Ich glaube nicht, dass er Jamie verdächtigt, aber ich weiß es nicht.«

»Marge, ich will Ihnen keinen vorschnellen Rat erteilen, der sich vielleicht als falsch erweisen könnte. Ich möchte erst über alles nachdenken.«

»Ich danke Ihnen, Vater. Bitte beten Sie für uns. Vor allem für Jamie.«

»Das werde ich, Marge. Versprochen.«

23

Die Schüler, wie eh und je aufgeregt zu Beginn des neuen Schuljahrs, strömten durch die Flure. Als sie Aline sahen, blieben viele von ihnen stehen und sprachen ihr wegen Kerry ihr Beileid aus. Aline wäre beinahe jedes Mal aufs Neue in Tränen ausgebrochen, wenn die Schüler ihr sagten, wie fassungslos sie über den Tod ihrer Schwester seien. »Mir geht es ebenso«, war meistens ihre Antwort.

Alles an dem Tag verschwamm in ihrer Erinnerung. Nachdem die Schulbusse fort und die Lehrer nach Hause gefahren waren, saß Aline noch in ihrem Büro. Sie versuchte sich mit den Namen der diesjährigen Abschlussschüler vertraut zu machen. Denn zu ihren Aufgaben gehörte es, ihnen bei der Auswahl der Colleges behilflich zu sein, an denen sie sich bewerben wollten.

Unbehagen bereitete ihr nur die Tatsache, dass sie im Computersystem als Erstes die Informationen nachgeschlagen hatte, um die Mike Wilson sie gebeten hatte. Sollte bekannt werden, welche Daten sie der Polizei übergeben hatte, könnte ihr erster Tag an der Saddle River Highschool sehr schnell auch ihr letzter gewesen sein.

Es klopfte an ihrer Tür. Pat Tarleton öffnete und kam herein. »Und, Aline, wie war Ihr erster Tag?«

»So gut, wie es zu erwarten war«, antwortete sie mit einem gequälten Lächeln. »Im Ernst, es tut gut, hier zu sein. Außerdem freue ich mich darauf, die Schüler und die Kollegen kennenzulernen.«

»Apropos, mir ist aufgefallen, dass Sie und Scott Kimball sich im Lehrerzimmer unterhalten haben. Er ist eine tolle Bereicherung, seitdem er letztes Jahr zu uns gekommen ist. Sein Matheunterricht ist bei den Schülern sehr beliebt, und für die Lacrosse-Mannschaft der Mädchen ist er ein Geschenk des Himmels.«

»Er ist gemeinsam mit einigen der Spielerinnen bei der Totenwache gewesen«, sagte Aline zurückhaltend.

»Und Kerry hat öfter davon gesprochen, was für ein toller Trainer er sei. Gut, ich wollte bloß mal vorbeischauen. Wir sehen uns dann in der Konferenz.«

Die Tür war kaum geschlossen, als Alines Handy klingelte. Mike Wilson war am Apparat.

»Aline, hat Kerry Ihnen gegenüber, am Telefon, per SMS oder Mail, jemals einen Mann erwähnt, der ihr einen platten Autoreifen gewechselt hat?«

Aline ging in Gedanken die letzten E-Mails von Kerry durch. »Nicht dass ich wüsste. Ich nehme an, es gibt einen Grund, warum Sie mich das fragen.«

»Ich bin nur gründlich. Eine von Kerrys Freundinnen hat mir von einem Mann erzählt, der ihr beim Reifenwechsel geholfen hat und anscheinend etwas aufdringlich und aggressiv geworden ist, als sie ihn nicht zur Party einladen wollte. Vielleicht ist das alles nicht relevant, trotzdem hätte ich gern die Personalien dieses Mannes.«

»Meinen Sie, er könnte sie ...«

»Aline, wir folgen allen Spuren, auf die wir stoßen. Deshalb muss ich auch Ihre Eltern nach dem platten Reifen befragen.«

»Natürlich.«

»Wie geht es Ihren Eltern?«

»Meinem Vater hilft es, wieder ins Büro zu gehen. Aber meine Mutter ist völlig am Boden zerstört.«

»Sind sie heute Abend zu Hause? Vielleicht hat Kerry ja

irgendetwas über eine Reifenpanne erzählt. Wann wäre es Ihrer Meinung nach denn am besten, dass ich bei Ihnen vorbeikomme?«

»Dad kommt meistens so gegen halb sieben nach Hause. Vor halb acht essen wir nie. Ich würde also sagen, Viertel vor sieben wäre in Ordnung.«

»Gut. Dann sehen wir uns da.«

Aline schaltete ihren Computer aus. Sie wollte gerade aufbrechen, als es erneut an der Tür klopfte. Scott Kimball kam herein.

Der Lacrosse-Trainer war auch Mathematiklehrer und unterrichtete Algebra und Geometrie. Er war nun im zweiten Jahr an der Schule und hatte im Vorjahr einen in Pension gegangenen Lehrer ersetzt. Der Sportfachschaftsbetreuer war heilfroh gewesen, in Kimball jemanden gefunden zu haben, der Lacrosse spielte und gewillt war, die Mädchenmannschaften zu trainieren.

»Wollte mich nur mal erkundigen, wie es Ihnen so geht.«

»Meine Großeltern sind nach Arizona zurückgeflogen. Sie fehlen mir, aber ohne sie ist vieles auch einfacher. Mein Dad arbeitet wieder. Meiner Mutter geht es aber nach wie vor nicht gut. Das trifft im Grunde auf uns alle zu. Aber sie ist entschlossen, sich so weit wie möglich zu beschäftigen.«

»Aline, ich weiß, es ist vielleicht nicht unbedingt der günstigste Zeitpunkt, vielleicht kommt es viel zu früh, ich will Sie aber trotzdem fragen. Ich würde nämlich mit Ihnen sehr gern zum Essen gehen. Ich kann es kaum erwarten, ein neues französisches Restaurant auszuprobieren, das in Nyack direkt am Hudson aufgemacht hat. Das Essen und der Ausblick sollen fantastisch sein, hat man mir gesagt.«

Aline zögerte. Scott war zweifellos ein attraktiver Mann. Aber sie war sich nicht sicher, ob es klug war, mit einem Kollegen so frühzeitig schon *privaten Umgang* – ach was, man sollte das Kind doch beim Namen nennen – ein *Date* zu haben. »Ich bin noch nicht so weit, aber wir können gern in ein paar Wochen darauf zurückkommen.«

»Selbstverständlich. Sie wissen ja, wo Sie mich finden.«

Er winkte ihr noch zu und ging.

Aline musste an Kerry und ihre Reaktion auf Kimball am Ende des letzten Schuljahrs denken. Er sei ein toller Trainer und ein wirklich netter Typ. Außerdem sei er so viel besser als der vorherige Coach Don Brown, der überhaupt keine Ahnung hatte, was er tat. Ein Punkt für dich, Kerry, dachte Aline. Wahrscheinlich hätte es dir gefallen, wenn ich mich mit Scott Kimball zum Abendessen in einem Restaurant mit einem so tollen Ausblick getroffen hätte.

Sie schloss die Tür hinter sich und ging hinaus auf den Parkplatz.

24

Wie angekündigt klingelte Mike Wilson Punkt 18.45 Uhr an der Tür. Aline hatte ihren Eltern bereits Bescheid gegeben. »Er wird uns sagen, dass sie Alan Crowley verhaftet haben«, kam es umgehend von ihrer Mutter.

»Nein, darum geht es nicht. Er hat einige Fragen an euch beide.«

»Zu Kerry?«, fragte Steve.

»Ja, es geht um eine Reifenpanne, die Kerry hatte.«

»Kerry hatte keine Reifenpanne«, erwiderte Steve entschieden.

»Nun, erzähl das Detective Wilson.«

Als Mike eintraf, wollte Aline vermeiden, dass sie sich im Familienzimmer niederließen. Dort hatten sie gesessen, als Mike ihnen eröffnet hatte, dass Kerrys Tod kein Unfall war. So schlug sie also vor, dass sie alle ins Wohnzimmer gingen.

Nachdem sie Platz genommen hatten, erklärte Mike den Grund für das Treffen und fasste zusammen, was er bereits Aline erzählt hatte. »Kerry hat nichts von einer Reifenpanne erwähnt«, antwortete Steve. »Aber ich hab ihr gesagt, dass der hintere Reifen schon ziemlich abgefahren sei. Ich wollte, dass sie ihn sofort beim Händler wechseln lässt. Aber wenn sie einen Platten hatte, weil sie sich nicht um den Reifen gekümmert hat, dann hätte sie uns vielleicht nichts davon erzählen wollen.«

»Hat sie denn irgendwann einen neuen Reifen aufziehen lassen?«, fragte Mike.

»Vor etwa zehn Tagen, da hat sie mir den neuen Reifen gezeigt.«

»Das könnte den Zeitraum einengen, in dem sie den Mann kennengelernt hat, der ihr den Reifen gewechselt und den Alkohol für die Party besorgt hat.«

»Und aufdringlich geworden ist«, fügte Steve hinzu.

»Ja, vorausgesetzt, sie hat sich den neuen Reifen sofort nach der Panne besorgt.« Mike erhob sich. »Das kann möglicherweise hilfreich sein, um diesen Unbekannten aufzuspüren.«

»Der Einzige, auf den Sie sich konzentrieren sollten, ist Alan Crowley«, sagte Fran in aller Entschiedenheit, während ihr Tränen in die Augen stiegen.

Aline brachte Mike zur Tür. »Vielleicht hat Mom ja doch recht, was Alan Crowley betrifft«, sagte sie, als sie allein waren.

»Wenn möglich, vermeiden wir es, uns allein auf den einen offensichtlichen Verdächtigen zu konzentrieren. Wir gehen allen relevanten Spuren nach.« Und dann wiederholte er die Frage, die auch Pat Tarleton gestellt hatte. »Wie geht es Ihnen nach Ihrem ersten Arbeitstag?«

»Es ist natürlich alles ein bisschen viel. Aber ich habe eine Frage. Weiß noch jemand davon, dass ich die Geburtsdaten der Schüler und Informationen über die jeweiligen Unis an Sie herausgegeben habe?«

»Niemand erfährt, von wem ich die Informationen habe.«

»Gut. Es wäre mir sehr recht, wenn das auch so bliebe.«

»Auf jeden Fall. Gute Nacht.«

Aline sah ihm hinterher und wartete, bis er in seinen Wagen gestiegen und davongefahren war.

Am ersten Schultag fühlte sich Valerie, als würde sie schlafwandeln. Bei jedem Schritt hatte sie das Gefühl, als müsste Kerry noch da sein. Kerry auf dem Lacrosse-Feld. Kerry, die sich auf dem Weg zur Umkleide bei ihr untergehakt hatte.

Und in der Umkleide hätte sie am liebsten losgeheult. Aber aus irgendeinem Grund wollten die Tränen nicht fließen.

Als sie das Klassenzimmer wechselte, sah sie im Flur Kerrys Schwester, die neue Studien- und Berufsberaterin. Sie trug ein dunkelblaues Jackett und eine Freizeithose. Sie ist so schön, dachte sich Valerie, als sie an ihr vorbeiging. Sie war größer als Kerry, und sie hatte dunkelbraune Haare, trotzdem sahen sie sich sehr ähnlich.

Es tut mir leid, Kerry, dachte Valerie. Es tut mir so schrecklich leid.

25

Wie geplant trafen sich Alan Crowleys Eltern mit dem renommierten Verteidiger Lester Parker. Ein widerstrebender Alan begleitete sie.

»Alan, gehen wir durch, was sich auf der Party ereignet hat«, begann Parker. »Kerry Dowling war Ihre Freundin, oder?«

»Ja, das war sie.«

»Wie lange bestand die, äh, Beziehung zwischen Ihnen schon?«

»Ein Jahr.«

»Stimmt es, dass Sie sich oft gestritten haben?«

»Ja, aber danach haben wir immer darüber gelacht. Kerry hat gern geflirtet, es hat ihr gefallen, wenn ich deswegen wütend geworden bin. Aber wir haben es immer wieder hingebogen.«

»Kommen wir zum Abend der Party. Sie haben sich gestritten?«

»Kerry hatte zwei Wodka. Sie vertrug keinen Alkohol, noch nicht mal ein oder zwei Gläser Wein. Als dann Chris Kobel angefangen hat, mit ihr zu flirten, hat sie sich darauf eingelassen.«

»Haben Sie was getrunken?«

»Nur ein paar Bier.«

»Ein paar?«

»Drei oder vier vielleicht. Ich weiß es nicht mehr.«

Alan spürte die finsteren Blicke seiner Eltern auf sich.

»Meines Wissens haben Sie die Party vorzeitig verlassen. Wohin sind Sie gefahren?«

»Ich wusste, dass sich einige meiner Freunde in einer örtlichen Pizzeria treffen wollten, im Nellie's in Waldwick. Dorthin bin ich gefahren.«

»Waren Sie bei ihnen, bis Sie nach Hause gefahren sind?«

»Nein.«

»Sie sind von der Pizzeria noch mal zu Kerry gefahren?«

»Ja.«

»Wo war sie bei Ihrem Eintreffen?«

»Auf der Terrasse hinter dem Haus, beim Aufräumen.«

»Was hat sie gesagt, als sie Sie gesehen hat?«

»Nichts. Ich hab gesagt, ›Kerry, es tut mir leid. Ich möchte dir beim Aufräumen helfen.‹«

»Wie hat sie darauf reagiert?«

»›Ich bin müde. Ich muss morgen früh raus. Ich möchte lieber ins Bett.‹«

»Daraufhin sind Sie gegangen?«

»Sie hat mir nichts vorgemacht. Sie hat gegähnt. Also hab ich gesagt, ›gut, wir sehen uns morgen‹.«

»Und dann?«

»Sie hat gesagt, ›ja, reden wir morgen darüber‹.«

»Und was haben Sie getan?«

»Ich hab sie umarmt und ihr einen Kuss gegeben und bin nach Hause gefahren.«

»Um wie viel Uhr waren Sie zu Hause?«

June mischte sich nun ein. »Wir waren im Schlafzimmer, ich hab auf die Uhr gesehen. Es war exakt 23.51 Uhr.«

Ungehalten sah Parker zu ihr, dann wieder zu Alan. »Alan, stimmen Sie zu? War es gegen 23.51 Uhr?«

»Nein, ich glaube, es war etwas später.«

»Es war exakt 23.51 Uhr«, unterbrach June erneut. »Wie gesagt, ich habe auf die Uhr gesehen, als Alan zurückgekommen ist.«

Es folgte eine Pause, dann wandte sich Parker an die Crowleys. »Wenn Sie nichts dagegen haben, würde ich vorschlagen, dass

Sie draußen warten. Am besten kann ich Alan helfen, wenn ich die Fakten direkt von ihm höre.«

Nachdem die Tür hinter ihnen geschlossen war, sagte Parker: »Alan, Sie wissen von der anwaltlichen Schweigepflicht. Nichts, was Sie mir erzählen, wird von mir weitergegeben. Also, haben Sie Kerry in irgendeiner Weise einen Schlag verpasst oder in den Pool gestoßen?«

»Nein.« Sowohl seine Miene als auch seine Körpersprache zeugten davon, dass er sich zu Unrecht angegriffen fühlte. »Wie würden Sie sich denn fühlen, wenn die ganze Stadt Sie für einen Mörder hält?«, brauste er auf. »Wie würden Sie sich fühlen, wenn Ihre Eltern so sehr davon überzeugt sind, Sie würden jeden Moment verhaftet, dass Sie einen Topanwalt wie Sie engagieren? Wie würden Sie sich fühlen, wenn Ihre Freundin, die Sie wirklich geliebt haben, ermordet wird?«

Alans Lippen zitterten. Lester Parker musterte ihn. Er hatte oft mit Angeklagten zu tun, die ihre Unschuld beteuerten, und oft genug konnte er relativ schnell sagen, wer ihn anlog und wer die Wahrheit sagte. Noch wollte er sich kein Urteil über Alan Crowley bilden, nicht, solange er seine Verteidigung vorbereitete.

»Wann haben Sie von Kerrys Tod erfahren?«

»Am Sonntag gegen Mittag. Ich war draußen beim Rasenmähen, mein Handy lag im Haus. Als ich mir eine Flasche Wasser holen wollte, sah ich die vielen neuen Nachrichten. Durch die SMS erfuhr ich, was passiert war. Gleich darauf kam ein Polizist und bat mich, mit zur Dienststelle in Hackensack zu kommen.«

»Haben Sie ihm das Gleiche erzählt, was Sie jetzt mir erzählt haben?«

»Ja.«

»Alan, es muss schrecklich für Sie gewesen sein, im Büro der Staatsanwaltschaft befragt und auf Video aufgezeichnet zu werden. Haben Sie bei dieser Befragung irgendetwas gesagt, was nicht der Wahrheit entspricht?«

Alan zögerte.

»Schon gut, Alan. Sie können es mir erzählen.«

»Ich habe dem Detective gesagt, dass ich die ganze Zeit bei meinen Kumpels in der Pizzeria war und von dort gleich nach Hause gefahren bin. Ich habe nichts von meinem Besuch bei Kerry erwähnt.«

»Gut. Am Sonntagmorgen sind Sie aufgewacht. Ihre Eltern sind, soweit ich weiß, früh zum Golfen aufgebrochen. Sie haben den Rasen gemäht, bis der Polizist eintraf, dann sind Sie mit ihm nach Hackensack gefahren. Waren Sie nach Ihrer Rückkehr aus Hackensack noch irgendwo oder haben Sie mit irgendjemandem geredet, bevor Ihre Eltern wieder zurückgekehrt sind?«

Alan schwieg eine Weile. Parker legte seinen Stift auf den Tisch und sagte: »Alan, ich kann Ihnen nur helfen, wenn Sie ehrlich zu mir sind.«

»Nach der Rückkehr aus Hackensack bin ich in Panik geraten. Ich hab doch jemanden gebraucht, der meine Geschichte bestätigt.«

»Was haben Sie also getan?«

»Ich hab bei einem der Jungs angerufen, der mit im Nellie's war. Die anderen beiden waren zufällig bei ihm. Ich hab sie gebeten, sich an meine Version der Geschichte zu halten.«

»Wissen Sie, ob die drei bereits mit der Polizei gesprochen haben?«

»Ja, haben sie.«

»Gut.«

Alan teilte Parker die Namen und Adressen seiner drei Freunde mit.

»Hören Sie«, sagte Alan. »Ich weiß, dass ich panisch reagiert und es versaut habe. Durch meine Lügen habe ich alles noch schlimmer gemacht. Was kann ich tun, um es wieder hinzubiegen?«

Parker sah seinem Mandanten fest in die Augen. »Zwei Dinge, die Sie tun können. Von jetzt an reden Sie mit niemandem mehr über diesen Fall, ich und Ihre Eltern mal ausgenommen. Wenn irgendjemand Sie darauf anspricht, verweisen Sie ihn an mich.«

Alan nickte.

»Und das zweite: Erzählen Sie Ihren Eltern, was Sie gerade mir erzählt haben. Sie werden es sowieso herausfinden, also bringen wir dieses schwierige Gespräch am besten gleich hinter uns.«

26

Am Morgen beim Frühstück verkündete Steve, er werde früher Feierabend machen, weil er anschließend mit Fran noch ins Kino wollte. Fran war noch nicht aus ihrem Zimmer heruntergekommen.

Bei einer schnellen zweiten Tasse Kaffee sagte er zu Aline: »Ich muss deine Mutter mal aus dem Haus locken. Gestern Abend, nachdem Detective Wilson hier war, hab ich ihr einen Kinobesuch vorgeschlagen, Gott sei Dank hat sie eingewilligt. Sie ist so besessen von der Idee, dass Alan Crowley Kerry auf dem Gewissen hat, dass sie es jedem gegenüber erwähnt. Aber solange keine eindeutigen Beweise vorliegen, sollten wir nicht vorschnell urteilen – das hab ich ihr gesagt, aber das will sie natürlich nicht hören. Sie ist von Alans Schuld überzeugt, auch nach allem, was Detective Wilson von dem Mann erzählt hat, der Kerry das Bier besorgte.«

Steve stellte seine leere Tasse in den Ausguss. »Das Kino in Norwood bringt einmal in der Woche die alten Klassiker. Greer Garson ist immer noch eine der Lieblingsschauspielerinnen deiner Mutter. Es wird ihr gefallen, *Gefundene Jahre* mal wieder auf einer großen Leinwand zu sehen. Danach wollen wir essen gehen. Willst du vielleicht mitkommen, ins Kino oder zum Essen oder zu beidem?«

»Danke, Dad, lieber nicht. Ich muss mich noch mit einigen Dingen an der Schule vertraut machen. Ich hol mir auf dem Nachhauseweg was fürs Abendessen.«

Der nächste Arbeitstag an der Schule fiel ihr etwas leichter als der erste. Aline hatte schon immer ein gutes Gedächtnis für Namen und Gesichter. Im Flur fiel ihr eine Schülerin auf, von der sie wusste, dass sie sie schon einmal gesehen hatte – es war das Mädchen, das nach dem Trauergottesdienst für Kerry auf der gegenüberliegenden Straßenseite gestanden hatte. Warum war sie nicht mit in die Kirche gekommen?, fragte sich Aline.

Bis sechs hatte sie in ihrem Büro zu tun. Die Tür stand einen Spaltbreit offen, und erneut kam Scott Kimball vorbei. »Offensichtlich viel zu tun«, begrüßte er sie.

»Geht so«, antwortete Aline.

»Besteht eventuell die Möglichkeit, dass Sie mit mir essen gehen – natürlich nur, wenn Sie sich dazu in der Lage sehen? Ich weiß, diese Frage habe ich gestern erst gestellt, aber sie ist mir gerade wieder in den Sinn gekommen. Sie wissen schon, es könnte Sie ja auf andere Gedanken bringen.«

»Sie wollen mich mit dem französischen Restaurant in Versuchung führen, von dem Sie so geschwärmt haben?«

»Genau.«

»Dann lautet meine Antwort: *oui.*«

Sie mussten beide lachen.

Aline lehnte Scotts Angebot, sie mitzunehmen, ab und fuhr mit ihrem eigenen Wagen zum Restaurant La Petite. Scott wohnte, wie er ihr erzählt hatte, in Fort Lee. Wenn er sie wieder zurück zu ihrem bei der Schule geparkten Wagen bringen müsste, wäre das für ihn ein großer Umweg.

Auf dem Weg zum Restaurant aber kamen ihr Zweifel. Ihm Stillen schalt sie sich, seinen Vorschlag so schnell angenommen zu haben. Erneut ging sie alle Argumente durch, warum es dumm war, sich auf etwas einzulassen, was über die rein berufliche Beziehung zwischen ihnen weit hinausging. Nur dieses eine Mal, nahm sie sich vor. Wirklich nur dieses eine Mal.

Im Restaurant aber entspannte sie sich. La Petite erwies sich in allen Belangen als so gut, wie Scott versprochen hatte. In den drei Jahren ihres Londonaufenthalts hatte sie alle paar Monate den Zug durch den Eurotunnel genommen und war nach Paris gefahren. Sie war immer in einem kleinen Hotel am linken Seineufer mit Blick auf Notre-Dame abgestiegen, hatte regelmäßig den Louvre und andere Museen besucht und Bootstouren unternommen.

Dabei hatte sie nicht nur ihre Leidenschaft für französisches Essen entdeckt, sondern auch ihre Begabung für Sprachen ausleben können. Ihr Ziel war es, fließend Französisch zu sprechen, ohne amerikanischen Akzent. Als sich ihr Kellner mit eindeutig französischem Akzent vorstellte, sah sie die Gelegenheit gekommen, ihre Kenntnisse an den Mann zu bringen.

Scott überraschte sie anschließend, indem er ihrem Beispiel folgte. Er sprach sehr gut Französisch, sein Akzent allerdings war nicht zu überhören.

Sie ließen sich die Tagesgerichte aufzählen und gaben ihre Bestellung auf. Während sie kurz darauf am Bordeaux nippten, den Scott gewählt hatte, sagte er: »Als ich auf dem College war, habe ich ein Semester in Frankreich verbracht. Das Programm hat Sprachunterricht vorgesehen, und ich habe bei einer französischen Familie gelebt.«

»Sie sind also vollkommen in die fremde Kultur eingetaucht?«, fragte Aline.

»So war es gedacht.« Scott lächelte. »Aber in Gegenwart der anderen Studierenden war es recht leicht, wieder ins Englische zu fallen.«

»Ich wünschte mir, ich hätte auch so eine Möglichkeit gehabt.«

»Was immer Sie gemacht haben, Ihr Französisch ist jedenfalls besser als meins.«

»Aus einem bestimmten Grund.« Sie erzählte ihm von ihren vielen Reisen nach Paris.

Sie tauschten sich über einige Schauplätze und Orte in und um Paris aus, die sie beide besucht hatten. Dann kamen sie auf die Highschool zu sprechen, und Scott teilte ihr seine Eindrücke von den anderen Lehrern und des Verwaltungspersonals mit. Sie waren bereits beim Kaffee, als er Kerry erwähnte.

»Aline, das war ein ganz wunderbarer Abend. Einerseits möchte ich Ihnen sagen, was für eine tolle junge Frau Kerry gewesen ist, andererseits aber fühlen Sie sich vielleicht unwohl, wenn wir auf sie zu sprechen kommen.«

»Nein, es ist schon okay. Ich habe Kerry immer mit den Augen der größeren Schwester gesehen. Wenn ich die Zeit zurückdrehen könnte, wäre ich nicht mehr so viel weg wie in den letzten drei Jahren. Wie war es für Sie, ihr Trainer zu sein?«

»Sie war wirklich etwas ganz Besonderes. Sie war keineswegs die beste Spielerin in der Mannschaft, aber sie war sehr gut, und sie hatte die natürliche Gabe, andere zu führen. Das schönste Kompliment, das man einem Spieler oder einer Spielerin machen kann, ist, dass die Mitspieler besser werden, wenn er oder sie auf dem Feld ist.«

Am Ende des Abends, auf dem Weg nach Hause, musste Aline sich eingestehen, dass sie das Essen sehr genossen hatte. Scott war ein freundlicher Mensch und ein guter Gesellschafter.

27

Die Ergebnisse der Autopsie ergaben, dass Kerry nach dem erlittenen heftigen Schlag gegen den Hinterkopf sofort tot gewesen war. In ihren Lungen war kaum Wasser festzustellen, was darauf hinwies, dass sie nach dem Sturz ins Becken nicht mehr geatmet hatte. Der Alkoholgehalt in ihrem Blut betrug 0,6 Promille, ein Wert, den eine Frau ihrer Größe nach zwei oder drei Drinks erreicht. Es gab keinerlei Hinweise auf sexuellen Missbrauch.

Die forensische Untersuchung des Golfschlägers bestätigte, dass es sich dabei um die Mordwaffe handelte. Die Haarsträhnen am Putterkopf stimmten mit Kerrys Haarproben überein. Die Bluttropfen am Schläger enthielten Kerrys DNS.

Am Gummigriff Fingerabdrücke festzustellen, war nahezu unmöglich, der Schaft aber wies insgesamt fünf identifizierbare Abdrücke auf, die potenziell abgeglichen werden konnten.

Zur Identifizierung der Fingerabdrücke suchte Mike als Erstes erneut Steve und Fran Dowling auf. Es war, wie von ihm erwartet, ein schwieriger Besuch. Wieder traf er um Viertel vor sieben ein, wenn Steve zu Hause sein würde. Als er den Grund seines Erscheinens erklärte, begann Fran hysterisch in Tränen auszubrechen. »Sie wollen mir sagen, meine Tochter ist mit unserem Golfschläger umgebracht worden?«

»Fran, Detective Wilson sagt, dass er herausfinden muss, von wem die Fingerabdrücke auf dem Schläger stammen. Aus diesem Grund will er sie mit unseren Fingerabdrücken vergleichen, damit er sie ausschließen kann.«

»Sie können sie auf der Polizeidienststelle in Saddle River abnehmen lassen«, sagte Mike. »Die schicken sie mir dann ins Büro der Staatsanwaltschaft.«

»Wir werden morgen dorthin fahren«, versicherte Steve ihm.

Aline legte ihrer Mutter den Arm um die Schulter. »Mom, wir alle wollen, dass Kerrys Mörder gefasst wird.«

Aber Fran wiederholte nur, was sie die ganze Zeit schon sagte: »Es war Alan Crowley.« Sie wandte sich an Wilson. »Haben Sie schon seine Fingerabdrücke?«

»Ja. Aber warten wir erst mal die endgültige Auswertung aller Fingerabdrücke ab.«

Wieder begleitete Aline ihn zur Tür. »Mike, ich habe mir den Kopf zermartert über die SMS, die mir Kerry am Tag vor der Party geschickt hat. Kerry hatte, wie gesagt, manchmal etwas leicht Theatralisches an sich. Ob bei einem Streit mit einem Freund oder bei einer Auseinandersetzung mit einem Lehrer, sie hat mit ihrer Meinung nie hinterm Berg gehalten und offen gesagt, was ihr durch den Kopf ging. In dieser SMS hat sie geschrieben, dass sie mir etwas ›sehr Wichtiges‹ mitteilen will, aber sie hat nicht gesagt, was. Das war für sie ganz und gar untypisch.«

»Aline, ich weiß, wie schwierig die Situation für Sie ist. Ich sehe aber, dass Sie Ihren Eltern ein großer Trost sind.«

Seine Hand berührte kurz die ihre, als sie ihm die Tür öffnete. »Aline, ich verspreche Ihnen und Ihren Eltern, dass wir den Täter finden, der Ihnen und Ihrer Familie das angetan hat. Diese Person werden wir dann für lange Zeit hinter Gitter bringen.«

»Bis dahin werden wir vielleicht auch unser Leben wieder in den Griff bekommen«, sagte Aline. Aber es schwangen Zweifel in ihrer Stimme mit.

28

Bobby, Rich und Stan plagte das schlechte Gewissen, weil sie Alan zuliebe gelogen hatten. Der Polizist hatte sie der Reihe nach befragt, und alle hatten an derselben Geschichte festgehalten. »Alan ist gegen halb elf ins Nellie's gekommen und dann mit uns zusammen aufgebrochen, so gegen Viertel vor zwölf.«

Rich erzählte auch, dass sich Alan laut eigener Aussage am nächsten Morgen mit Kerry treffen wollte, um sich mit ihr zu versöhnen.

Stan berichtete Mike Wilson, dass Alan, als er auftauchte, ziemlich wütend gewesen sei, was sich im weiteren Verlauf aber gelegt habe.

Bobby gab an, Alan habe gesagt, Kerry würde ihn immer wieder mal piesacken, weil sie sich doch so gern mit ihm versöhnte.

Als Mike sie fragte, ob sie wüssten, woher die alkoholischen Getränke stammten, behaupteten alle wahrheitsgemäß, nicht die geringste Ahnung zu haben.

Nachdem sie mit Wilson gesprochen hatten, trafen sie sich und erörterten, was geschehen würde, wenn Alan einknickte und zugab, dass er das Nellie's früher verlassen und zum Haus der Dowlings zurückgekehrt sei und Kerry umgebracht habe.

Wenn Alan das tat, was würde dann mit ihnen passieren? Würden sie wegen ihrer Falschaussagen im Gefängnis landen?

Alle drei, zusammen und jeder für sich allein, machten sich deswegen große Sorgen.

Sie versuchten sich gegenseitig zu beruhigen, dennoch sahen sie sich schon alle in Handschellen und vor Gericht gestellt.

29

Aline glaubte zu wissen, warum Marge nicht mit Jamie zum Trauergottesdienst erschienen war. Seit Jamies Geburt hatten die beiden Familien einen sehr freundschaftlichen Umgang gepflegt. Kerry war Jamies lebenslange Freundin gewesen. Wie schwer musste es ihm fallen zu begreifen, dass sie nun für immer fort war.

Steve hatte den Pool anlegen lassen, als Kerry zehn gewesen war. Wenn Kerry am Pool war, hatte Jamie immer schwimmen wollen. Und wenn Jamie sich im Garten aufhielt, hatte Kerry Marge angerufen und sie gefragt, ob er zum Schwimmen herüberkommen dürfe.

Er hatte alles nachgeahmt, was Kerry ihm im Becken vormachte, und sich zu einem richtig geschickten Schwimmer entwickelt.

Aline wusste, wie sehr er Kerry vergöttert hatte und wie sehr sie ihm jetzt fehlte. Als die Leute von der Firma kamen, die den Pool winterfest machten, entdeckte sie Jamie hinter der Hecke, die die beiden Gärten voneinander trennte. Einem Impuls folgend, ging sie auf ihn zu und sprach ihn an.

»Jamie, wie geht es dir?«

»Ich bin traurig.«

»Warum bist du traurig, Jamie?«

»Weil Kerry schwimmen gegangen und in den Himmel gekommen ist.«

»Ich weiß, Jamie. Ich bin auch traurig.«

»Mein Daddy ist auch im Himmel. Kerry ist jetzt bei ihm.«

Seine Augen füllten sich mit Tränen. Auch Aline musste sich zusammenreißen, denn sie wollte nicht in seiner Gegenwart zu weinen anfangen. »Wir sehen uns bald wieder, Jamie«, sagte sie und kehrte ins Haus zurück.

30

Mike Wilsons nächste Aufgabe bestand darin, zum Nellie's zu fahren und sich bestätigen zu lassen, wann Alan und seine Freunde aufgebrochen waren. Er rief in der Pizzeria an und erfuhr vom Geschäftsführer, dass dasselbe Personal, das am Samstag Dienst gehabt hatte, auch heute im Lokal sein würde.

Es war nicht schwer, die Kellnerin aufzuspüren, mit der er reden wollte. Glady Moore erzählte allen, die es hören wollten, dass sie in der Nacht, in der das Mädchen ermordet wurde, Alan bedient hatte. Wilson traf um sieben ein, sprach kurz mit Glady und erfuhr, dass er sich in einer Viertelstunde ausführlicher mit ihr unterhalten könnte.

Der verführerische Pizzageruch erinnerte ihn daran, dass er seit geraumer Zeit nichts gegessen hatte. Er bestellte sich eine Pizza Margherita und ein Glas Bier.

Wie versprochen kam Glady an seinen Tisch und nahm ihm gegenüber Platz. »Kerry ist oft mit ihren Freundinnen hierhergekommen«, sagte sie. »So ein hübsches Mädchen. Und jetzt soll sie ermordet worden sein, ausgerechnet in der Nacht, in der ich den Jungs Pizza serviert habe.«

»Erinnern Sie sich, um wie viel Uhr sie ins Lokal gekommen sind?«

»Drei von denen, ohne ihren Freund, ohne Alan Crowley, sind so gegen zehn aufgetaucht. Die Yankees haben gespielt, also haben sie einen Tisch in der Nähe der Theke genommen, damit sie das Spiel sehen konnten.«

»Wann ist Alan zu ihnen gestoßen?«, fragte Mike.

»So gegen halb elf. Dessen Gesicht hätten Sie mal sehen sollen.«

»Was wollen Sie damit sagen?«

»Na, war der geladen. Man hätte meinen können, er will gleich jemanden umbringen. Wie unfreundlich er außerdem war. Wollte noch nicht mal mit mir reden, hat nur auf die Pizza der anderen gedeutet und mir zu verstehen gegeben, dass er auch so was will. Unter uns, ich glaube, er hat den Mund nicht aufbekommen, weil er einiges gebechert hatte. Als ich ihm dann seine Bestellung gebracht habe, hat er bloß auf seinem Handy herumgetippt.«

»Gut. Er ist also um halb elf gekommen. Sagen wir, Sie haben seine Bestellung um 22.35 Uhr entgegengenommen. Wie lange dauert es, die Pizza zuzubereiten?«

»Ungefähr zehn Minuten.«

»Dann haben Sie ihm die Bestellung um Viertel vor elf gebracht. Was ist dann geschehen?«

»Als er damit fertig war, ist er einfach aufgestanden und hat sich verzogen, ohne zu zahlen.«

»Wissen Sie noch, wann das war?«

»Mal sehen. Er hat sich eine Weile lang mit seinen Freunden unterhalten. Dann hat er auf seinem Handy herumgemacht und eine neue SMS geschrieben.«

»Wann ist er Ihrer Meinung nach also aufgebrochen?«

»Das muss nach elf gewesen sein, jedenfalls kaum später als Viertel nach elf.«

»Konzentrieren wir uns auf seine drei Freunde. Wann sind sie gegangen?«

»Sie sind bis zum Ende des Spiels geblieben.«

Mike hatte nachgesehen. Das Spiel hatte um exakt 23.46 Uhr geendet.

»Danke, Glady, Sie waren mir eine große Hilfe. Es kann sein, dass ich Sie auf die Dienststelle vorlade für eine offizielle Zeugenaussage.«

Ein erfreutes Lächeln zeigte sich auf Gladys Gesicht. »Sehr gern. Wann immer Sie wollen.«

Als Mike aufstand, fragte er noch: »Haben Sie denn Ihr Geld bekommen für Alans Pizza?«

»Einer seiner Freunde hat für ihn gezahlt.«

Mike fuhr zum Büro des Staatsanwalts, wo der stellvertretende Staatsanwalt Artie Schulman schon auf ihn wartete. Artie war der Chef der Mordkommission. »Artie, können wir uns in meinem Büro unterhalten? Das wäre einfacher.«

An der Wand war eine Reihe von Whiteboards aufgebaut. Auf dem ersten waren in alphabetischer Reihenfolge die Namen der Jugendlichen aufgeführt, die auf Kerrys Party gewesen waren. Die meisten Namen waren mit einem schwarzen Stift geschrieben, sieben allerdings mit einem roten – das waren die Minderjährigen.

Links von jedem Namen stand das Datum, an dem Mike oder andere aus seinem Team den jeweiligen Schüler befragt hatten, oder es fand sich dort ein Schrägstrich. Der stand, wie Mike erklärte, für die Weigerung, sich befragen zu lassen – entweder von der betreffenden Person selbst oder, im Fall von Minderjährigen, von deren Eltern. Acht Namen waren so gekennzeichnet. Rechts von jedem Namen befand sich ein Datum im August oder September – der Termin, zu dem die Schüler auf ihre jeweiligen Colleges abreisen würden.

Auf dem zweiten Whiteboard standen acht Namen. Das waren diejenigen, die behaupteten, Zeuge der Auseinandersetzung zwischen Alan und Kerry geworden zu sein. Ein »SMS« rechts vom Namen fand sich bei den Mädchen, die Kerry nach der Party eine Textnachricht geschickt hatten.

Das dritte Whiteboard führte die Namen von Alan Crowleys angeblichen drei Alibi-Zeugen auf.

Artie betrachtete die drei Tafeln.

»Zwei der Schüler, die den Streit bezeugen können, haben sich für Unis im Mittleren Westen eingeschrieben, einer geht nach Kalifornien«, sagte Mike. »Ich vermute mal, Matt Koenig wird es aus Kostengründen vorziehen, wenn ich sie noch in New Jersey befrage und nicht ans andere Ende des Landes fliege«, sagte er in Hinblick auf den County-Staatsanwalt.

»Davon können Sie ausgehen«, pflichtete Artie bei.

Mike brachte ihn über den Verlauf der Ermittlungen auf den neuesten Stand. »Wir haben den richterlichen Beschluss, auf Alan Crowleys Handy-Verbindungsaufzeichnungen zugreifen zu können. Er lügt, was seinen Aufenthalt in der Pizzeria angeht. Sein Handy war um 23.25 Uhr in einer Funkzelle eingeloggt, in der auch das Haus des Opfers liegt. Es ist ziemlich klar, dass er nach dem Nellie's dorthin zurückgekehrt ist.«

»Was ist mit seinen Freunden, die ihm das Alibi verschafft haben?«

»Sieht so aus, als hätte er sie gebeten, seinetwegen zu lügen. Ich werde die drei noch mal kontaktieren und sie für eine offizielle Zeugenaussage bei mir antanzen lassen. Wenn ich sie dann darüber aufkläre, was passiert, wenn jemand die Polizei belügt, wird das ihrem Gedächtnis schlagartig auf die Sprünge helfen.«

»Wir haben die Bestätigung, dass der Golfschläger die Tatwaffe ist«, sagte Schulman. »Schon irgendwelche Fortschritte bei der Identifizierung der Fingerabdrücke?«

»Ja, aber das wird schwierig werden.«

»Warum?«

Mike nahm einen Bericht zur Hand, der auf seinem Schreibtisch lag, und blätterte ihn durch. »Laut dem Labor gibt es insgesamt fünf unterschiedliche, identifizierbare Abdrücke. Alle befinden sich auf dem Stahlschaft. Die zahllosen Abdrücke auf dem Gummigriff sind so verschmiert, dass sie unbrauchbar sind.«

»Und auf dem Putterkopf?«

»Nichts.«

»Was haben wir also?«

»Alan Crowleys Daumenabdruck ist auf dem Putter. Die Eltern des Opfers, die Dowlings, haben sich Fingerabdrücke abnehmen lassen. Von allen finden sich Abdrücke auf dem Schaft. Damit bleiben noch zwei, die wir noch nicht identifiziert haben.«

»Wie gehen wir vor?«

»Das ist das Problem. Eine ganze Reihe der von mir befragten Partygäste gab an, dass sie draußen im Garten auf dem Übungs-Green entweder selbst gespielt oder andere gesehen hätten, die geputtet haben.«

»Wir haben also viele Gäste, die die Mordwaffe in der Hand hatten?«

»Richtig. Von den acht Jungen, von denen wir wissen, dass sie den Putter in der Hand hatten, ist kein einziger vorbestraft.«

»Und deswegen sind ihre Fingerabdrücke nicht registriert.«

»Die meisten Schüler haben sich zwar einverstanden erklärt, sich befragen zu lassen, aber ich denke, wir werden auf sehr viel größeren Widerstand stoßen, wenn wir ihnen die Fingerabdrücke abnehmen wollen.«

Artie nickte. »Wir können auch keinen richterlichen Beschluss erwirken, der sie zur Abgabe der Fingerabdrücke verpflichtet, da sie ja keine Verdächtigen sind.«

»Genau.«

»Konnten Sie schon den Todeszeitpunkt eingrenzen?«

»Der Bericht der Rechtsmedizinerin war uns in dieser Hinsicht keine große Hilfe. Die Wassertemperatur betrug dreißig Grad. In so warmem Wasser baut sich das Körpergewebe sehr schnell ab. Mit Bestimmtheit wissen wir nur: Um elf Uhr am Samstagabend war sie noch am Leben, da hat sie ihre letzte SMS verschickt. Die Familie hat sie dann am Sonntag um 11.15 Uhr gefunden. Damit könnte sie im Höchstfall zwölf Stunden im Wasser gelegen haben.«

»Sie hätte also auch um vier Uhr morgens getötet werden können?«

»Ja, aber das ist unwahrscheinlich. Laut Alan Crowley wollte sie noch aufräumen und sich dann schlafen legen. Ihre SMS an ihn bestätigt das. Ich war auf dem Grundstück. Zehn Minuten noch, und sie wäre mit dem Aufräumen fertig gewesen.«

»Gibt es Hinweise darauf, dass sie ins Bett gegangen ist und Crowley sie gezwungen hat, wieder nach draußen zu kommen?«

»Nein. Im Gegenteil, alles deutet daraufhin, dass sie in dieser Nacht nie ins Bett gegangen ist. Ihr Bett war noch unbenutzt.«

»Das sagt nicht viel. Sie könnte sich auch auf die Couch gelegt haben.«

»Gut. Aber laut Autopsie trug sie zum Zeitpunkt ihres Todes noch ihre Kontaktlinsen.«

»Die Leute vergessen, sie rauszunehmen, besonders dann, wenn sie getrunken haben.«

»Ich habe mit der Schwester des Opfers gesprochen. Sie ist überzeugt, dass Kerry so was nie vergessen hätte. Einmal hatte sie die Linsen nämlich drin gelassen und sich eine schwere Augenentzündung zugezogen. Seitdem hat sie peinlich genau darauf geachtet, sie vor dem Schlafengehen herauszunehmen.«

»Um wie viel Uhr hat der Mord Ihrer Meinung nach dann also stattgefunden?«

»Zwischen zehn nach elf, als sie ihre letzte SMS verschickt hat, und etwa zehn Minuten später, als sie mit dem Aufräumen der Terrasse fertig gewesen wäre.«

»Genau zu der Zeit, als Crowley zu ihr kam.«

»Artie, aufgrund der Befragungen von Crowleys Freunden, die im Nellie's gewesen sind, und aufgrund der Tatsache, dass sie gelogen haben, sollten wir mehr als genug in der Hand haben, um Alan Crowley festzunehmen. Er war auf der Party. Er war eifersüchtig. Er schickt ihr wütende SMS. Die Mobildaten beweisen, dass er noch einmal zu ihr zurück ist – eine Tatsache, über die er uns angelogen hat. Er hat seine Freunde gebeten, für ihn zu lügen. Seine Fingerabdrücke finden sich auf der Tatwaffe. Er streitet ab, den Golfschläger am Abend der Party angefasst zu haben.«

»Wo stehen wir bei dem barmherzigen Samariter, der den platten Reifen gewechselt hat?«

»Laut Aussage einer von Kerrys Freundinnen wurde er, als sie den Alkohol bei ihm abgeholt hat, aggressiv und hat versucht, sie zu küssen. Einige ihrer Freundinnen sagen aber auch, dass sie gern geflirtet hat. Vielleicht ist sie ein bisschen zu weit gegangen. Sie war eine sehr schöne junge Frau. Bislang sind wir bei dem Bemühen, ihn zu finden, noch keinen Schritt weitergekommen.«

»Es wäre mir lieber, wir hätten da mehr, aber alles scheint auf Crowley hinzudeuten.«

»Und mit Crowley können wir nicht mehr reden, weil Lester Parker das nicht mehr erlaubt.«

»Gut. Melden Sie sich bei mir, wenn Sie seine drei Freunde befragt haben. Bis wann können Sie das erledigt haben?«

Wilson sah auf seine Tafeln. »Einer von ihnen lässt ein Semester ausfallen. Zwei sind hier in der Gegend auf einem College und haben sich bereit erklärt zu kommen. Unser Gespräch soll heute Nachmittag stattfinden.«

31

Bobby, Stan und Rich erhielten allesamt den gefürchteten Anruf. Detective Mike Wilson teilte ihnen mit, ihre Aussagen seien für die Ermittlungen äußerst wichtig, weshalb er sie bitte, nach Hackensack zu kommen, um eine offizielle Zeugenaussage abzugeben. Die drei verständigten sich darauf, zusammen um 16.30 Uhr im Büro der Staatsanwaltschaft zu erscheinen.

Mike brachte sie in den Befragungsraum. Normalerweise befragte er potenzielle Zeugen einzeln, in diesem Fall aber erhoffte er sich mehr, wenn er alle drei zusammen vernahm. Alle drei machten einen überaus nervösen Eindruck, als sie auf den Stühlen am Konferenztisch Platz nahmen. Er stellte die Videokamera an.

»Alan ist Ihr Freund«, begann Mike. »Sie spielen zusammen Baseball.«

Alle nickten.

»Es gehört sich für Freunde, dass sie einander helfen, wenn einer von ihnen in Schwierigkeiten steckt. Das habe ich auch schon getan. Ich bin überzeugt, dass Sie genau das auch getan haben, als wir uns das letzte Mal unterhalten haben. Nun, mittlerweile hat sich einiges verändert. Mittlerweile weiß ich wesentlich mehr über die Ereignisse an jenem Abend und wer sich wo und wann aufgehalten hat. Deshalb werde ich Ihnen jetzt einige Fragen stellen. Das ist Ihre Gelegenheit, das eine oder andere geradezurücken. Wenn Sie mich heute anlügen, gilt das als Falschaussage und wird als Strafvereitelung gewertet.« Mike hielt inne. »Und möglicherweise sogar als Beihilfe zum Mord. So, fangen wir an.«

Aus allen drei sprudelte es daraufhin nur so heraus. »Alan hat das Nellie's vor uns verlassen. Wir haben nicht gewusst, dass wir Schwierigkeiten bekommen könnten. Als Alan anrief, hat er so panisch geklungen. Und wir wussten doch schon, dass es ein Fehler ist, für ihn zu lügen.«

»Gut, einen Moment«, unterbrach Mike sie. »Um wie viel Uhr hat Alan das Nellie's verlassen?«

Die drei, um eine exakte Aussage bemüht, einigten sich auf Viertel nach elf.

»Hat er gesagt, wohin er wollte?«

»Kerry hat ihm eine SMS geschickt«, antwortete Stan, »und ihn gebeten, erst am nächsten Morgen zu kommen. Aber er hat gesagt, er möchte die Sache gleich noch aus der Welt schaffen.«

»Sie hatten also den Eindruck, dass er zu Kerry wollte?«

»Ja.«

»Als Alan im Nellie's auftauchte, war er angetrunken, richtig?«

Kurzes Schweigen, dann nickten alle drei.

»Ein wenig? Viel? Wie viel?«

»Er war ziemlich betrunken, als er im Nellie's aufkreuzte, aber nach seiner Pizza und der Cola war er wieder okay«, antwortete Rich.

Die drei bestätigten, dass sie am Sonntag bei Stan am Pool zusammen gewesen waren, als Alan anrief und sie bat, für ihn zu lügen.

»Ich danke Ihnen für Ihr Kommen. Es war richtig, dass Sie uns die Wahrheit gesagt haben.«

Er hatte selten glücklichere Menschen als diese drei gesehen, als sie endlich wieder wegdurften, ging Mike durch den Kopf, während er ihnen nachsah.

Dann kehrte er in sein Büro zurück und rief Artie Schulman an. Sie kamen zu dem Schluss, dass es an der Zeit war, Alan Crowley zu verhaften.

32

June und Doug Crowley waren nach dem Treffen mit Lester Parker etwas erleichtert. Sie fuhren mit Alan sofort nach Hause, und June ließ sich mit einem befriedigten Seufzen im Familienzimmer nieder. Doug und Alan folgten ihr.

»Lester Parker kostet zwar ein Vermögen, aber ich glaube, er ist jeden Cent wert«, sagte June. Dann änderte sich ihre Miene. »Fran Dowling erzählt überall herum, dass du Kerry ermordet hast.« Sie sah zu Alan. »Parker soll ihr einen gepfefferten Brief schreiben und ihr ankündigen, dass wir sie verklagen, wenn sie weiterhin böswillige Verleumdungen unter die Leute bringt.«

»Da bin ich ganz deiner Meinung«, sagte Doug.

Beide sahen sie zu Alan und warteten auf seine Zustimmung.

»Mom, Dad, ich muss euch was sagen.«

O mein Gott, jetzt gesteht er uns, dass er sie umgebracht hat, dachte June. Ihr wurde ganz anders.

»Ich habe euch und dem Detective aus Hackensack nicht die Wahrheit erzählt, als er mich gefragt hat, wo ich nach der Party war. Ich bin ins Nellie's, auf dem Nachhauseweg aber hab ich noch mal bei Kerry vorbeigeschaut.«

»Alan, erzähl uns nicht, dass du sie umgebracht hast«, flehte June.

Ein plötzlich aschfahler Doug hielt sich an den Armlehnen fest und machte sich auf das Schlimmste gefasst.

»Sie umgebracht? Das habt ihr euch beide wohl die ganze Zeit gedacht«, blaffte Alan. »Folgendes ist passiert: Ich bin zu ihr, um ihr beim Aufräumen zu helfen und mich mit ihr zu versöhnen. Wir haben nur kurz miteinander gesprochen. Sie hat mir gesagt, sie wäre müde, sie würde gleich ins Bett gehen und am nächsten Morgen früh aufstehen, um den Rest aufzuräumen. Ich habe ihr noch einen Kuss gegeben und bin dann nach Hause gefahren.«

»Und warum hast du den Polizisten belogen?«, fragte Doug.

»Weil ich dachte, es würde keinen guten Eindruck machen. Wir haben uns auf der Party gestritten, alle haben es mitbekommen. Ich habe ihr ein paar fiese SMS geschickt, die die Polizei bestimmt kennt. Ich hatte Angst. Wie würde es denn aussehen, wenn ich zugebe, dass ich noch mal bei ihr war?«

»Alan«, sagte June, »du weißt, dass dein Vater und ich immer hinter dir stehen, egal, was passiert.«

»Egal, was passiert? Was soll das heißen? Würdet ihr hinter mir stehen, wenn ich sie umgebracht hätte?« Alan erhob sich. »Gut, und noch etwas. Ich habe nicht nur den Detective angelogen, ich habe auch meine Freunde gebeten, für mich zu lügen und auszusagen, dass ich bis zum Schluss im Nellie's war.«

Doug und June waren sprachlos. Alan sah zu seiner Mutter. »Schick Mrs. Dowling lieber nicht diesen Brief«, sagte er und verließ den Raum.

33

Brenda war in der Küche, als sie laute Stimmen aus dem Familienzimmer hörte. Da sie jeden Zentimeter des Hauses kannte und ein außergewöhnlich gutes Gehör hatte, wusste sie ganz genau, wohin sie musste, um das Gespräch belauschen zu können. Auf Zehenspitzen schlich sie sich von der Küche in den Flur und betrat das kleine Bad neben dem Familienzimmer. Sie hatte eine Packung Papiertücher und eine Flasche Reinigungsmittel dabei, damit sie einen Vorwand für ihren Aufenthalt hier hatte.

Die Worte »er hat den Detective angelogen« schwirrten ihr durch den Kopf. Da sie Alan ins Herz geschlossen hatte, nicht zuletzt wegen seiner fordernden Eltern, fragte sie sich jetzt: Warum sollte er die Polizei belogen haben? Niemals hätte er Kerry etwas angetan.

Sie konnte es kaum erwarten, nach der Zubereitung des Abendessens für die Crowleys zu Marge zu kommen, um mit ihr zu reden.

Froh, Marges Wagen in der Auffahrt zu sehen, hielt sie an und klingelte an der Tür. Marge machte ihr auf und deutete nur die Treppe hoch. »Jamie hat einen ganz schlechten Tag heute. Er weint, weil ihm Kerry so sehr fehlt.«

»O Marge, das tut mir leid.«

»Das passiert alle paar Tage. Sie fehlt ihm sehr. Wahrscheinlich wird er dadurch wieder an seine Trauer bei Jacks Tod erinnert.«

»Natürlich fehlen ihm Kerry und sein Vater«, entgegnete

Brenda voller Mitgefühl. »Aber warte, bis du das Neueste gehört hast.«

Sie wartete, bis sie am Küchentisch Platz genommen und Marge Wasser für den Tee aufgesetzt hatte. »Marge«, begann sie dann, »du wirst es nicht glauben, wenn ich dir erzähle, was Alan seinen Eltern erzählt hat.«

34

Am nächsten Morgen um Viertel vor sieben wurden Fran und Steve Dowling vom Klingeln des Telefons an ihrem Bett geweckt. Fran tastete nach dem Hörer und richtete sich auf. Mike Wilson war am Apparat. Er teilte ihr mit, dass sie unterwegs seien, um Alan Crowley wegen des Mordes an Kerry zu verhaften. Alan würde ins Gefängnis von Bergen County in Hackensack gebracht und in zwei Tagen zur Anklage vernommen. Die Anklageerhebung sei für die Öffentlichkeit zugänglich, sie könnten daher daran teilnehmen.

»Mrs. Dowling«, fügte er noch hinzu, »wir werden in wenigen Minuten dort sein. Bewahren Sie Stillschweigen, bis ich Sie zurückgerufen und bestätigt habe, dass Alan in Gewahrsam ist.«

Fran legte auf. »Steve«, sagte sie. »Fantastische Neuigkeiten. Genau, wie ich die ganze Zeit gesagt habe. Alan Crowley wird jeden Moment für den Mord an Kerry verhaftet werden.«

Eine Viertelstunde später wurden June und Doug Crowley durch das hartnäckige Pochen und dem Klingeln an ihrer Eingangstür aus dem Schlaf gerissen. June, die sofort spürte, dass die abrupte Störung nichts Gutes verhieß, griff sich ihren Morgenmantel und eilte nach unten.

Sie öffnete die Tür. Vor ihr standen zwei Männer in Zivilkleidung sowie ein uniformierter Polizist. Natürlich wusste sie nicht, dass sich ein weiterer uniformierter Polizist hinten im Garten aufhielt, falls Alan dort zu flüchten versuchte.

»Ma'am, ich bin Detective Wilson von der Staatsanwaltschaft Bergen County. Wir haben einen Haftbefehl gegen Alan Crowley und einen Durchsuchungsbeschluss für Ihr Haus und Grundstück. Ist er zurzeit anwesend?«

»Mein Sohn wird von unserem Anwalt Lester Parker vertreten. Haben Sie mit ihm gesprochen?«

»Ihr Sohn hat das Recht, später mit seinem Anwalt zu reden. Wir sind hier, um ihn zu verhaften.«

Ohne zu fragen, drückte Wilson die Tür auf und schob sich an June Crowley vorbei ins Haus. Seine beiden Begleiter folgten ihm.

Mittlerweile waren Doug und Alan die Treppe heruntergekommen und hörten nur noch das Wort »verhaften«. Alan griff nach dem Arm seines Vaters, als ihm klar wurde, was vor sich ging. Er trug lediglich ein T-Shirt und Boxer-Shorts.

Er sah zu Mike Wilson. »Kann ich mich wenigstens noch anziehen?«

»Ja, natürlich. Wir folgen Ihnen auf Ihr Zimmer.«

Er und der andere Detective gingen hinter Alan die Treppe hinauf und begleiteten ihn in sein Zimmer. Zwei teilweise gepackte Koffer standen vor dem Fenster. Daneben eine offene Sporttasche mit mehreren Holzschlägern und zwei Baseball-Handschuhen.

»Sie wollen verreisen, Alan?«, fragte Mike, obwohl er die Antwort bereits kannte.

»Ich will übermorgen zum College abreisen«, antwortete Alan. »Ist das noch möglich?«

»Mal sehen, was der Tag so bringt«, entgegnete Mike sachlich.

Er sah zu Alan, der zum Schrank ging und eine Jeans und Joggingschuhe herauszog.

»Tut mir leid, Alan. Keine Schuhbänder, kein Gürtel und kein Schmuck.«

June versuchte in ihrem Schlafzimmer verzweifelt, Lester Parkers Kanzlei anzurufen. Frustriert, nur den Anrufbeantworter zu erreichen, schrie sie: »Hier ist June Crowley. Die Polizei ist mit einem Haftbefehl gegen Alan da. Können Sie mich bitte umgehend auf meinem Handy zurückrufen!« Sie holte einen Jogginganzug aus ihrem Schrank.

Doug schlüpfte eiligst in eine Hose und ein Hemd. Sie schafften es, wieder unten zu sein, als Alan von den beiden Detectives zu den wartenden Wagen nach draußen geführt wurde.

»Wo bringen Sie ihn hin?«, rief June. Ihr stockte der Atem, als sie sah, dass Alans Hände mit Handschellen auf dem Rücken gefesselt waren.

»Zum Gefängnis von Bergen County in Hackensack.«

Zwei Nachbarn standen in ihrer Einfahrt, wie June sah, und beobachteten alles.

»Kann einer von uns Alan begleiten?«, rief sie Mike Wilson zu.

»Nein. Aber Sie können uns folgen.«

June lief los, um zu ihnen aufzuschließen, und packte Alan am Arm, während Wilson bereits die hintere Tür des Zivilwagens öffnete. »Alan, ich hab Lester Parker angerufen. Er wird sich bei mir melden. Vergiss nicht, was er dir gesagt hat. Beantworte keine Fragen, bevor er nicht bei dir ist.«

Tränen standen Alan in den Augen. Bevor er darauf etwas erwidern konnte, spürte er Wilsons Hand auf dem Kopf, gleich darauf wurde er nach unten auf die Rückbank gedrückt. Ein Gitter trennte den Fond von den Vordersitzen.

June hielt Blickkontakt mit Alan, solange es möglich war. Langsam fuhr der Wagen die Auffahrt hinunter, und ihre sonst so eiserne Entschlossenheit bröckelte. »Mein Junge, o Gott, mein Junge«, schluchzte sie, während Doug ihr den Arm um die Schulter legte und ihr in den Wagen half.

Nachdem sie die Hollywood Avenue verlassen hatten, beschleunigte der Wagen des Detective auf die Route 17. Sie kamen gut voran, da die schlimmste Phase des morgendlichen Berufsverkehrs erst noch bevorstand.

Ein verstörter Alan versuchte zu begreifen, was hier mit ihm geschah. Nur wenige Tage zuvor war er im selben Wagen mit Detective Wilson nach Hackensack gefahren. Nur hatte er da vorn auf dem Beifahrersitz gesessen und keine Handschellen getragen. Das alles hier, hoffte er jetzt, wäre bloß ein langer Albtraum, und wenn er aufwachte, würde er zu Kerry fahren und sich mit ihr versöhnen und dann nach Hause eilen, um den Rasen zu mähen. Sich außerdem überlegen, was er alles mit aufs College nehmen wollte. Aber so funktionierte das nicht. Das hier war die Realität.

Wilson und der andere Polizist machten keine Anstalten, mit ihm zu reden. Er hörte, wie sie sich über den unheimlich langen Homerun des Yankees-Spielers Aaron Judge am Abend zuvor unterhielten. Er hatte ihn gesehen. Für sie ist das bloß ein weiterer ganz normaler Arbeitstag, dachte er. Für mich ist es das Ende meines Lebens.

Im Gefängnis verschwamm alles. Die grellen Blitzlichter, als er frontal und von der Seite fotografiert wurde. Erneut die Abnahme seiner Fingerabdrücke. Eine Reihe von Fragen.

Dann brachte man ihn in einen fensterlosen Raum. Die Handschellen wurden ihm abgenommen. Man gab ihm einen Beutel und sagte ihm, er solle seine Sachen aus- und die neuen anziehen. Er nahm an, dass es in Ordnung wäre, wenn er seine Unterhose anließ. Er wurde angewiesen, einen orangefarbenen Overall überzustreifen, der auf der Theke vor ihm lag.

Nach dem Umziehen wurde er in eine Arrestzelle geführt. Etwa ein Dutzend andere waren dort bereits eingesperrt. Entlang der Wände und in der Mitte des Raums waren Bänke angebracht. Hinten rechts, in voller Sicht der anderen, gab es eine Toilettenschüssel aus Edelstahl. Keiner saß auf der Bank direkt daneben. Alan ließ sich auf der Bank gleich neben der Zellentür nieder.

Etwa die Hälfte der Häftlinge schienen in seinem Alter oder

etwas älter zu sein. Einer, der allein in der Ecke saß, stank gotterbärmlich. Alle hatten den Kopf gesenkt, nur wenige unterhielten sich. Ein Großmaul plapperte von jemandem, der nie verhaftet worden war. Ein anderer verbreitete sich über den Unterschied zwischen Gefängnis und Zuchthaus. »Wenn sie dich bis zu 364 Tagen einsperren, dann bist du im Gefängnis; bei 365 Tagen oder mehr, dann steckst du im Zuchthaus.«

Alan, der noch nicht gefrühstückt hatte, war hungrig. Er nahm mit einem Mann mittleren Alters auf der Bank ihm gegenüber Blickkontakt auf. »Muss man, wenn man was zu essen will, darum bitten, oder bringen sie einem was, wenn es so weit ist?«

Der andere lächelte nur. »Die bringen dir was, aber glaub mir, das ist nichts, worum du bitten würdest.«

Es war keine Uhr zu sehen, Armbanduhren waren nicht erlaubt. Nach gefühlt mehreren Stunden schloss ein Wachmann die Zellentür auf. Hinter ihm folgte ein Älterer mit einem Wagen, auf dem zahllose Papiertüten lagen. Alan wurde eine davon ausgehändigt. Darin war etwas in Wachspapier gewickelt. Er legte es sich auf den Schoß und klappte es auf. In einem labbrigen Brötchen steckten zwei kleine Scheiben Fleischwurst. Das schmierige Weiße sollte vermutlich Mayonnaise sein.

Der Mann ihm gegenüber bemerkte seinen Blick. »Filet Mignon ist ihnen wahrscheinlich ausgegangen«, sagte er und biss in sein Sandwich.

Aus Angst, dass das Abendessen nicht sehr viel besser ausfallen dürfte, zwang sich Alan dazu, die Hälfte davon runterzuwürgen. In der Tüte steckte – mit besten Grüßen des Staates New Jersey – noch eine Plastikflasche mit Wasser.

Später wurden sie in einen Gemeinschaftsraum geführt. Etwa zwanzig Insassen saßen auf Klappstühlen und sahen CNN. Kleinere Gruppen hatten sich entlang der Wände niedergelassen und spielten Schach, Dame oder Karten. Freizeit, dachte Alan bitter.

Am Spätnachmittag wurden sie in eine Art Speisesaal geführt. Er machte es den anderen nach, nahm sich ein Tablett und einen Teller und marschierte am Personal vorbei, das mit Schöpfkellen die Teller vollschaufelte. Das Besteck war aus Plastik.

Er entdeckte einen nur zur Hälfte besetzten Tisch mit Häftlingen in seinem Alter. Sie unterhielten sich über den Grund ihrer Verhaftung. Zwei von ihnen waren mit Heroin erwischt worden. Einer wegen Trunkenheit am Steuer, bereits zum dritten Mal. Sie sahen zu ihm und wollten seine Geschichte hören. »Meine Freundin ist bei einem Unfall ums Leben gekommen, und jetzt wollen sie es mir anhängen.«

»Welchen Richter hast du?«

»Keine Ahnung.«

Nach dem Essen wurden sie wieder in den Gemeinschaftsraum gescheucht. Einer der Insassen, der mit ihm am Esstisch gesessen hatte, fragte Alan: »Spielst du Schach?«

»Ja«, sagte er und folgte ihm zu einem Tisch. Die folgende Stunde war die einzige, seitdem er hier war, die relativ schnell verging.

Wenige Minuten nach dem Ende der Partie standen die Gefangenen auf und bildeten an der Wand eine Schlange. »Zurück in die Zellen«, verkündete Alans Schachgegner. »Wir sehen uns morgen.«

Der Wachmann schloss eine Zelle auf und wies ihn hinein. An der linken Wand gab es Etagenbetten, in der rechten Ecke eine stählerne Toilettenschüssel. Durch ein sehr kleines Fenster hatte man einen Blick auf den Parkplatz hinter dem Gerichtsgebäude.

Ein Mann um die Mitte dreißig sah vom unteren Bett auf, als Alan in die Zelle kam, widmete sich dann aber wieder seiner Lektüre. Alan hätte gern gewusst, wo man etwas zu lesen bekam, war aber viel zu eingeschüchtert, um den anderen danach zu fragen.

Das obere Bett war also seins, nur wusste Alan nicht, wie er es anstellen sollte, hinaufzukommen. Es gab keine Leiter. Wollte er sich hochhieven, müsste er dazu den Fuß auf das untere Bett setzen. Soll ich ihn um Erlaubnis bitten oder es einfach tun?

Lieber nicht stören, dachte sich Alan, setzte den Fuß aufs untere Ende des Bettes und zog sich nach oben. Ängstlich wartete er, dass von unten Protest angemeldet wurde, aber es kam nichts.

Die Matratze war dünn und klumpig. Die Decke roch stark nach Desinfektionsmittel.

Alan legte den Kopf auf das kleine Kissen, verschränkte die Hände im Nacken und starrte an die Decke. Er brauchte mehrere Stunden, bis er einschlief. Es fiel ihm schwer, das laute Schnarchen vom Bett unten auszublenden.

Er schreckte erst wieder hoch, als er Stimmen, Schritte und die aufgeworfene Zellentür hörte. Dann folgte er den anderen in denselben Raum, in dem am Vorabend das Abendessen ausgeteilt worden war. Diesmal wurde das Frühstück serviert.

Nach dem Frühstück hatte er mit den anderen gerade den Freizeitraum betreten, als ein Wachmann blaffte: »Alan Crowley.«

Schüchtern hob Alan die Hand. »Los, gehen wir«, sagte der Wachmann und deutete an, ihm zu folgen. Er wurde durch einen langen Flur mit Türen zu beiden Seiten geführt. Über jeder Tür war eine Plakette mit der Aufschrift ANWALTSBESUCHSZELLE angebracht, gefolgt von einer Nummer. Der Wachmann öffnete die Tür zu Nummer 7. Alan entdeckte Lester Parker. Er saß am Tisch und hatte seine Aktentasche neben sich stehen. Alan nahm ihm gegenüber Platz.

»Wie geht es Ihnen, Alan?«, fragte Parker, nachdem sie sich die Hand gegeben hatten.

»Ich bin im Schach unbesiegt«, erwiderte Alan.

Parker lächelte. »Ich habe mit dem stellvertretenden Staatsanwalt gesprochen. Wir sind die Anklagepunkte durchgegangen, die gegen Sie erhoben werden. Morgen um elf werden Sie dem Richter vorgeführt. Ich werde da sein.«

»Komme ich danach raus?«

»Es lässt sich nicht mit Sicherheit sagen, was morgen geschehen wird, aber ich werde darauf dringen, dass man Sie nach Hause lässt.«

»Werden meine Eltern da sein?«

»Ja, und sie wollen ebenso sehr wie Sie, dass Sie morgen nach Hause kommen. Wir sehen uns morgen. Und vergessen Sie nicht, reden Sie mit niemandem über Ihren Fall.«

35

Die Neuigkeiten von Alan Crowleys Verhaftung verbreiteten sich im Lauf des Nachmittags. Aline sah Schüler in den kurzen Pausen zwischen den Unterrichtsstunden oder an ihren Spinden gebannt auf ihre Handys starren. NorthJersey.com hatte als Erstes die Meldung gebracht. Sie griff zu ihrem Handy, entschied sich dann aber dagegen, ihre Mutter anzurufen.

Kurz vor sechs bog sie in die Einfahrt ein, gleich hinter ihr kam ihr Vater. Beide stiegen sie aus. »Alans Verhaftung wird sicherlich Thema in den Nachrichten sein«, sagte sie.

Steve nickte. »Davon können wir ausgehen.«

Er öffnete die Eingangstür und rief: »Fran?«

»Bin hier.«

Steve und Aline betraten das Familienzimmer, wo Fran Channel 2 eingeschaltet hatte. Schweigend sahen sie den Beitrag der 17-Uhr-Nachrichten, der jetzt wiederholt wurde.

Steve nahm neben seiner Frau Platz und legte ihr den Arm um die Schulter. »Alles in Ordnung?«, fragte er.

»Ja. Ich bin …« Sie überlegte. »›Froh‹ ist nicht das richtige Wort. Ich hatte keinen Frieden mehr. Aber nachdem Alan jetzt im Gefängnis ist, habe ich das Gefühl, dass der Gerechtigkeit Genüge getan ist.«

»Mom«, sagte Aline, »Alan wird des Verbrechens nur angeklagt. Das heißt noch nicht …«

Steve unterbrach sie. »Die Polizei verhaftet keinen, wenn ihr nicht genügend Beweise für eine Verurteilung vorliegen.«

»Aline, warum verteidigst du ihn?«, brauste Fran auf. »Er

hat deine Schwester ermordet, und dann hat er auch noch gelogen.«

»Mom, Dad, bitte. Ich will keinen Streit. Kerry und Alan hatten dauernd ihre Auseinandersetzungen. Ständig haben sie sich getrennt und wieder versöhnt. So ist es einige Male hin und her gegangen. Und nach dem Streit bei der Party soll er plötzlich zurückgekommen sein und sie umgebracht haben? Ich weiß nicht. Es passt einfach nicht.«

»Was passt nicht?«, herrschte Fran sie an. »Du weißt, dass er gelogen und nicht zugegeben hat, nach der Party noch mal zu ihr gekommen zu sein.«

»Ja, trotzdem ... Hört mir zu. Jugendliche in dem Alter sind sehr, sehr unsicher. Ich habe mit ihnen jeden Tag zu tun. Sie halten sich für Erwachsene, aber das sind sie natürlich nicht. Wenn man sie zur Rede stellt, suchen sie immer nach dem einfachsten Ausweg, auch wenn das heißt, dass sie lügen.« Aline wurde immer lauter. »Ich wäre auch ziemlich nervös, wenn ein Polizist vor der Tür steht und mich zur Befragung mit zur Dienststelle nehmen will. Ich kann mir nur vorstellen, wie panisch ich vor zehn Jahren reagiert hätte, als ich selbst achtzehn war.«

Aber Fran ließ sich in ihrer Überzeugung nicht erschüttern. »Du kannst dir ja alles schönreden. Mir ist es egal, ob er bloß ein eingeschüchterter kleiner, unreifer Junge ist. Alan Crowley hat Kerry getötet, und dafür wird er büßen.«

»Fran, Aline«, unterbrach Steve sie. »Das Letzte, was wir jetzt brauchen, ist, dass wir uns streiten. Beim Prozess wird die Wahrheit herauskommen.«

Aber Fran hatte das letzte Wort. »Dem Prozess, bei dem er schuldig gesprochen wird, meinst du.«

36

Alan wurde vom Gefängnis ins angrenzende Gerichtsgebäude gebracht, wo er um 11.30 Uhr einem Richter vorgeführt werden sollte. Die Wachleute platzierten ihn neben dem wartenden Lester Parker.

Seine Eltern saßen in der ersten Reihe des Besucherbereichs. Seiner Mutter schnappte hörbar nach Luft, als sie ihn im orangefarbenen Overall sah. Diesmal trug er die Handschellen vor dem Körper.

Auf der gegenüberliegenden Seite des Besucherbereichs, ebenfalls in der ersten Reihe, saßen Fran und Steve Dowling. Als sie Augenkontakt mit ihm aufnahmen, wandte er sich ab.

Der Anklagevertreter verlas die Anklage. Mord, Besitz einer Waffe – des Golfschlägers – zu einem ungesetzlichen Zweck, Anstiftung zur Falschaussage. Der Richter, ein zunehmend kahl werdender Mann mit einer hoch auf die Stirn geschobenen Brille, wandte sich an Lester Parker. »Verteidiger, worauf plädieren Sie?«

»Unschuldig, Euer Ehren.«

Der Richter wandte sich an den Anklagevertreter. »Die Staatsanwaltschaft hat den Angeklagten bis zum Verfahren in Haft genommen.«

»Euer Ehren«, begann der Anklagevertreter. »Der Staat ist überzeugt, dass gegen den Beschuldigten Alan Crowley dringender Tatverdacht vorliegt. Unsere Ermittlungen ergaben, dass er am Abend des Mordes an einer Party im Haus des Mordopfers teilnahm und extrem eifersüchtig reagierte, als ein anderer junger Mann sich mit dem Opfer unterhielt. Wir nehmen an, dass er später am Abend, als alle Gäste bereits fort waren, zurückkehrte und Kerry Dowling mit einem Golfschläger einen Schlag gegen den Kopf verpasste, worauf sie in den Pool fiel. Ihre Familie entdeckte die Tote am nächsten Morgen im Wasser. Er belog den ermittelnden Beamten hinsichtlich seines Aufenthaltsortes zum Zeitpunkt des Verbrechens und überredete mehrere seiner Freunde, zu seinen Gunsten ebenfalls die Unwahrheit zu sagen. Diese haben ihre Falschaussagen mittlerweile eingestanden. Ebenfalls gelogen war seine Aussage, den fraglichen Golfschläger an jenem Abend nicht angefasst zu haben. Denn es wurden seine Fingerabdrücke auf dem Gegenstand sichergestellt.«

Der Anklagevertreter fuhr fort: »Euer Ehren, wir gehen davon aus, dass hohe Flucht- und Verdunkelungsgefahr besteht. Ihm droht eine lebenslängliche Haftstrafe. Er hat bereits Zeugen beeinflusst und könnte es wieder tun.«

Alan senkte den Kopf und vernahm mit geschlossenen Augen das üble Bild, das da von ihm gezeichnet wurde.

Mit lauter und kräftiger Stimme trug daraufhin Parker seine Erwiderung vor. »Eurer Ehren, mein Mandant hat sich bislang nicht das Geringste zuschulden kommen lassen. Er ist in seinem ganzen bisherigen Leben nicht ein einziges Mal mit dem Gesetz in Konflikt geraten. Er ist niemals durch irgendwelche Gewalttätigkeit aufgefallen. Er wohnt bei seinen Eltern in deren Haus in Saddle River. Er ist ihr einziges Kind. Vor drei Monaten schloss er die Highschool ab und sollte in wenigen Tagen das Studium in Princeton beginnen. Er verfügt über keinerlei eigene Mittel.

Eurer Ehren, mir liegen einige der Ermittlungsakten vor. Der Anklagevertreter versäumte es zu erwähnen, dass es keinerlei Zeugen des Verbrechens gibt. Ebenso versäumte er zu erwähnen, dass auf dem Golfschläger zwei weitere, bislang nicht identifizierte Fingerabdrücke festgestellt wurden. Einer dieser Abdrücke könnte dem Täter in diesem schrecklichen Verbrechensfall gehören.

Die Akten führen auch aus, dass die Tote vor kurzer Zeit einem jungen Mann begegnete, der ihr bei einer Reifenpanne half. Das Opfer erzählte Freunden, dass dieser junge Mann den Alkohol für die Party besorgt hatte und sie aggressiv anging, als sie seiner Bitte, ihn ebenfalls einzuladen, nicht nachkam. Diese Person ist bislang nicht identifiziert, sollte aber für die Ermittlungen von höchstem Interesse sein.

Eurer Ehren, das Kautionssystem ist abgeschafft. Sie können den Angeklagten auf freien Fuß setzen oder nicht. Es wäre unverantwortlich, wenn er ein Jahr oder mehr im Gefängnis verbringen müsste, um auf seinen Prozess zu warten. Wir werden in aller Entschiedenheit gegen die Anklage vorgehen. Es gibt keinerlei Grundlage für die Annahme der Staatsanwaltschaft, dass er eine Gefährdung für die Allgemeinheit darstellt oder dass Fluchtgefahr besteht.«

Der Richter äußerte sich dazu: »Die Entscheidung fällt nicht leicht, da dem Angeklagten ein abscheuliches Verbrechen vorgeworfen wird. Die Argumente des Anklagevertreters, den Angeklagten weiterhin in Haft zu behalten, bedürfen einer sorgfältigen Abwägung. Aber auch die Verteidigung hat schlüssige Argumente vorgelegt. Der Angeklagte ist achtzehn Jahre alt. Meines Dafürhaltens ist nicht von einer hohen Flucht- und Verdunkelungsgefahr auszugehen. Es gibt keinerlei Hinweise, wonach er eine Bedrohung für die Allgemeinheit darstellt. Die Verteidigung hat darauf hingewiesen, dass es keinerlei Zeugen für das Verbrechen gibt und die vorliegenden Beweise auf Indizien beruhen. Unter diesen Umständen erlasse ich folgende Anordnung.

Der Angeklagte wird freigelassen unter folgenden Bedingungen: Er hat zu jeder Zeit eine elektronische Fessel zu tragen. Er darf ohne die ausdrückliche Erlaubnis dieses Gerichts den Bundesstaat New Jersey nicht verlassen. Er hat weiterhin unter der Adresse seiner Eltern in Saddle River zu wohnen, es sei denn, er hält sich am College auf, das, soweit ich weiß, im Bundesstaat New Jersey liegt. Er nimmt keinerlei Kontakt zur Familie des Opfers auf.

Der Angeklagte wird ins Gefängnis von Bergen County zurückgebracht, dort wird ihm eine elektronische Fußfessel angelegt, worauf er freigelassen wird.«

Alan sackte erleichtert in sich zusammen. Parker legte ihm die Hand auf die Schulter und flüsterte: »Okay, Alan. Fahren Sie nach Hause und ruhen Sie sich aus. Ich werde morgen anrufen. Außerdem vergessen Sie nicht, dass Sie, von Ihren Eltern abgesehen, mit niemandem über den Fall reden.«

Um eine Begegnung der beiden Familien zu vermeiden, erlaubte der Sheriff der Familie Dowling, als Erste zu gehen. Erst als sie im Aufzug waren, erhoben sich die Crowleys.

37

June Crowley war völlig aufgelöst, als sie mit Doug und Alan nach Hause fuhr. Es hatte nach der Anhörung fast zwei Stunden gedauert, bis Alan ins Gefängnis zurückgebracht, mit einer Fessel ausgestattet und endlich freigelassen wurde. Auf dem Weg nach Saddle River schloss Alan die Augen und tat, als würde er schlafen. Sie sprachen kein Wort während der halbstündigen Fahrt. Sie hatten alle Hunger. Doug und June hatten kaum gefrühstückt, bis auf eine Tasse Kaffee im Gerichtsgebäude hatten sie seit dem frühen Morgen nichts mehr gegessen. Und Alan war vor der Anhörung so nervös gewesen, dass er keinen Bissen vom Gefängnisfrühstück runtergebracht hatte.

Zusammen gingen sie in die Küche und stellten erfreut fest, dass Brenda ein frühes Essen vorbereitet hatte. Wie immer lief dabei ihr kleiner Fernseher in der Küche. Alle erstarrten und sahen zum Bildschirm, als sie den Namen »Crowley« hörten. Alan war zu sehen, gefesselt und im orangefarbenen Overall, wie er ins Gerichtsgebäude geführt wurde. Dazu die Stimme des Reporters: *»Alan Crowley, der Freund der ermordeten Kerry Dowling, hatte heute Morgen seinen Gerichtstermin.*

Richter Paul Martinez befand über die Anklageerhebung. Vorgeworfen wurden dem Angeklagten Mord, Waffenbesitz zu ungesetzlichem Zweck und Anstiftung zur Falschaussage. Er plädierte auf nicht schuldig. Nachdem ihm eine elektronische Fessel angelegt wurde, durfte er in die Obhut seiner Familie zurückkehren.

June Crowley, die Mutter des Angeklagten, sprach nach der Anhörung mit mir.«

»Nichts in der Welt hätte meinen Sohn dazu gebracht, dieses Verbrechen zu begehen. Er hat Kerry geliebt. Er ist an dem Abend nur zu ihr zurückgekehrt, weil er ihr beim Aufräumen helfen und sich vergewissern wollte, dass alles in Ordnung ist. Die Polizei hat den Jungen, der doch gerade erst achtzehn geworden ist, in Angst und Schrecken versetzt. Am Sonntagmorgen, als ich und mein Mann nicht da waren, haben sie ihn aus unserem Haus geholt und in die Dienststelle gebracht, wo sie ihn befragt und so weit eingeschüchtert haben, dass er sich nur noch mit Lügen zu helfen wusste. Jetzt behaupten sie, nur weil er gelogen hat, muss er sie auch getötet haben.«

Sie wurde von einem sichtlich verärgerten Lester Parker unterbrochen, der sie am Arm packte und vom Mikro wegzog. Daraufhin sprach der Anwalt in die Kamera: *»Die Verteidigung wird sich mit allen zur Verfügung stehenden Mitteln für Alan Crowley einsetzen, der, wenn erst einmal alle Fakten auf dem Tisch liegen, vollumfänglich entlastet wird. Vor dem Prozess wird es vonseiten der Familie Crowley dazu keine Aussagen mehr geben.«*

Betretenes Schweigen machte sich in der Küche breit, als die Nachrichtenmoderatorin den nächsten Beitrag ankündigte.

»Der Hackbraten, das Gemüse und die Kartoffeln müssen nur noch aufgewärmt werden.« Brenda lächelte Alan freundlich an. »Ich lasse Sie dann in Ruhe essen.« Damit eilte sie zur Tür.

38

Marge und Jamie saßen in der Küche beim Abendessen. Marge stellte für die 18-Uhr-Nachrichten den Fernseher an. Die Hauptnachricht drehte sich um die Anhörung von Alan Crowley. Sie sah, wie der blasse und angespannte Alan das Gerichtsgebäude verließ, umringt von Fotografen und Reportern.

»Das ist Alan Crowley«, sagte Jamie mit einem Mal.

»Ich wusste gar nicht, dass du ihn kennst«, erwiderte Marge.

»Er ist Kerrys Freund. Bevor sie in den Himmel gekommen ist.«

»Ja, das ist er.«

»Er küsst sie.«

»Ja.«

»Er hat sie geküsst, bevor sie schwimmen gegangen und in den Himmel gekommen ist.«

»Jamie, redest du von dem Abend von Kerrys Party, als du auch mit ihr schwimmen warst?«

»Ich hab versprochen, darüber nicht zu reden.«

»Diesmal ist es schon okay, Jamie. Was hat Alan gemacht, als er Kerry geküsst hat?«

»Er hat sie umarmt, und dann ist er nach Hause gegangen.«

»Und was ist dann passiert, Jamie?«

»Der Große hat Kerry geschlagen und in den Pool gestoßen.«

»Jamie, du bist dir sicher, dass es so war?«

»Mein Ehrenwort. Daddy hat mich immer Großer genannt, richtig, Mom?«

»Ja, Jamie, das ist richtig. Aber vergiss nicht, wir reden mit niemandem über das, was in der Nacht passiert ist, als Kerry in den Himmel gekommen ist. Das ist unser Geheimnis.«

»Ehrenwort, Mom, ich werde es keinem erzählen.«

Wie immer ging Jamie nach dem Abendessen nach oben und sah noch fern. Bedrückt blieb Marge am Küchentisch sitzen und machte sich eine weitere Kanne Tee. In aller erschreckenden Deutlichkeit stand ihr vor Augen, was Jamie ihr erzählt hatte. Wenn Jamie beschrieb, was er in der Mordnacht gesehen hatte, dann war Kerry noch am Leben gewesen, als Alan ging. War es möglich, dass Alan noch mal zurückgekommen war und später Kerry umgebracht hatte? Möglich, dachte sie, aber warum sollte er das tun? Der Große, von dem Jamie sprach, war ganz eindeutig nicht Alan. Aber wer dann?

Wenn Jamie gegenüber der Polizei vom Großen redete und gleichzeitig sagte, dass Jack ihn selbst immer als »den Großen« bezeichnet hatte, dann mussten sie unweigerlich annehmen, dass er von sich selbst sprach. Ich kann mir gut vorstellen, wie es den Crowleys jetzt geht. Aber wie geht es mir, wenn Jamie verhaftet würde? Er würde so große Angst haben. Ich weiß nicht, was ich tun soll. Ich weiß es einfach nicht.

39

Detective Mike Wilson fand keine Ruhe. Der Umstand, dass es ihnen bislang nicht gelungen war, die noch offenen Fragen bei den Ermittlungen zu klären, trieb ihn um.

Er hatte so gut wie keine Informationen über den Unbekannten, der Kerry die alkoholischen Getränke verkauft und sie bedrängt hatte. Laut Kerrys Freundin, die ihm von dem Vorfall erzählte, habe er vorgeschlagen, sich mit Kerry nach der Party zu treffen.

Angenommen, er war aufgetaucht, nachdem Alan fort war. Er war Kerry vorher schon angegangen. Vielleicht war er aggressiv geworden, als sie sich ihm erneut widersetzte?

Es gab eine Möglichkeit, um ihm vielleicht doch noch auf die Spur zu kommen.

Am nächsten Tag rief er Aline in der Arbeit an. »Aline, trotz der Anklageerhebung gegen Alan gibt es ein paar Dinge, die noch zu klären sind, und Sie könnten mir dabei möglicherweise helfen.«

»Natürlich«, sagte Aline.

»Ich würde mich gern mit Ihnen treffen und in aller Ruhe darüber reden.«

»Wollen Sie wieder zu uns nach Hause kommen?«

»Nein. Es wäre mir lieber, mit Ihnen allein zu sprechen.«

»Wann schwebt Ihnen vor?«

»Haben Sie zufällig heute am späten Nachmittag Zeit?«

»Ja.«

»Ich würde es darüber hinaus vorziehen, dass wir uns nicht

unbedingt in Saddle River treffen, wo man uns zusammen sehen könnte.«

Sie einigten sich auf ein Diner in der Old Hook Road in Westwood.

Als Aline pünktlich um 17.30 Uhr eintraf, winkte Mike ihr schon aus einem Eckabteil zu. Sie nahm ihm gegenüber Platz.

»Erst nach dem Telefonat ist mir der Gedanke gekommen, dass Ihnen vielleicht ein Lokal lieber gewesen wäre, in dem man auch ein Glas Wein bekommt und nicht nur Kaffee«, sagte er.

»Um ehrlich zu sein, genau das hätte ich wahrscheinlich auch bestellt. Ich schütte nämlich tagsüber viel zu viel Koffein in mich hinein.«

Mike lächelte. »Gleich nebenan hat vor Kurzem ein Irish Pub aufgemacht. Wir müssten noch nicht mal die Autos umparken. Sollen wir rübergehen?«

»Klingt verlockend.«

Fünf Minuten später saßen sie an einem Tisch in der Ecke des O'Malley's. Aline nippte an ihrem Pinot Grigio, während Mike einen Schluck von seinem Bier nahm.

»Aline, ich weiß, wie sehr Ihre Mutter von Alan Crowleys Schuld überzeugt ist, deshalb ist es mir lieber, dieses Gespräch nicht in ihrer Gegenwart zu führen. Ich glaube ebenfalls, dass er der Täter ist, aber es gibt zwei offene Fragen, und die würde ich gern so schnell wie möglich klären. Als Erstes müsste man den Mann finden, der Kerry bei der Reifenpanne geholfen hat.«

»Kann ich Ihnen dabei irgendwie behilflich sein?«

»Sieben Mädchen auf der Party besuchen die Abschlussklasse der Highschool. Da sie noch minderjährig sind, wollten ihre Eltern sie nicht mit mir reden lassen. Als Beraterin an der Schule werden Sie, nehme ich an, irgendwann mit ihnen zu tun haben.«

»Irgendwann sicherlich.«

»Es könnte sein, dass sie mit Ihnen über Kerry reden.«

»Möglich.«

»Kerry hat einer Freundin von dem Mann erzählt, der ihr bei der Reifenpanne geholfen hat. Vielleicht wissen einige der anderen Mädchen mehr darüber. Wenn Sie mit ihnen über Kerry reden, könnten Sie diesen Punkt vielleicht einfließen lassen.«

Aline atmete tief durch. »Ihnen ist bewusst, dass ich mich dabei moralisch auf sehr dünnem Eis bewege. Die Datenschutzbestimmungen für Studien- und Berufsberater sind sehr streng.«

»Das ist mir bewusst. Ich will auch gar keine persönlichen Daten über diese Mädchen. Möglicherweise muss ich noch nicht einmal den Namen des betreffenden Mädchens wissen. Nur, falls eine von ihnen irgendetwas weiß, was zur Ergreifung der fraglichen Person führen könnte, dann wäre das für uns natürlich äußerst hilfreich. Wenn ich Ihnen also eine Liste mit den Namen gebe, könnten Sie die Betreffenden dann dazu bringen, über Kerry zu sprechen? Und könnten Sie dabei den Mann erwähnen, der ihr beim Reifenwechsel geholfen hat?«

Aline überlegte. Auch das, wusste sie, könnte sie die Stelle kosten. Andererseits hatte sie Alan Crowleys fassungslosen Gesichtsausdruck gesehen, als er in Gefängniskleidung und Handschellen unter dem Blitzlichtgewitter der Fotografen das Gerichtsgebäude verlassen hatte. Wenn auch nur die geringste Möglichkeit bestand, dass er unschuldig war ...

»Ich mache es«, sagte sie entschlossen.

Mikes ernste Miene heiterte sich sichtlich auf.

»Danke. Vielleicht führt es auch zu gar nichts, aber wir dürfen nichts unversucht lassen.«

Er griff nach seinem Bierglas. »Es geht doch nichts über ein Bier am Ende des Tages«, sagte er.

»Oder ein Glas Wein.«

Er hob sein Glas. »Einen Toast darauf.«

Sie stießen an.

»Sie sagten, es gebe noch etwas, worüber Sie mit mir sprechen wollten.«

»Auch das hat vielleicht nichts zu bedeuten, aber Kerrys letzte SMS an Sie, am Tag der Party, will mir nicht aus dem Kopf. Sie haben Kerrys theatralische Ader erwähnt, aber möglicherweise haben Sie sich doch so Ihre Gedanken gemacht, was sie gemeint haben könnte.«

»Stimmt, die Frage stelle ich mir ständig«, erwiderte Aline. »Die Antwort lautet: Ich habe keine Ahnung. Kerry hat mir alles Mögliche geschrieben ... dass sie in zwei Fächern eine eins bekommen hat ... dass sie feiern waren, weil ihre Mannschaft zum dritten Mal hintereinander gewonnen hat. Aber nie, dass sie mit mir über etwas ›sehr Wichtiges‹ reden müsste.«

»Aline, nach den Befragungen habe ich den Eindruck, dass sich Kerry und Alan ständig getrennt und am nächsten Tag wieder versöhnt haben. Könnte sich die SMS auf ihn bezogen haben?«

Aline schüttelte den Kopf. »Ich weiß es einfach nicht.«

»Gut.«

Mike nahm einen Schluck von seinem Bier. »Vielleicht könnten Sie, wenn Sie sich mit den Mädchen über Kerry unterhalten, auch fragen, ob sie zufällig wissen, was so wichtig gewesen sein könnte.«

Diesmal zögerte Aline nicht. »Ja, das werde ich tun.«

»Dann sind wir uns ja einig.« Mike überlegte. »So langsam bekomme ich Appetit. Wollen Sie vielleicht noch zum Essen bleiben? Ich bin erst letzten Monat auf dieses Lokal gestoßen. Wo immer sie ihren Küchenchef herhaben, er ist ausgezeichnet.«

Die zweite Essenseinladung innerhalb weniger Tage, dachte sich Aline.

Ihre Eltern waren mit Freunden beim Essen im Club. Warum nicht?, sagte sie sich. »Hoffentlich haben sie Corned Beef mit Kohl.«

»Das ist in einem irischen Pub ein *Must*. Ich hatte es letzte Woche. Es ist wirklich gut.«

»Sie haben mich überzeugt.«

Das Essen war so gut wie von Mike versprochen. Sie redeten über sich und ihre Herkunft. »Ich war auf der Columbia«, erzählte Aline. »Eigentlich wollte ich immer Sozialarbeiterin oder Lehrerin werden. Aber beim Studium habe ich dann gemerkt, dass Studien- oder Berufsberaterin genau das Richtige für mich ist. Es macht mir wirklich Freude, den Jugendlichen bei ihren Entscheidungen zu helfen.«

»Ich komme auch hier aus der Gegend. Ich bin im Washington Township aufgewachsen und habe am St. Joe's in Montvale Football gespielt und bin dann nach Michigan gegangen. Und nein, dort habe ich nicht mehr Football gespielt.«

»Ihre Eltern, Ihre Geschwister sind immer noch im Washington Township?«

»Ich bin ein Einzelkind, und nachdem ich mit der Highschool fertig war, sind meine Eltern nach New York City gezogen. Dad kann jetzt zu Fuß in seine Kanzlei gehen, und Mom ist schneller in den Museen.«

»Und was haben Sie getan, nachdem Sie mit dem Studium in Michigan fertig waren?«

»Mir ist klar geworden, dass ich in der Strafjustiz arbeiten wollte. Ich habe am John Jay in Manhattan den Master gemacht, dann war ich zwei Jahre bei der Polizei in Waldwick, bevor ich die Stelle bei der Staatsanwaltschaft bekam. Im letzten Juni waren die anstrengenden vier Jahre rum, in denen ich an der Seton Hall University im Abendstudium noch Jura studiert habe.«

»Das klingt sehr ehrgeizig. Was machen Sie jetzt mit Ihrem Juraabschluss?«

»Als Erstes versuche ich die Prüfung für die Anwaltszulassung abzulegen. Und danach – weiß ich noch nicht so recht.

Aber wenn ich bei der Polizei weiterkommen will, ist ein Juraexamen von Vorteil.«

»Hatten Sie schon mit Familien wie meiner zu tun – bei denen ein Familienmitglied ermordet wurde?«

»Leider viel zu oft in den sechs Jahren, in denen ich mittlerweile für die Staatsanwaltschaft arbeite.«

»Als Studien- und Berufsberaterin bin ich so was wie eine Expertin dafür, wie man mit bestimmten Situationen zurechtkommt. Es ist für mich im Moment nicht leicht, aber ich weiß auch, dass meine Eltern gerade unter einer ungeheuren Belastung stehen. Ich frage mich, ob sie jemals wieder Frieden finden können.«

»Wenn der Prozess vorüber ist und der Täter zur Rechenschaft gezogen wurde, fängt der eigentliche Heilungsprozess an.«

»Das hoffe ich«, sagte Aline. »Jedenfalls haben sie mir sehr geholfen, als ich durch die Hölle gegangen bin.«

Als sie Mikes fragenden Gesichtsausdruck sah, erzählte sie ihm von Rick und seinem Tod durch einen betrunkenen Autofahrer.

»Was ist mit dem Fahrer des Unfallwagens geschehen?«

»Er wurde nicht schuldig gesprochen, weil ein Freund für ihn gelogen hat. Für den Unfall selbst gab es keine Zeugen. Wir glauben, dass sein Beifahrer, der nichts getrunken hatte, vor dem Eintreffen der Polizei mit ihm Platz getauscht hat. Denn andere Zeugen auf der Party haben gesagt, dass der Angeklagte einiges getrunken und, als sie losfuhren, am Steuer gesessen hatte. Außerdem war es sein Wagen. Aber die Geschworenen waren sich nun mal nicht sicher, deshalb ließen sie ihn frei.«

»So was geschieht manchmal.«

Aline zögerte, bevor sie mit brüchiger Stimme sagte: »Jetzt ist er verheiratet, hat zwei Kinder und einen tollen Job an der Wall Street.«

»Wie sind Sie damit zurechtgekommen?«

»Zunächst war ich wahnsinnig wütend und verbittert. Deshalb habe ich die Stelle in London angenommen, an der International School. Ich wollte weg von hier. Lange war ich ganz zerfressen vor Wut. Aber eines Tages bin ich aufgewacht, und mir war klar, dass ich mir mein Leben kaputtmache, wenn ich das, was geschehen ist, nicht akzeptiere. Dann erkannte ich, dass meine Wut und meine Verbitterung nichts ändern würden. So hart und so ungerecht es manchmal auch ist, ich musste weitermachen ... oder verrückt werden.«

»Ich bin froh, dass Sie sich fürs Weitermachen entschieden haben. Ich bin mir sicher, Ihr Verlobter hätte nichts anderes gewollt.«

»Ja.« Eine Weile war Aline in Gedanken versunken. Dann hellte sich ihre Miene auf. »Mir ist gerade etwas klar geworden. Ich war mir sicher, dass Sie mir bekannt vorkommen, als ich Sie zum ersten Mal gesehen habe. In meinem ersten Jahr an der Highschool haben sich meine Freundinnen und ich die Frühjahrs-Theateraufführung am St. Joe's angesehen. *West Side Story.* Kann es sein, dass Sie da mitgespielt haben?«

»I've just met a girl named Maa-RIIII-ahh«, sang Mike leise.

»Dann waren Sie das! Ich liebe dieses Lied. Sie waren so toll. Ich bin ein ziemlicher guter Sopran. Ich würde sofort mit einstimmen, aber dann würde man uns wahrscheinlich aus dem Lokal werfen.«

»Wenn den Leuten das nicht gefällt, könnten wir ja auch ›Danny Boy‹ anstimmen.«

Aline lachte, ein herzerfrischendes Lachen. Es war das erste Mal seit langer Zeit, dass es ihr wieder richtig gut ging.

40

Am Morgen nach der Anhörung wachte Alan völlig zerschlagen auf. Er hatte einen lebhaften Traum gehabt, in dem Kerry vorgekommen war und der von den letzten Minuten handelte, die er mit ihr verbracht hatte – kurz hatte er gezögert, als er ums Haus ging, dann sein Abschiedskuss. Dann die Beerdigung. Und dann hatte Kerry ihn gefragt: »Alan, warum trägst du Handschellen?« Schließlich Reporter, die ihm Fragen entgegenbrüllten.

Als er die Augen aufschlug, war es Viertel vor acht. Nur langsam sickerte ihm alles wieder ins Bewusstsein, was geschehen war. Was wird als Nächstes passieren? Morgen sollte ich eigentlich nach Princeton aufbrechen.

Er sah zu seinen halb gepackten Koffern. Werde ich noch zu Ende packen?, fragte er sich und ging duschen.

Als er nach unten kam, saßen seine Mutter und sein Vater schon am Küchentisch beim Kaffee. Beide sahen aus, als hätten sie eine fürchterliche Nacht hinter sich. Sie machen sich Sorgen um mich, natürlich, dachte er. Der Laptop seines Vaters stand vor ihnen auf dem Tisch.

Sein Vater sah vom Computer auf und begrüßte ihn mit einer Frage. »Alan, hast du schon deine Mails abgerufen?«

»Nein, warum?«

Seine Eltern sahen sich an. »Alan«, sagte sie, »dein Vater und ich haben eine Mail aus Princeton bekommen. Du stehst ebenfalls in der Empfängerzeile. Sie ist vom Vorsitzenden des Zulassungsbüros. Sie wollen noch heute mit uns drei eine Telefonkonferenz abhalten.«

»Heute?«, sagte Alan. »Dann wollen sie mit uns reden, bevor wir morgen hinfahren. Wahrscheinlich wollen Sie uns mitteilen, dass sie mich unter den gegebenen Umständen ablehnen.«

»Alan«, sagte sein Vater, »greifen wir den Dingen nicht vor. Ich habe geantwortet, dass wir um neun mit ihnen reden werden.«

»Sollen wir Lester Parker fragen, ob er sich ebenfalls beteiligen möchte?«, fragte June.

»Hören wir uns erst an, was sie uns zu sagen haben, bevor wir die Anwälte einschalten«, sagte Doug.

Alan war überzeugt, dass er am nächsten Tag nicht nach Princeton fahren würde. Das äußerte er aber weder gegenüber seinem Vater noch gegenüber seiner Mutter, ihren Mienen allerdings war abzulesen, dass sie dasselbe dachten. Er musste daran denken, wie sehr sie ihm immer eingebläut hatten, gute Noten zu schreiben ... Nur weil sie dachten, nach einem Abschluss an einer Elite-Uni hätte er für sein Leben ausgesorgt. Jetzt aber würde Princeton ihm mitteilen, dass er zu Hause bleiben konnte.

Seine Mutter schlug ihm vor, French Toast zu machen, sein Lieblingsfrühstück. Ihr Ton erinnerte ihn daran, wie sie ihm Eis angeboten hatte, damals, als ihm die Mandeln herausgenommen worden waren. Trotz allem hatte er tatsächlich Appetit.

»Ja, danke«, sagte er.

Beim Frühstück sprachen sie kein einziges Wort. Eine Minute vor neun wählte sein Vater die in der E-Mail aufgeführte Telefonnummer. Er stellte den Apparat auf Lautsprecher.

David Willis stellte sich als Vorsitzender des Zulassungsbüros vor. »Bei mir sitzt auch Lawrence Knolls, Justitiar der Princeton University.«

Man begrüßte sich, bevor Willis auf das Thema zu sprechen kam.

»Alan, wir wissen um die unglücklichen Umstände, in denen Sie sich im Moment befinden. Wir sind zu dem Schluss gekommen, dass es im Interesse aller Beteiligten wäre, falls Sie dazu bereit sind, Ihre Immatrikulation so lange zurückzustellen, bis Ihre persönliche Situation zufriedenstellend geklärt ist.«

»Aber wir wollten ihn morgen zur Einschreibung fahren.«

»Ich weiß, Mrs. Crowley. Deshalb reden wir auch heute mit Ihnen.«

Doug mischte sich ein. »Sie sagten, ›*falls* Sie dazu bereit sind‹. Bleibt die Entscheidung Alan überlassen, oder wollen Sie uns damit nur sagen, dass er keine andere Wahl hat?«

»Tut mir leid, wenn ich mich nicht klar ausgedrückt haben sollte. Es wäre unpassend, wenn Alan unter den gegebenen Umständen sein Studium bei uns aufnehmen würde.«

»Was soll das nun heißen?«, fragte June.

Diesmal ergriff der Rechtsbeistand das Wort. »Das heißt, wenn sämtliche Anklagepunkte gegen Alan fallen gelassen werden, kann er sich neu bewerben.«

»Ich sagte doch, wir hätten Lester Parker dazubitten sollen«, unterbrach June und sah finster zu Doug.

»Natürlich werden wir den Betrag erstatten, den Sie uns überwiesen haben«, fügte Willis noch an.

»Woher wissen Sie von meiner Situation?«, fragte Alan.

»Wir sind bemüht, uns über die neuen Studenten auf dem Laufenden zu halten«, antwortete Lawrence Knolls nur. »Mehr werden wir Ihnen dazu nicht mitteilen.«

Nachdem die Konferenz beendet war, rief Knolls sofort bei Willis an, der augenblicklich ranging. »David, es lief doch genau so, wie wir erwartet haben.«

»Meinen Sie, sie werden unsere Entscheidung anfechten?«

»Das bezweifle ich. Jeder Anwalt, der sich unsere Aufnahmebedingungen durchsieht, wird zu dem Schluss kommen, dass die Sittlichkeitsklausel uns großen Spielraum lässt, wen wir zur Immatrikulation zulassen.«

»Apropos, unser Medien-Überwachungsdienst scheint zu funktionieren. Ich habe heute Morgen eine Mail von der PR-Agentur bekommen. Beigefügt war der Artikel einer Zeitung aus dem nördlichen New Jersey über ›Alan Crowley, der in Princeton das Studium aufnehmen wollte, nun aber wegen Mordes verhaftet wurde‹.«

»Gut, beruhigend, dass sie das gefunden haben«, entgegnete Knolls.

»Genau«, pflichtete Willis bei.

Der Überwachungsdienst war in diesem Fall aber gar nicht nötig gewesen. Bereits jetzt waren beim Zulassungsbüro der Universität zwei Anrufe eingegangen. Beim ersten Mal hatte sich eine höfliche Person gemeldet, die fast entschuldigend geklungen hatte. Die zweite Anruferin war wesentlich aufgebrachter gewesen und hatte gefragt, was denn das für Studenten seien, die Princeton mittlerweile aufnehme.

41

Marge machte sich zunehmend Sorgen um Jamie. War er morgens meist noch gut gelaunt und freute sich auf die Arbeit, wurde er im Lauf des Tages immer schweigsamer. Wenn sie sich mit ihm unterhielt, erwähnte er immer häufiger Kerry. »Kerry ist jetzt im Himmel bei Daddy. Ich will auch zu ihnen.«

»Das wirst du eines Tages, aber das wird noch lange dauern. Ich brauche dich doch hier bei mir, Jamie.«

»Du kannst doch auch mitkommen.«

Ein andermal fragte er sie völlig unvermittelt: »Gehen die Leute im Himmel auch schwimmen wie Kerry?«

»Vielleicht.« Lieber Gott, lass ihn nicht ständig von Kerry sprechen, flehte Marge im Stillen. Sie versuchte das Thema zu wechseln. »Football hat wieder angefangen, freust du dich schon darauf, beim Training zuzusehen?«

»Da sind die Großen.«

»Nennt dich auch jemand Großer?«

»Daddy hat mich Großer genannt.«

»Ich weiß. Aber sonst noch jemand?«

Jamie lächelte. »Ich nenne mich Großer.«

Es ist bloß eine Frage der Zeit, bis er mit jemandem redet und sich selbst in Schwierigkeiten bringt, dachte Marge verzweifelt.

42

Mit jedem Tag wusste Aline den regelmäßigen Ablauf ihrer Arbeit in der Schule mehr zu schätzen. Wie sie Mike versprochen hatte, hielt sie Ausschau nach den sieben Mädchen, die auf Kerrys Party gewesen waren, bislang aber nicht mit der Polizei gesprochen hatten. Sie hatte mit ihnen kaum ein Wort gewechselt, als sie Hilfe von unerwarteter Seite erhielt. Eines Morgens kam Pat Tarleton in ihr Büro.

»Hallo, Aline. Wie steht es zu Hause?«

Aline seufzte. »Den Umständen entsprechend einigermaßen.«

»Nicht so toll?«

»Gestern haben meine Mutter und ich uns beim Abendessen ...« Sie hielt inne. »Sagen wir mal so: Wir haben uns ungeschminkt die Meinung gesagt.«

»Aha. Worüber?«

»Mom hat erzählt, dass sie in Princeton angerufen und erläutert hat, was sie von gewissen Studenten hält, die dort zum Studium zugelassen würden. Natürlich hat sie auf Alan Crowley angespielt. Ich habe ihr gesagt, dass ich das falsch finde. Schließlich steht er nur unter Verdacht, ist aber nicht verurteilt. Sie sollte sich da raushalten. Ich muss wohl nicht sagen, dass sie dem entschieden widersprochen hat.«

»O Aline, das tut mir leid.«

»Schon gut, Pat. Wir reden ja noch miteinander.«

»Nein, Aline. Es tut mir leid, dass ich Ihnen nicht erzählt habe, dass ich ebenfalls in Princeton angerufen habe, damit die Uni über Alans Verhaftung Bescheid weiß.«

»Pat, das verstehe ich nicht. Warum tun Sie ...«

»Weil ich dieser Schule und ihren gegenwärtigen und zukünftigen Schülern verpflichtet bin. Alle Eltern in der Stadt hoffen, dass ihr Sohn oder ihre Tochter von einer Elite-Uni oder einer Universität wie Notre Dame oder Georgetown aufgenommen wird. Sie wissen selbst, wie hart der Konkurrenzkampf um die Plätze ist. Es ist daher von höchster Bedeutung, dass die Saddle River Highschool gute Beziehungen zu den Unis unterhält, Princeton eingeschlossen. Wenn wir die Uni nicht darüber informieren, dass ein von ihr angenommener Schüler ihr eventuell schlechte Publicity einträgt, könnte es für zukünftige Bewerber unserer Schule schwieriger werden, dort einen Platz zu ergattern.« Sie hielt kurz inne. »Ich habe es nur ungern getan, aber ich musste anrufen. Wenn ich es Ihnen erzählt hätte, wäre Ihnen vielleicht der Streit mit Ihrer Mutter erspart geblieben.«

»Daran habe ich nicht gedacht, Pat. Es gibt für mich wohl noch einiges zu lernen.«

»Sie machen das ganz wunderbar bei uns. Aber nun zum Grund meines Hierseins. Aline, ich möchte Sie um einen Gefallen bitten, und ich versichere Ihnen, ich könnte es gut verstehen, wenn Sie mir einen Korb geben. Viele der Mädchen, die mit Kerry im Lacrosse-Team waren, sind nicht mehr an der Schule. Den Mädchen aus dem nächsten Jahrgang, der neuen Abschlussklasse, fällt es aber nach wie vor schwer, mit dem, was Kerry zugestoßen ist, zurechtzukommen. Meines Erachtens könnte es ihnen sehr helfen, wenn sie mit Ihnen über ihre Gefühle und über Kerry reden würden. Ich könnte mir also gut vorstellen, dass Sie diese Mädchen hinsichtlich ihrer weiteren Laufbahn beraten. Aber wie gesagt, ich verstehe gut, falls Sie ...«

Aline unterbrach sie. »Pat, kein Problem. Es hat für mich ebenfalls therapeutischen Wert, zu hören, was Kerrys Freundinnen über sie zu sagen haben. Ich nehme mich ihrer wirklich gern an.«

Pat ging, nicht ohne ihr vorher versprochen zu haben, ihr die Namen der Betreffenden per E-Mail zukommen zu lassen. Jetzt musste sie keinen Vorwand mehr suchen, um sich mit diesen Mädchen zu unterhalten. Pat hatte ihr soeben einen ganz hervorragenden Grund geliefert.

Vor der ersten Pause holte sie sich aus dem Lehrerzimmer ihre zweite Tasse Kaffee. Mehrere Lehrer waren anwesend, unter anderem Scott Kimball, der sich mit einer äußerst attraktiven Geschichtslehrerin unterhielt, die erst seit Kurzem an der Schule unterrichtete. Sie himmelte ihn geradezu an. Es war nicht zu leugnen, dachte sich Aline, er war ein gut aussehender Mann. Sie schätzte die neue Lehrerin Barbara Bagli auf etwa dreißig, und sie schien sehr an Scott interessiert.

Bestätigt wurde ihre Vermutung, als Barbara zu Scott sagte: »Nächste Woche kommen meine Eltern aus Cleveland zu Besuch, und sie würden gern nett essen gehen. Können Sie mir ein Restaurant empfehlen?«

Er winkte Aline zu sich heran und sagte: »Aline und ich haben letzte Woche ganz wunderbar im La Petite gespeist, einem französischen Restaurant in Nyack. War es nicht fantastisch, Aline?«

Aline hatte – fälschlicherweise – angenommen, Scott würde über ihren gemeinsam verbrachten Abend eine gewisse Diskretion walten lassen. Sie blickte sich um. Hatten andere Lehrer das Gespräch zufällig mitbekommen? Sie glaubte nicht. So versuchte sie sich ihre Verärgerung nicht anmerken zu lassen, als sie antwortete: »La Petite ist wirklich wundervoll. Es wird Ihnen und Ihren Eltern bestimmt gefallen.«

Aline verzog sich zur Kaffeemaschine, um weiterem Small Talk zu entgehen. Während sie sich eine Tasse volllaufen ließ, dachte sie sich: Das war das letzte Mal, dass ich mit Scott Kimball irgendwas außerhalb der Schule unternommen und ihm die Möglichkeit gegeben habe, mich in Verlegenheit zu bringen.

43

Die gesamte nächste Woche verlief für Alan wie im Nebel. Er erinnerte sich, die Koffer wieder ausgepackt, manche Sachen aufgehängt und andere in den Schrank gelegt zu haben. Mom hat immer darauf geachtet, dass ich Ordnung halte, dachte er. Wenn ich Kleidung auf dem Boden liegen ließ, gab's immer einen Klaps.

Er wusste nicht, was er mit sich anfangen sollte. Sein Vater schlug vor, sich nach einem Kurzzeit-Job umzusehen. Kurzzeit?, fragte er sich. Wie lang soll das denn sein? Bis ich vor Gericht gestellt und wegen Mordes verurteilt werde?

Ständig sah er Kerry vor sich. Er musste an die Dinge denken, die sie gemeinsam erlebt hatten. An den Abschlussball im vergangenen Mai. Die anschließende Fahrt runter an die Küste. Obwohl es am Abend zuvor sehr spät geworden war, waren sie beide früh aufgestanden und am Strand spazieren gegangen. Wieder spürte er den warmen Sand unter den bloßen Füßen und hörte Kerrys Stimme. »Alan, du warst der bestaussehende Typ auf dem Ball. Ich freue mich sehr, dass ich dir den Smoking aussuchen durfte. Er hat perfekt gepasst.«

»Und ich war der glücklichste Junge auf dem Ball, weil ich mit dem schönsten Mädchen da war.«

Jeden Tag nach dem Frühstück war er an ihr Grab gefahren. Damit hörte er erst auf, als er jemanden bemerkte, der ein Foto von ihm vor dem Dowling-Grabstein machte. Am nächsten Tag erschien es auf der Titelseite der Lokalzeitung.

Vor seiner Verhaftung hatte er immer einen herzhaften

Appetit gehabt. Jetzt blieb ihm jeder Bissen im Hals stecken. Dass seine Mutter ihn ständig drängte, etwas zu essen, setzte ihn umso mehr unter Druck. Schließlich ging er hoch: »Mom, willst du mich für den Prozess herausfüttern, damit du zeigen kannst, wie gut du dich um mich kümmerst?«

»Alan, solche Wutausbrüche hattest du schon als kleiner Junge. Ich habe sie damals nicht toleriert, und ich werde sie jetzt nicht tolerieren. Ich kann verstehen, dass du wütend bist, aber das sind dein Vater und ich auch. Wir lassen unsere Wut auch nicht an dir aus. Also mach du es auch nicht.«

Streng wie immer, meine Mom, dachte sich Alan. Bis zum bitteren Ende.

Und wie immer hatte sie das letzte Wort. »Vergiss nicht: Der einzige Grund, warum du dich jetzt in dieser Situation befindest, ist dein aufbrausendes Temperament. Hättest du dich mit Kerry nicht gestritten und hättest du die Wahrheit gesagt, wärst du jetzt in Princeton.«

Nach diesem Gespräch schwor sich Alan, in Zukunft seinen Eltern so wenig wie möglich zu erzählen. Da er nachts kaum schlafen konnte, döste er den Großteil des Tages vor sich hin.

Seine Mutter nahm wieder ihre Arbeit als Tagesschwester auf der Intensivstation des Englewood Hospital auf. Sein Vater hatte sich sowieso bloß zwei Tage unmittelbar nach seiner Verhaftung freigenommen. Er musste immer zum 7.14-Uhr-Zug nach New York City.

Die Einzige, auf deren Gesellschaft er sich freute, war Brenda, ihre langjährige Haushälterin. Ihr Verständnis und ihre Anteilnahme taten ihm gut. An einem Nachmittag, nachdem sie ihm Pfannkuchen gemacht hatte, sagte sie: »Alan, ich weiß, dass du dem armen Mädchen nie was angetan hättest. Alles wird wieder gut. Ich spüre es, und mein Gefühl trügt mich nie.«

Der Anflug eines Lächelns erschien auf Alans Gesicht. »Ihr

Wort in Gottes Ohr, Brenda. Denn es gibt sonst niemanden, der an mich glaubt.«

Mittlerweile waren alle seine Freunde zum College abgereist. Er hatte nichts von ihnen gehört. Die SMS und Mails, die er geschickt hatte, waren unbeantwortet geblieben. Er verstand, warum Rich, Stan und Bobby sauer auf ihn waren. Aber warum hatten seine anderen Freunde ihn fallen lassen? Musste er sie wirklich danach fragen?

Das Gefühl, isoliert zu sein, erstickte ihn regelrecht. Sein Vater hatte schon recht, wenn er meinte, er solle sich einen Job suchen. Nur, bei der Bewerbung wurde man gefragt, ob man schon einmal straffällig geworden war. Wie sollte er darauf antworten? »Ja, ich stehe unter Mordverdacht und trage eine elektronische Fußfessel. Aber keine Sorge. Ich war es nicht.«

Nachdem er tagsüber schlief, gewöhnte er sich an, lange Nachtspaziergänge zu unternehmen. Er fuhr zum Ausgangspunkt eines Waldwegs, marschierte, lediglich mit einer Taschenlampe ausgestattet, los und fand Trost in der Ruhe und Einsamkeit der Wälder.

44

Sieben Spielerinnen aus der letztjährigen Lacrosse-Mannschaft besuchten nun die Abschlussklasse der Highschool. Dank Pat Tarletons administrativer Unterstützung lagen ihre jeweiligen Beratungstermine bei Aline so weit auseinander, dass keine von ihnen Verdacht schöpfte, warum sie alle ihr zugeteilt worden waren.

Jede Sitzung leitete Aline mit den Worten ein: »Ich weiß, Sie haben mit meiner Schwester Lacrosse gespielt. Vielleicht wollen Sie mit mir ja darüber reden – wie es für Sie war und wie es jetzt für Sie ist.«

Wie erwartet schälte sich eine Art Grundmuster bei den Antworten heraus.

»Kerry fehlt mir sehr.«

»Ich kann es immer noch nicht glauben, dass ihr jemand absichtlich was angetan haben soll.«

»Die Party war so toll, aber dann mussten Kerry und Alan sich streiten.«

»Hat ihr Streit die Party kaputt gemacht?«

»Ach, nein. Kerry hat doch nur darüber gelacht, wie immer. Aber ich weiß, nachdem er fort war, haben sie sich SMS geschrieben.«

»Ist jemand der Meinung, sie hätte mit ihm Schluss machen sollen?«

»Nur Annie. Aber wissen Sie, warum? Weil sie total in Alan verknallt ist.«

Wenn sie darauf zu sprechen kam, wer die alkoholischen

Getränke mitgebracht hatte, lauteten die Antworten nahezu einhellig: »Irgendeiner von den Jungs hat sie mitgebracht. Außerdem hatte Kerry schon was da.«

Nur ein Mädchen, Alexis Jaccarino, überlegte auf die Frage nach den alkoholischen Getränken eine geschlagene Minute, bis sie sagte: »Keine Ahnung.«

Aline war überzeugt, dass sie etwas zurückhielt, drängte sie aber nicht. Sie fragte die Mädchen, ob sie am Tag der Party mit Kerry zusammen gewesen waren. Vier von ihnen waren mit ihr von Mittag bis etwa drei Uhr nachmittags am Pool gesessen.

»War sonst noch jemand da?«, fragte Aline.

»Als Jamie Chapman von der Arbeit nach Hause kam, hat er herübergerufen und gefragt, ob er auch kommen kann«, antwortete Alexis.

»Und was hat Kerry gesagt?«

»Kerry mochte Jamie. Sie hat gesagt, ja, er soll ruhig kommen. Aber dann hat er gehört, wer sonst noch alles zur Party eingeladen war, und er hat Kerry gefragt, ob er auch kommen könnte. Sie hat abgewiegelt, es sei bloß für die Freunde, die noch auf der Highschool wären.«

»Wie hat er darauf reagiert?«

»Er war ziemlich enttäuscht, und als er gegangen ist, hat Kerry gesagt: ›Ich hab ein schlechtes Gewissen, wenn ich ihn wegschicke. Aber wir haben Alkohol auf der Party, und das erzählt er vielleicht herum.‹«

Aline beschloss, mit der nächsten Frage ganz offen zu sein. »Die Polizei geht davon aus, dass sich Kerry mit dem jungen Mann, der ihr das Bier für die Party besorgt hat, gestritten hat. Angeblich hat er ihr kurz vorher bei einer Reifenpanne geholfen. Die Polizei möchte ihn finden und mit ihm reden. Hat Kerry jemals was davon erzählt?«

Die Einzige, die von einem platten Reifen wusste, war Sinead Gilmartin. »Kerry hat mir erzählt, sie hätte auf der Route 17 einen Platten gehabt. Sie wollte ihrem Vater davon nichts erzählen, weil der ihr vorher schon in den Ohren gelegen hat, sich endlich um den Reifen zu kümmern.«

»Wissen Sie, wie viele Tage vor der Party das passiert ist?«

»Eine Woche vielleicht, vielleicht auch etwas mehr.«

»Sinead, fällt Ihnen irgendetwas ein, was der Polizei helfen könnte, diesen Mann zu finden? Wie hat er ausgesehen? Welchen Wagen hat er gefahren? Hat Kerry Ihnen irgendwas erzählt?«

»Warten Sie. Der Typ, der angehalten hat ... ich glaube, Kerry hat gesagt, er hätte einen Abschleppwagen gefahren. Deshalb hat er auch so schnell den Reifen gewechselt. Sie wollte ihm zehn Dollar Trinkgeld geben, aber das hat er abgelehnt. Sie fand ihn wirklich nett.«

Das waren Informationen, die Mike wahrscheinlich so schnell wie möglich haben wollte. Sobald Sinead ihr Büro verlassen hatte, setzte Aline eine Mail auf, hielt dann allerdings inne. Du solltest das nicht über das Schulnetzwerk versenden, dachte sie. Also zog sie ihr Handy heraus und schickte Mike eine SMS.

Mike konzentrierte sich auf das Wort »Abschleppwagen«, als er Alines SMS las. Der Begriff war immer noch sehr vage, als Ausgangspunkt für weitere Ermittlungen aber wesentlich besser geeignet als die ihnen bislang vorliegende Beschreibung des Gesuchten, der »um die fünfundzwanzig« sein sollte.

Von seiner Zeit bei der Polizei in Waldwick wusste er, wie die Verkehrspolizei von Bergen County organisiert war. Es gab die Verkehrsüberwachung, die für Ampeln und Verkehrshelfer zuständig war und darüber hinaus über eine Liste von Abschleppunternehmen verfügte, die eine Lizenz für ihre jeweilige Ortschaft hatten. In Waldwick gab es, soweit er sich erinnerte, gut ein Dutzend lizenzierte Unternehmen. Saddle River und die Nachbargemeinden – Washington Township, Upper Saddle

River, Woodcliff Lake, Ho-Ho-Kus – dürften über eine ähnliche Anzahl verfügen.

Allerdings gab es natürlich keine Garantie, dass der Abschleppwagen, an dem er interessiert war, gerade für diese Gemeinde zugelassen war. Route 17 war ein wichtiger Highway im nördlichen New Jersey. Zudem lagen nur fünf Meilen nördlich oder südlich von Saddle River weitere Kommunen mit Dutzenden anderen Unternehmen. Aber irgendwo mussten sie nun mal anfangen.

Mike übertrug Sam Hines, einem jungen Ermittler in seinem Büro, die Aufgabe, die Dienstpläne der lizenzierten städtischen Abschleppunternehmen durchzugehen und sie auf Fahrer zu untersuchen, die unter dreißig waren.

»Das wird aber eine ganze Weile dauern, Mike«, sagte Sam.

»Ich weiß. Deshalb solltest du auch sofort damit anfangen.«

45

Die letzte von Pat Tarleton vorgeschlagene Schülerin, um die Aline sich kümmern sollte, war Valerie Long. Da sie jedoch erst im darauffolgenden Jahr ihren Schulabschluss machen würde, konnte das Gespräch darüber, welche Colleges für sie infrage kämen, noch etwas warten.

Eine der Wirtschaftslehrerinnen brachte die Sache dann aber doch ins Rollen. Sie kam zu Aline ins Büro und erzählte, dass Valerie am Unterricht kaum mehr teilnehme und nur noch wie in Trance herumsitze.

»Vielleicht können Sie ja mal mit ihr reden und herausfinden, wo das Problem liegt«, sagte die Lehrerin.

Am nächsten Tag setzte Aline ein Treffen mit Valerie an. Als das Mädchen ihr Büro betrat, fiel Aline sofort ihre Niedergeschlagenheit auf. War der Kummer um Kerrys Tod der Auslöser dafür?

Sie beschloss, sie ganz direkt darauf anzusprechen. Nachdem Valerie ihr gegenüber Platz genommen hatte, sagte sie: »Valerie, ich weiß, Kerrys Tod hat viele Mädchen sehr berührt. Ich habe gehört, dass ihr euch sehr nahegestanden habt.«

»Ich habe Kerry wirklich gemocht. Sie war meine beste Freundin in der Schule.«

»Dann kann ich verstehen, dass ihr Tod dir sehr nahegeht.«

»Nein, das können Sie nicht.«

Aline wartete und hoffte, dass mehr kommen würde. Aber es kam nichts mehr. Sie wusste, es wäre aussichtslos, weiter nachzuhaken, also sagte sie bloß: »Valerie, ich habe mir die Unterlagen angesehen. Deine Noten an deiner früheren Schule waren sehr gut. Sie waren auch gut, als du im Januar zu uns gekommen bist. Seitdem haben deine Leistungen aber enorm nachgelassen. Und dieses Jahr klagen deine Lehrer, dass du im Unterricht immer abgelenkt und abwesend scheinst.«

Ja, ich bin abgelenkt, dachte sich Valerie, aber was der Grund dafür ist, kann ich nicht erzählen. Schließlich antwortete sie: »Mir fehlen meine Freunde in Chicago. Mein Stiefvater hat einen neuen Job bekommen, und von einem Tag auf den anderen ist beschlossen worden, dass wir umziehen. Ich wäre gern bei meiner Großmutter in Chicago und an meiner früheren Schule geblieben, aber sie haben mich nicht gelassen.«

»Was ist mit deinem leiblichen Vater?«, fragte Aline.

Valerie lächelte. »Der war toll. Ich war sein kleiner Liebling. Dann ist bei ihm ein Gehirntumor festgestellt worden, zwei Monate später war er tot.«

»Wie alt warst du da?«

»Er ist an meinem achten Geburtstag gestorben.«

»Das tut mir sehr leid. Das war bestimmt sehr schwer für dich.«

»Na ja, meine Mutter feiert seitdem meinen Geburtstag nicht mehr. Vor zwei Jahren hat sie noch mal geheiratet. Wayne. Der ist zwanzig Jahre älter als meine Mutter.«

Es gab also eine Vielzahl von Gründen, warum Valerie ins Straucheln geraten war. Ihr fehlten ihre Chicagoer Freunde. Sie hatte Kerry verloren, ihre einzige Freundin hier. Daneben trauerte sie immer noch um ihren Vater, und sie mochte ihren Stiefvater nicht.

Aline kam zu dem Schluss, dass sie ein Treffen mit Valeries Eltern vereinbaren sollte, um mit ihnen über Valeries offensichtliche Probleme wegen des Umzugs zu reden und ob das mit ein Grund für ihr fehlendes Interesse an der Schule war.

»Valerie«, sagte sie, »du weißt, dass Kerry meine Schwester war. Wer, wenn nicht ich, kann verstehen, wie traurig du über ihren Verlust bist. Es ist nicht leicht, Freunde in einer fremden Umgebung zu finden, vor allem dann, wenn sich die anderen Schüler schon so lange kennen. Ich kann mir vorstellen, wie schwer es für dich ist, deine beste Freundin zu verlieren.«

»Sie haben nicht die geringste Ahnung, wie schwer das ist«, entgegnete Valerie.

»Valerie, Kerry würde nichts anderes wollen, als dass du neue Freunde findest und gut in der Schule bist, davon bin ich überzeugt.«

»Ich werde es versuchen«, antwortete Valerie eher gleichgültig.

Aber als sie Aline ins Gesicht sah und auch deren Traurigkeit erkannte, fragte sie sich, ob sie Kerrys Schwester eines Tages vielleicht erzählen könnte, was wirklich los war.

46

June Crowley ging zwar jeden Sonntag zum Gottesdienst, konnte aber lediglich im weitesten Sinne als praktizierende Katholikin bezeichnet werden. Das Zurschaustellen neuer Garderobe war ihr ebenso wichtig wie der Empfang der Sakramente. Im Lauf der Jahre war ihr nie der Gedanke gekommen, dass sie sich mit Vater Frank auch unterhalten könnte. Jetzt aber, nachdem sie ganz verzweifelt war vor Sorgen um Alan, wollte sie doch einmal mit ihm reden.

Sie rief ihn an und fragte, ob sie sich so bald wie möglich mit ihm treffen könnte. Er schlug ihr den darauffolgenden Vormittag vor, das wäre ein guter Zeitpunkt für ihn.

Bei ihrem Eintreffen überlegte sie immer noch, wie sie ihre Befürchtungen am besten formulieren sollte. Als sie dann aber vor ihm saß, ließ sie ihren Worten freien Lauf.

»Vater, ich mache mir schreckliche Sorgen, dass Alan sich umbringen könnte.«

Natürlich wusste der Geistliche, dass Alan Crowley verhaftet worden war. Er hatte selbst schon überlegt, bei June und Doug anzurufen und ihnen sein Bedauern auszudrücken. Jetzt fürchtete er, dass June tatsächlich recht haben könnte.

»Warum denken Sie sich das?«

»Na, so, wie er sich verhält. Tagsüber schläft er fast immer, und nach dem Abendessen verschwindet er. Ich weiß nicht, wo er sich rumtreibt oder ob er überhaupt mit jemandem redet. Ich bezweifle es. Er schwört, Kerry nichts angetan zu haben, aber jeder glaubt doch, dass er es war, und jeder wartet bloß darauf, dass es zum Prozess kommt und er schuldig gesprochen wird und für viele Jahre ins Gefängnis muss.«

»June, Sie sind Krankenschwester – kennen Sie nicht einen Therapeuten, der mit ihm reden könnte?«

»Das habe ich auch schon vorgeschlagen. Er lehnt es strikt ab.«

»Meinen Sie, es könnte helfen, wenn ich mal mit ihm rede?«

»Das wäre eine große Erleichterung für mich.«

»Es wäre besser, wenn ich mit ihm allein spreche. Sie und Doug sind morgen Nachmittag in der Arbeit?«

»Ja.«

»Gut, ich komme am Spätnachmittag vorbei, mal sehen, ob er mit mir reden will.«

»Unsere Haushälterin Brenda wird da sein. Ich gebe ihr Bescheid.«

Am nächsten Nachmittag fuhr Vater Frank zum Haus der Crowleys und klingelte. Sofort erschien eine Frau mittleren Alters, die anscheinend die Haushälterin war.

»Sie müssen Brenda sein. Ich bin Vater Frank.«

»Mrs. Crowley hat mir schon gesagt, dass Sie kommen.«

»Ist Alan zu Hause?«

»Ja, im Familienzimmer, beim Fernsehen. Soll ich ihm sagen, dass Sie da sind?«

»Nein, zeigen Sie mir einfach das Zimmer, ich finde mich dann schon zurecht.«

»Soll ich Ihnen etwas zu trinken bringen?«

»Nein, danke. Alles bestens.«

Brenda begleitete Vater Frank zum Familienzimmer und zog sich dann unüberhörbar in die Küche zurück.

Alan sah einen Film. Er blickte nicht auf, als der Priester die Tür öffnete und eintrat.

Vater Frank erkannte Alan kaum noch. Sein äußeres Erscheinungsbild hatte nichts mehr mit dem gepflegten jungen Mann zu tun, den er so oft in der Kirche gesehen hatte. Er trug ein altes T-Shirt, das aussah, als hätte er darin geschlafen, dazu eine Turnhose. Zerschlissene Sneakers standen neben ihm auf dem Boden. Er hatte sich seit mehreren Tagen nicht mehr rasiert und auch nicht die Mühe gemacht, sich die Haare zu kämmen.

Erst jetzt sah Alan auf. Er schien überrascht. »Ich wusste nicht, dass Sie kommen, Vater Frank.«

»Deine Mutter macht sich große Sorgen um dich. Sie meint, du wärst sehr deprimiert.«

»Wären Sie nicht auch deprimiert, wenn Ihnen eine lange Haftstrafe bevorsteht?«

»Ja, das wäre ich, Alan.«

»Na, Vater, dann seien Sie nicht überrascht. Wenn Sie gekommen sind, um mein Geständnis zu hören, muss ich Sie leider enttäuschen. Ich war es nicht.«

»Alan, ich bin gekommen, um mit dir zu reden und zu hören, was du zu sagen hast.«

»Dann lassen Sie es mich in aller Deutlichkeit sagen: Ich habe Kerry geliebt. Ich liebe sie immer noch. An dem Abend bin ich noch mal zu ihr, um ihr beim Aufräumen zu helfen. Sie hat mir gesagt, sie sei müde, wir könnten am nächsten Morgen miteinander reden. Ich habe ihr noch einen Kuss gegeben und bin nach Hause gefahren. Ich weiß, ich habe die Polizei angelogen und meine Kumpels gebeten, für mich ebenfalls zu lügen. Aber wissen Sie, warum ich das getan habe? Weil ich Angst hatte. Hätten Sie nicht auch Angst, wenn plötzlich jemand auftaucht und in Ihnen nur einen Mörder sieht? Wissen Sie, wie es ist, wenn man Handschellen trägt und gezwungen wird, einen orangefarbenen Overall anzuziehen?«

»Du sagst also, du bist unschuldig an Kerrys Tod.«

»Ich sage Ihnen das nicht nur, ich schwöre es. Wenn Sie eine Bibel dabei hätten, würde ich auf sie schwören. Aber keiner glaubt mir.«

»Alan, die Wahrheit ziert sich manchmal, bis sie sich zu erkennen gibt. Wenn es wirklich zum Prozess kommen sollte, dann wird das sicherlich noch viele Monate dauern. Was willst du bis dahin tun?«

»Offen gesagt, Vater, ich verbringe viel Zeit damit, daran zu denken, wie schön es wäre, mit Kerry wieder zusammen zu sein.«

»Alan, du denkst doch nicht etwa daran, dir etwas anzutun, oder? Überleg doch, was du damit deiner Mutter und deinem Vater antun würdest.«

»Für sie wäre doch vieles einfacher, wenn ich nicht mehr da wäre. Dann bliebe ihnen meine Verurteilung erspart.«

»Ich sage es dir noch mal, es wird wahrscheinlich ein Jahr oder noch länger dauern, bis es zum Prozess kommt. Bis dahin kann sich deine Situation völlig verändert haben.«

»Wäre das nicht schön?«, erwiderte Alan.

Als Vater Frank ging, musste er wieder daran denken, was Marge ihm über Jamie erzählt hatte – dass Jamie mit Kerry im Pool gewesen war und sie jetzt fürchtete, die Polizei könnte ihn, falls sie es herausfand, zu der Aussage nötigen, dass er Kerry den Schlag verpasst hätte.

Was soll ich tun? Was *kann* ich tun?

Er wusste nicht, dass Brenda im Flur jedes Wort belauscht hatte und es kaum erwarten konnte, Marge alles zu berichten.

47

Brenda musste sich beherrschen, um auf dem Weg zu Marge die zulässige Höchstgeschwindigkeit nicht zu überschreiten. Sie hatte Marge vorher noch angerufen, um sicherzugehen, dass sie auch zu Hause war und ihr Besuch nicht ungelegen kam. Als sie in die Auffahrt einbog, stand die Haustür bereits offen.

Atemlos erzählte sie von Vater Franks Besuch bei Alan. »Er ist gekommen, weil June und Doug fürchten, Alan könnte Selbstmord begehen.«

»O mein Gott«, entfuhr es Marge.

»Der arme Junge! Kein Wunder, dass sie sich Sorgen machen. Er ist überzeugt, dass er für den Mord an Kerry Dowling ins Gefängnis muss. Er wollte auf die Bibel schwören, dass er unschuldig ist.«

»Was hat Vater Frank ihm denn gesagt?«

»Er hat ihn beschworen, den Glauben nicht zu verlieren, und gesagt, dass es frühestens in einem Jahr zum Prozess kommen wird und in dieser Zeit noch viel geschehen kann. Ich hoffe ja so sehr, dass er Alan von seinen Selbstmordgedanken abbringen konnte.«

»Das hoffe ich auch«, sagte Marge mit zitternder Stimme.

Nachdem Brenda damit losgeworden war, was ihr auf der Seele gebrannt hatte, sah sie auf die Uhr. »Oh, ich muss weiter. Ich muss noch fürs Abendessen einkaufen.«

Schwer ließ sich Marge nieder. Bei dem Gedanken, Alan könnte Selbstmord begehen, zitterte sie am ganzen Leib. Zur

Ablenkung stellte sie die 17-Uhr-Nachrichten an. Sie saß gerade wieder in ihrem Sessel, als Jamie ins Zimmer kam.

Alans Bild erschien auf dem Fernsehschirm. »Das ist Alan Crowley, Mom«, sagte er ganz aufgeregt.

»Ja, ich weiß, Jamie.«

Zum Kommentar des Reporters wurden Bilder von Alan vor dem Gerichtsgebäude gezeigt. »Gerüchten zufolge soll Lester Parker, der Anwalt des im Mordfall Dowling angeklagten Alan Crowley, der Staatsanwaltschaft in Bergen County eine Verfahrensabsprache angeboten haben. Auf Nachfrage dementierte Lester Parker das entschieden.«

»Warum ist Alan im Fernsehen?«, fragte Jamie seine Mutter.

»Die Polizei glaubt, dass er Kerry an dem Abend, an dem sie im Pool gestorben ist, wehgetan hat.«

»Er ist gegangen.«

»Ich weiß, Jamie. Die Polizei glaubt, Alan hat ihr wehgetan und ist dann nach Hause gefahren.«

»Nein. Alan Crowley hat sie umarmt und geküsst, und dann ist er gegangen. Der Große, der hat Kerry wehgetan.«

Entgeistert starrte Marge ihren Sohn an. »Jamie, bist du dir sicher, dass Alan Kerry nichts getan und sie nicht in den Pool gestoßen hat?«

»Nein, der Große war das. Alan ist gegangen. Ich hab Hunger. Was gibt es zum Abendessen?«

48

Aline machte sich Sorgen um Valerie Long. Irgendetwas stimmte mit dem Mädchen nicht, und es ging um mehr als nur Kerrys Tod und den Verlust ihrer Freundschaft. Das Wort, das Aline nicht aus dem Kopf wollte, lautete »Verzweiflung«. Bei einem Treffen mit Pat Tarleton erzählte Aline ihr von ihren Befürchtungen um Valerie.

»Vielleicht sollten Sie mit ihren Eltern reden und hören, wie sie die Sache sehen«, schlug Pat vor.

»Ja. Aber ich habe das Gefühl, Valerie würde es nicht unbedingt schätzen, wenn ich mit ihrer Mutter und ihrem Stiefvater spreche. Sollte ich mich mit ihnen vielleicht außerhalb der Schule treffen?«

»Nein. Das lässt sich nicht mit den Grundsätzen der Schule vereinbaren. Solche Treffen finden hier statt. Es ist die Entscheidung der Eltern, Valerie davon zu erzählen. Wenn sie herausfindet, dass sie hier waren, müssen sie das erklären und verantworten.«

Froh um Pats Zustimmung, suchte Aline die Kontaktdaten von Valeries Eltern heraus und wählte die Handynummer der Mutter. Beim ersten Klingeln wurde das Gespräch angenommen.

Der Bildschirm von Marina Longs Handy zeigte an, dass der Anruf von der Saddle River Highschool kam. »Ist mit Valerie alles in Ordnung?«, lautete ihre erste Reaktion, was es Aline leichter machte, auf den Grund ihres Anrufs zu sprechen zu kommen.

»Mrs. Long, alles ist in Ordnung. Valerie ist im Unterricht. Ich bin Aline Dowling, ich bin Valeries Studien- und Berufsberaterin an der Schule. Allerdings mache ich mir um Ihre Tochter einige Sorgen, und darüber würde ich gern mit Ihnen und Ihrem Mann sprechen.«

»Ich bin froh, dass Sie anrufen. Auch wir machen uns Sorgen um sie und wissen nicht mehr weiter. Wayne und ich würden uns freuen, wenn wir uns mit Ihnen treffen könnten.«

Sie einigten sich auf einen Termin am folgenden Tag.

Am Nachmittag klopfte es an der Tür. Nach ihrem »Herein!« erschien zu ihrer Überraschung Scott Kimball und ließ sich auf dem Stuhl ihr gegenüber nieder. Ihr erster Gedanke war, dass sie ihn nicht gebeten hatte, Platz zu nehmen.

»Aline«, begann er, »ich weiß, Sie sind sauer auf mich, und das zu Recht. Das war ein großer Fauxpas neulich im Lehrerzimmer. Sie haben mir klar und deutlich zu verstehen gegeben, über unser privates Treffen Stillschweigen zu bewahren. Wie sagt man so schön: Reden ist Silber, Schweigen ist Gold. Ich bin hier, um mich zu entschuldigen.«

Aline wusste nicht recht, was sie darauf erwidern sollte. Sie hatte sich einiges zurechtgelegt, um ihm unmissverständlich die Meinung zu sagen, nachdem er im Beisein einer anderen Lehrerin über ihr gemeinsames Abendessen geplaudert hatte. Aber jetzt hatte er sich entschuldigt und gab sich angemessen zerknirscht.

»Gut, Scott. Wir alle machen Fehler. Belassen wir es dabei.«

»Danke, Aline. Das rechne ich Ihnen hoch an.«

Er zögerte. »Aline, ich möchte Sie um einen Gefallen bitten. Rein beruflich. Morgen Abend um sieben gibt es an der Montclair State University einen Vortrag über Belastungen und Stresssituationen beim Sport an der Highschool. Als Lehrer und Trainer bin ich natürlich daran interessiert und werde wohl hingehen. Ich kann mir vorstellen, dass es für Sie als Studien- und Berufsberaterin ebenfalls von Interesse sein könnte. Würden Sie mitkommen?«

Aline wollte schon darauf antworten, aber Scott war noch nicht fertig.

»Nur um das klarzustellen, es ist wirklich rein beruflich. Deshalb frage ich Sie auch nicht, ob Sie mit mir mitfahren wollen. Sie müssen beim Vortrag noch nicht mal neben mir sitzen. Aber ich warne Sie. Nach dem vorgesehenen Ende um halb neun wird mir der Magen knurren. Die Chancen stehen sehr gut, dass ich Sie fragen werde, ob Sie dann mit mir essen wollen. Rein beruflich, natürlich.«

Aline musste schmunzeln. Scott war ein Charmeur. Drei Minuten zuvor war er bei ihr noch unten durch gewesen. Jetzt freute sie sich tatsächlich darauf, mit ihm den nächsten Abend zu verbringen.

»Gut, Mr. Kimball. Wir treffen uns beim Vortrag. Was allerdings das Abendessen danach angeht, sollten wir einfach mal abwarten, was der morgige Tag so bringt.«

49

Nach einer schlaflosen Nacht wusste Marge, dass sie noch einmal mit Vater Frank reden musste. Sobald Jamie sich auf den Weg zur Arbeit gemacht hatte, rief sie ihn an. »Marge«, sagte er, »kommen Sie in mein Büro, sofort, wenn Sie wollen. Ich habe viel über unser letztes Gespräch nachgedacht.«

Marge hatte nicht erwartet, so schnell empfangen zu werden. Sie hatte sich erst zurechtlegen wollen, was sie ihm von dem, was Jamie ihr gesagt hatte, alles erzählen wollte. Jetzt blieb ihr nur die zehnminütige Fahrt, um ihre Gedanken zu ordnen.

Der Priester kam selbst an die Tür und begleitete Marge in sein Büro. Sie ließen sich in zwei Sesseln nieder.

»Vater, gestern Abend hat Jamie im Fernsehen Alan Crowley gesehen. Als ich Jamie erklärt habe, warum Alan im Fernsehen ist, hat er wieder von Kerrys Party gesprochen und was er dort beobachtet hat.«

Sie zögerte.

»Marge«, sagte Vater Frank, »ich spüre, wie aufgewühlt Sie sind. Erzählen Sie mir doch, was Ihnen so zusetzt, das wird Ihnen helfen.«

»Sie wissen, wie verschwommen Jamies Erinnerungen manchmal sind. Er vermischt Dinge, die zu unterschiedlichen Zeitpunkten stattgefunden haben.«

»Ich weiß, Marge.«

»Letzten Abend hat Jamie beschrieben, was Kerry zugestoßen ist, dabei hat er sich sehr klar geäußert.«

»Was hat er gesagt?«

»Als ich ihm erklärt habe, dass die Polizei annimmt, Alan hätte Kerry wehgetan, hat er sehr bestimmt gesagt, dass es nicht Alan war.«

Vater Frank beugte sich vor. »Marge, was genau hat Jamie gesagt?«

»Er hat mir gesagt, Alan hat Kerry umarmt und geküsst, dann ist er gegangen. Und jemand anderes, ›ein Großer‹, hat Kerry wehgetan und in den Pool gestoßen.«

»Sie sind davon überzeugt, dass Jamie das, was er gesehen hat, genau wiedergibt?«

»Ja. Aber ich weiß nicht, was ich machen soll.«

Tränen liefen ihr über die Wangen. Sie fummelte in ihrer Handtasche herum. »Vater, könnte ich vielleicht ein Glas Wasser bekommen?«

»Entschuldigen Sie, Marge«, sagte Frank und eilte bereits in die Küche. »Ich hätte Ihnen gleich eins anbieten sollen.« Als er zurückkehrte, fiel ihm auf, wie blass sie war. »Ist alles in Ordnung?«

Marge griff nach dem Glas, trank einen Schluck und nahm eine Tablette. »Vater, offen gesagt, ich habe Probleme mit dem Herzen. Wenn ich wie jetzt gestresst bin, muss ich eine von diesen Tabletten nehmen.«

Vater Frank wartete, während sie einen weiteren Schluck trank. »Die Tabletten sind das reine Wundermittel«, beruhigte sie ihn. »Mir geht es gleich schon viel besser.«

Dann fuhr sie fort: »Wenn es stimmt, was Jamie erzählt, dann ist Alan Crowley unschuldig. Aber wie kann ich zulassen, dass Jamie mit der Polizei redet und dabei riskiert, für den ›Großen‹ gehalten zu werden. Wenn Jamie sagt, der ›Große‹ hätte Kerry wehgetan, könnten sie doch glauben, dass er von sich selbst spricht. Vater, ich möchte Alan Crowley helfen, aber ich kann doch nicht Jamie in Schwierigkeiten bringen.«

»Marge, ich glaube keine Sekunde lang, dass Jamie Kerry

irgendwas angetan hat. Und Sie auch nicht. Wäre es nicht das Beste, der Polizei mitzuteilen, was Jamie gesagt hat, und darauf zu vertrauen, dass alles seinen rechten Gang geht?«

»Ich weiß nicht, Vater. Ich brauche mehr Zeit, ich muss darüber nachdenken.«

50

Aline wollte schon ihr Büro verlassen, als ihr Handy klingelte. Es war Mike Wilson.

»Aline, wäre es möglich, dass wir uns heute Abend kurz treffen? Es gibt ein paar Punkte, die ich gern mit Ihnen durchgehen würde.«

»Natürlich.«

»Im O'Malley's? Um sieben?«

»Wunderbar. Bis dann.«

Mike wartete bereits, als sie im O'Malley's eintraf. Er saß am selben Tisch in der Ecke wie beim letzten Mal.

»Sie scheinen ein Gewohnheitstier zu sein«, begrüßte sie ihn.

»Schuldig im Sinne der Anklage.«

»So förmlich heute?«, erwiderte Aline, als sie bemerkte, wie attraktiv er in Anzug und Krawatte aussah.

»Wenn ich vor Gericht aussage, trage ich immer Sonntagsstaat. Den ganzen Nachmittag wurde ich von einem Verteidiger in die Mangel genommen.«

»Wer hat gewonnen?«

»Wenn dieser Angeklagte nicht für schuldig befunden wird, gibt es keine Gerechtigkeit mehr auf der Welt.«

Der Kellner kam an den Tisch. »Sind wir beide Gewohnheitstiere?«, fragte Mike.

Aline nickte.

»Einen Pinot Grigio für die Dame, und für mich ein Coors Light.«

Und dann zu Aline: »Also, Aline, wie ist die Arbeit bei der Schülerberatung?«

»Manchmal leicht, manchmal schwer. Ich habe eine depressive Schülerin, die mir wirklich Sorgen macht. Ihre Eltern kommen morgen zu einer Besprechung zu mir. Ach ja, ich habe eventuell Neues über Alan Crowley.«

»Ja?«

»Princeton weiß von den Anschuldigungen gegen ihn. In Fällen wie diesen bestehen die Universitäten meines Wissens darauf, dass die Betroffenen ihren Studienplatz nicht antreten.« Sie verschwieg, dass ihre Mutter und Pat Tarleton Princeton verständigt hatten.

»Das überrascht mich nicht. Unis lassen externe Dienstleister die Medien durchforsten. Nachrichten über Alan Crowley, der ›in Princeton das Studium aufnehmen wollte‹, dürften ihnen kaum entgehen.«

Mike nahm einen großen Schluck von seinem Bier. »Wie geht es Ihren Eltern?«

»So gut, wie es unter den Umständen zu erwarten ist. Meine Mutter ist fest davon überzeugt, dass Alan der Täter ist. Nach seiner Verhaftung ist sie allerdings etwas zur Ruhe gekommen.«

»Die Familien der Opfer reagieren oft auf diese Weise. Für sie ist das der erste Schritt hin zur Gerechtigkeit. Vielleicht würde es Ihrer Mutter guttun, wenn sie sich einer Opferhilfegruppe anschließt. Ich kenne welche, denen das enorm geholfen hat. Ich schicke Ihnen ein paar Infos über solche Gruppen.«

»Danke.«

»Aline, zu meinem eigentlichen Anliegen für dieses Treffen. Eine Schwachstelle unserer Anklage gegen Alan ist nach wie vor der Unbekannte, der Kerry den Reifen gewechselt hat und den wir immer noch nicht gefunden haben. Die Informationen, die Sie uns geschickt haben – dass es sich um den Fahrer eines Abschleppwagens handelt –, sind sehr hilfreich. Sie haben dazu aber geschrieben, dass eines der Mädchen etwas zurückzuhalten scheint. Es wäre ungemein wichtig, dass wir diesen Mann finden und bestätigen können, dass er auf der Party war. Könnten Sie vielleicht unter einem Vorwand mehr Zeit mit diesem Mädchen verbringen und ihm möglicherweise Näheres entlocken?«

Aline seufzte. »Wenn man herausfindet, was ich tue, ist es mit meiner Laufbahn als Studien- und Berufsberaterin schnell wieder vorbei.«

»Aline, ich muss den Namen des Mädchens gar nicht kennen. Ich brauche lediglich die Informationen. Ich verspreche Ihnen, keiner wird erfahren, dass die Aufgaben von Ihnen stammen.«

Vor sich sah sie wieder Alexis Jaccarino, die auf die Frage, wer Kerry den Reifen gewechselt habe, merklich gezögert hatte.

»Ich lass mir etwas einfallen.«

Es lag Mike schon auf der Zunge, Aline zu bitten, noch zu bleiben und mit ihm zu essen. Aber wenn Alan Crowleys Verteidiger herausfand, dass sich ein Polizist und eine Zeugin zum Abendessen verabredeten, würde er sie beide im Kreuzverhör auseinandernehmen.

Zehn Minuten später hatte Mike sein Bier und Aline ihren Wein ausgetrunken. Er winkte nach der Rechnung. »Ich muss noch mal in die Dienststelle. Ich werde morgen Vormittag erneut vor Gericht aussagen, dazu muss ich noch mal meinen Bericht durchgehen.«

»Und ich kann dann noch mit meinen Eltern zu Abend essen. Ich versuche mit ihnen so viel Zeit wie möglich zu verbringen. Morgen Abend habe ich nämlich schon etwas vor.«

Sie gingen zu ihren Autos. Mike war enttäuscht, dass er Aline nicht bitten konnte, mit ihm zu Abend zu essen.

Und sie war enttäuscht, dass er sie nicht gefragt hatte.

51

Alines Anruf bei Valeries Mutter verstärkte nur deren und Waynes Besorgnis wegen ihrer Tochter. Marina war erleichtert, als Wayne spontan beschloss, an dem Tag zu Hause zu arbeiten, sodass er sie zur Highschool begleiten konnte. Pünktlich um elf Uhr – und in der Hoffnung, von Valerie nicht gesehen zu werden – trafen sie in Alines Büro ein.

Die Mutter, der Valerie auffallend ähnlich sah, schien Ende dreißig zu sein. Der Stiefvater hatte volle, stahlgraue Haare und war Mitte bis Ende fünfzig. Dem ersten Eindruck nach erinnerte er Aline an den Schauspieler Richard Gere.

Nachdem sie sich vorgestellt hatten, fragte Marina Long ohne Umschweife: »Aus welchem Grund sind Sie wegen Valerie so besorgt?«

Ihre direkte Frage erforderte eine direkte Antwort. »Aus den Unterlagen weiß ich, dass sie an ihrer früheren Schule in Chicago sehr gute Noten hatte. Seitdem sie hier ist, verschlechterten sich ihre Leistungen aber zusehends. Außerdem kommt sie mir fast depressiv vor.«

Marina nickte. »Das wissen wir. Wir machen uns ebenfalls große Sorgen um sie.« Die Mutter war den Tränen nahe.

Wayne umfasste die Hand seiner Frau. »Mir ist bewusst, dass ich wohl der Hauptgrund des Problems bin«, sagte er. »Sie mochte mich nicht, von Anfang an nicht. Sie glaubt, ich würde versuchen, ihren Vater zu ersetzen. Aber das liegt mir vollkommen fern. Meine Bemühungen, Zugang zu ihr zu gewinnen, wurden allesamt zurückgewiesen. Ich habe zwei Söhne, die in

Kalifornien leben. Ich bin Witwer. Meine erste Frau und ich haben uns immer eine Tochter gewünscht.«

»Valerie erweckt gegenüber anderen gern den Eindruck, dass er seine Söhne vernachlässigt«, fügte Marina an. »Aber Wayne hat oft in San Francisco zu tun, er besucht sie immer, wenn er dort ist. Es war für sie nur schwierig, nach Chicago zu kommen, weil beide kleine Kinder haben. Letztes Jahr, als Wayne und ich sie zu Thanksgiving besucht haben, bestand Valerie darauf, bei ihrer Großmutter zu bleiben.«

»Hat Valerie Ihnen erzählt, warum wir von Chicago weggezogen sind?«, fragte Wayne.

»Ja. Man hätte Ihnen eine bessere Stelle mit einem besseren Gehalt angeboten, und Sie haben angenommen. Deshalb ist sie jetzt von ihren Freunden in Chicago getrennt.«

»Das stimmt so nicht ganz.« Waynes Enttäuschung war nicht zu überhören. »Ich bin Filialleiter bei Merrill Lynch. Die von mir geführte Filiale wurde aus Kostengründen geschlossen, und man bot mir eine bessere Stellung in Manhattan an. Ich musste mich schnell entscheiden.« Er sah zu seiner Frau. »Wir stimmten darin überein, dass ich das Angebot annehmen sollte.«

»Was mich verwirrt«, sagte Aline, »ist Folgendes: Wenn man sich ihre Noten ansieht, scheint sich Valerie im Januar nach dem Wechsel nach Saddle River eigentlich ganz gut eingelebt zu haben. Aber irgendetwas muss im Frühjahr passiert sein. Haben Sie irgendeine Ahnung, was das gewesen sein könnte?«

»Im Mai hatte ihre Großmutter väterlicherseits einen Schlaganfall und ist gestorben«, antwortete Marina. »Valerie hat ihr nach dem Tod ihres Vaters sehr nahegestanden.«

»Sie scheint für ihr Alter einiges an Verlusten erlebt zu haben. Haben Sie jemals daran gedacht, mit ihr zu einem Therapeuten zu gehen?«

»Natürlich«, sagte Marina. »Zweimal habe ich sie auf dieses Thema angesprochen. Aber jedes Mal ist sie darüber wütend geworden. Wir kamen zu dem Schluss, dass wir damit vermutlich mehr Schaden anrichten als Gutes bewirken.«

»Wie Sie wahrscheinlich wissen, ist meine Schwester Kerry vor zwei Wochen gestorben …«

»Ja, das wissen wir, unser tiefes Beileid. Wir haben davon in den Zeitungen gelesen«, erwiderte Wayne.

»Valerie hat mir erzählt, dass Kerry ihre beste Freundin an der Schule war. Wissen Sie etwas davon?«

»Nein«, antwortete Marina. »Ich weiß, wie erschüttert sie über Kerrys Tod war, aber ich bin davon ausgegangen, dass Kerry eher eine Mannschaftskameradin war und keine Freundin.«

»Anscheinend haben sie sich sehr nahegestanden. Damit hat Ihre Tochter einen weiteren Verlust erlitten.«

»Was sollen wir also tun?«, fragte Wayne.

»Ich werde mit Valerie und ihren Lehrern in Kontakt bleiben, die weitere Entwicklung beobachten und Sie darüber auf dem Laufenden halten. Wenn Ihnen irgendwelche Verhaltensänderungen auffallen, geben Sie mir bitte Bescheid.«

Alines Sorgen um Valerie waren nach dem Besuch der Longs damit eher noch gewachsen.

52

Vater Frank war sich bewusst, dass er Marge dazu überreden musste, der Polizei alles mitzuteilen, was Jamie ihr erzählt hatte. Natürlich hatte er Verständnis für Marges Befürchtung, Jamie könnte dadurch ins Visier der Polizei geraten und als Kerrys Mörder angesehen werden. Aber es war nicht fair, dass Alan kurz vor dem Selbstmord stand, während es einen Zeugen gab, der ihn entlasten könnte.

Unzählige Male hatte er sich die beiden Gespräche mit Marge wieder ins Gedächtnis gerufen. Sie hatte sich ihm *anvertraut*, was etwas ganz anderes war als das Sakrament der Beichte. Hätte sie ihn gebeten, ihr die Beichte abzunehmen, wäre seine Schweigepflicht absolut gewesen. Das traf hier aber nicht zu. Wenn Marge also nicht von sich aus zur Polizei ging, war es seine Pflicht, der Polizei sein Wissen mitzuteilen.

Das Gewissen lastete schwer auf Marge nach dem Gespräch mit Vater Frank. Zweimal in den vergangenen zwei Tagen hatte sie Jamie gebeten, ihr zu erzählen, was er in Kerrys Garten beobachtet hatte. Zweimal hatte er ihr dieselbe Geschichte erzählt. »Alan hat sie geküsst. Dann ist er gegangen. Dann ist der Große gekommen und hat Kerry geschlagen und sie in den Pool gestoßen.« Und: »Daddy hat mich den Großen genannt. Jetzt ist er mit Kerry im Himmel.«

Die Vorstellung, dass Alan durch die Hölle ging für etwas, was er gar nicht getan hatte, nagte an Marge. Deswegen war es eine große Erleichterung, als sie Vater Frank anrief und er ihr sagte, er könne bei ihr vorbeikommen. Sie wollte sich nämlich mit ihm darüber austauschen, wie sie konkret vorgehen sollte, wenn sie die Polizei kontaktieren wollte.

Um halb vier klingelte es an der Tür. Jamie war von der Arbeit direkt zum Schultraining gegangen. Marge war froh, dass er nicht da war, wenn sie sich mit Vater Frank unterhielt.

Vater Frank folgte ihr ins bescheidene, aber penibel aufgeräumte Wohnzimmer. Sie bat ihn, Platz zu nehmen, und deutete auf einen großen Polstersessel, der ihn an die Möbel im Haus seiner Großmutter erinnerte.

»Das war Jacks Lieblingsplatz«, sagte Marge. »Nach dem Tod seiner Großmutter hat Jack ihn ins Haus geholt.«

»Er ist sehr bequem, Marge.«

»Tut mir leid, Vater, ich rede von Möbeln, weil ich viel zu nervös bin, um über den eigentlichen Grund zu reden, weswegen ich Sie hierhergebeten habe.«

»Marge, ich hatte vor, Sie sowieso anzurufen. Ich glaube, ich weiß, worüber Sie mit mir reden wollen.«

»Es ist nicht richtig, dass ich weiterhin den Mund halte, während Alan Crowley in so großen Schwierigkeiten steckt.«

Vater Frank schwieg, um sie zum Fortfahren zu ermuntern.

Marge biss sich auf die Lippen. »Seit unserem ersten Gespräch habe ich Jamie zweimal auf die Ereignisse nach Kerrys Party angesprochen. Zweimal hat er gesagt, dass Alan Kerry geküsst hat und dann gegangen ist.« Sie wandte den Blick ab, als wollte sie neue Kräfte sammeln. »In meinem tiefsten Inneren weiß ich, dass Jamie Kerry nie etwas antun würde. Ich muss der Polizei sagen, was ich weiß.«

»Marge, das ist die richtige Entscheidung.« Vater Frank versuchte seine Erleichterung zu verbergen, dass Marge von selbst zu diesem Schluss gekommen war.

»Vater, ich habe kein Geld, und Jamie natürlich auch nicht.

Soweit ich weiß, gibt es Anwälte, die solche Leute wie uns umsonst beraten.«

»Sie meinen Pflichtverteidiger?«

»Ja ... wenn sie so heißen. Ich würde gern mit einem reden, bevor ich der Polizei von Jamie erzähle.«

»Marge, meines Wissens funktioniert das so nicht. Ein Pflichtverteidiger wird nur dem zugewiesen, der zuvor eines Vergehens angeklagt wird. Vorher wird Ihnen so ein Anwalt kaum helfen können.«

»Ich habe zehntausend Dollar auf meinem Sparbuch. Reicht das für einen Anwalt?«

»Marge, ich kenne mich mit Anwaltsgebühren kaum aus. Ich weiß nur, dass eines unserer Gemeindemitglieder, Greg Barber, ein sehr guter Anwalt ist. Er hat sich zu einem Bruchteil seines sonst üblichen Honorars bereits für andere Gemeindemitglieder eingesetzt, die seine Hilfe benötigten. Wenn Sie wollen, rufe ich in Ihrem Namen bei ihm an.«

»Dafür wäre ich Ihnen sehr dankbar.«

»Ich werde noch heute Abend mit ihm reden. Ich bin überzeugt, dass er Ihnen helfen wird.«

Am Abend rief Vater Frank bei Greg an. Gregs Frau sagte ihm, dass er noch an einem Fall in Atlanta arbeite und erst in vier Tagen zurück sei. Sie gab dem Priester die Handynummer ihres Mannes. Umgehend rief Vater Frank dort an, und Greg versprach, Marge behilflich zu sein – sie solle sich in seiner Kanzlei melden, wenn er wieder zurück sei.

Vater Frank gab Marge Bescheid und informierte sie über dessen Zeitplan. Beide kamen zu dem Schluss, dass sie erst mit ihm reden sollte, bevor sie zur Polizei ging. Er würde solange mit Alan Crowley in Verbindung bleiben und sich vergewissern, dass er sich nichts antat. Ein paar Tage mehr oder weniger sollten hoffentlich keine große Rolle mehr spielen.

53

Wie angekündigt endete der Vortrag pünktlich um 20.30 Uhr. Aline war froh, dass sie mitgekommen war. Die Vortragenden boten interessante Einblicke in das Thema und zeigten sehr anschaulich, wie Schüler aus dem Sportunterricht, der doch eigentlich dem Stressabbau dienen sollte, eine zusätzliche Stressquelle machten. Eltern und Trainer, die nur auf das Gewinnen aus waren, machten es natürlich auch nicht besser.

Das kleine Auditorium war ungefähr zur Hälfte gefüllt. Als sich Aline zum Gehen erhob, sah sie sich um. Mit Erleichterung stellte sie fest, dass sie keine bekannten Gesichter entdecken konnte.

Auf dem Weg nach draußen sagte Scott: »Und jetzt die 64000-Dollar-Frage.« Mit den Händen vollführte er einen Trommelwirbel. »Ich kenne gleich in der Nähe ein wunderbares italienisches Restaurant. Ich verspreche, ich werde Sie auch nicht mit meinem bruchstückhaften Französisch belästigen.«

»Ich habe es sehr genossen, mein Französisch mal wieder aufzufrischen.«

Sie folgte ihm zu dem Restaurant, das keine Meile entfernt war, und stellte ihren Wagen auf dem Parkplatz neben seinem ab. Als sie ausstieg, hielt er ihr eine Tragetasche mit zwei Weinflaschen hin. »Man muss seinen Alkohol selbst mitbringen. Ich hab mal einen Chardonnay und einen Pinot Noir mitgebracht, für den Fall, dass Sie doch mitkommen.«

Im Lokal bestellte Scott auf Italienisch, was er überraschend gut sprach.

»Sie haben mir nicht erzählt, dass Sie auch Italienisch sprechen.«

»Meine Großmutter stammte aus Italien. Sie hat mit mir gern Italienisch geredet. Zum Glück habe ich vieles davon behalten.«

»Sie scheinen viele verborgene Talente zu haben«, sagte Aline lächelnd.

»Das hat meine Mutter auch immer gesagt. Meine Tante hat dann immer geantwortet, ›wenn du schon so helle bist, warum bist du dann nicht auch *reich?*‹.«

Die Calamari und das Kalbfleisch waren ausgezeichnet. Mühelos kamen sie von der Politik auf ihre Lieblingsfilme zu sprechen. Als sie bei ihren Cappuccinos angelangt waren, sprach Aline ein Thema an, das ihr schon den ganzen Abend auf der Seele gelegen hatte.

»Scott, ich wollte Sie schon die ganze Zeit zu einer Schülerin befragen, über die ich mir ernstlich Sorgen mache. Sie kennen sie sicherlich, sie spielt nämlich Lacrosse.«

»Um wen handelt es sich?«

»Valerie Long, das Mädchen, das im Januar nach Saddle River gezogen ist. Ich habe mich heute mit ihren Eltern getroffen.«

»Das klingt ernst. Worum geht es?«

»Sie wirkt reserviert und depressiv. Eine ihrer Lehrerinnen hat mich bereits auf ihre Verfassung angesprochen.«

»Es tut mir leid, das zu hören.«

»Ich spreche es an, weil Sie als ihr Trainer im Frühjahr eng mit ihr gearbeitet haben. Haben Sie sie auch zufällig im Mathe-Unterricht?«

»Nein, nicht in diesem Jahr.«

»Welchen Eindruck hatten Sie denn von ihr?«

»Offen gesagt, sie ist jemand mit zwei Gesichtern. Draußen am Spielfeldrand ist sie schüchtern und häufig für sich allein. Aber im Spiel selbst wechselt sie sofort in den Angriffsmodus.

Sie ist die aggressivste Spielerin auf dem Feld. Nach dem Spielende ist sie wieder ruhig und ängstlich. Sie war die Einzige in der ersten Mannschaft, die nicht aus der Abschlussklasse stammte. Ich weiß, dass sich Kerry sehr um sie bemüht hat.«

»Stand Valerie auch anderen Mädchen nahe?«

»Kaum. Ich habe versucht, wie sagt man so schön, *immer für sie da zu sein*. Aber sie hat mich auch auf Distanz gehalten.«

»Sehen Sie sie häufig in der Schule?«

»Lacrosse fängt erst im nächsten Frühjahr wieder an, ich sehe sie also nicht mehr jeden Tag. Manchmal begegnen wir uns zufällig und grüßen uns. Mehr aber eigentlich nicht.«

»Okay. Dann werde ich mir etwas einfallen lassen müssen, um an sie ranzukommen.«

»Ich kann ja versuchen, Ihnen zu helfen und mit ihr reden. Vielleicht öffnet sie sich ja einem von uns.«

»Danke. Und noch mal danke für das Essen.«

54

Nancy Carter sah aus ihrem Küchenfenster und dachte sich, wie unfassbar schnell die letzten beiden Wochen vergangen waren. Ihr Mann Carl war mit ihrem Sohn Tony zum Angeln nach Alaska geflogen. Der Ausflug sollte nicht nur der Erholung dienen, sondern gleichzeitig einen gravierenden Einschnitt im üblichen Alltag markieren. Carl, sonst ein unverbesserlicher Workaholic, sollte endlich erkennen, dass die Mitinhaber seiner Bautechnikfirma durchaus in der Lage waren, die Geschäfte auch ohne ihn zu leiten. Tony wiederum, der sein Handy zu Hause gelassen hatte, sollte nicht mehr ununterbrochen in den sozialen Netzwerken unterwegs sein. Carl hingegen hatte sein Handy dabei, allerdings unter der strikten Auflage, dass Nancy ihn nur im äußersten Notfall kontaktierte.

Und, musste sie sich eingestehen, auch für sie war es mal eine ganz nette Unterbrechung des üblichen Trotts gewesen, auch wenn sie ihren Mann natürlich von ganzem Herzen liebte.

Aber in den zwei Wochen, die sie jetzt fort waren, fragte sich Nancy, ob sie Tony nicht doch über den Mord an Kerry Dowling hätte informieren sollen.

Tony hatte zwei Jahre lang die Saddle River Highschool besucht und würde nun auf die Choate Rosemary Hall gehen, das berühmte Elite-Internat in Connecticut, wo er die ersten beiden Studienjahre verbringen wollte. Er und Kerry hatten sich seit ihrer gemeinsamen Zeit in der Schülervertretung gekannt. Es würde ihn bestimmt mitnehmen, wenn er von ihrem Tod erfuhr und die Beerdigung verpasst hatte. Aber genau aus diesem

Grund hatte sie beschlossen, ihm in seiner Abwesenheit nichts davon zu berichten.

Sie hatte auf der United-Airline-App nachgesehen. Ihr Flug war pünktlich in Newark gelandet. Autotüren, die in der Einfahrt geöffnet und zugeschlagen wurden, verkündeten ihre Ankunft.

Nach einigen Umarmungen und nachdem sie ihre Sachen nach drinnen gebracht hatten, versammelten sich die drei um den Küchentisch.

Carl begann auch gleich das Gespräch, das Nancy bislang voller Bange vor sich hergeschoben hatte. »Und, haben wir irgendwas verpasst?«

Sie sah zu Tony. »Leider, ja. Etwas Schreckliches ist während eurer Abwesenheit passiert.« Sie erzählte von Kerrys tragischem Tod und den polizeilichen Ermittlungen.

Sofort griff sich Tony sein Handy, löste es vom Ladegerät und ging die Nachrichten durch, die seine Freunde ihm über Kerry geschickt hatten. Sie wiederholten alle mehr oder weniger das Gleiche. Am Samstagabend hatte bei Kerry eine Party stattgefunden. Ihr Vater und ihre Schwester hatten sie am Sonntag gegen Mittag tot im Pool gefunden. Kerry und Alan hatten sich auf der Party gestritten.

»Wir waren zwei Wochen fort«, sagte Carl. »Wann ist das denn passiert?«

»Ich hab im Radio davon gehört, als ihr zum Flughafen unterwegs wart. Dann ist Alan verhaftet worden. Nach dem, was ich in den Zeitungen gelesen und in den Nachrichten gesehen habe, geht die Polizei davon aus, dass er, nachdem die Party zu Ende war, noch mal zu Kerry zurück ist und sie umgebracht hat.«

»Also, Mom, sie ist am Sonntagmittag im Pool gefunden worden, und etwas später, am Nachmittag, hat mich Dad mit dem Limousinenservice am Supermarkt abgeholt?«, fragte Tony.

»Richtig, Tony, und du verstehst hoffentlich, warum ich nicht ...«

Aber Tony winkte nur ab. »Nein, Mom, das ist schon okay. Steht in den Zeitungen irgendwas über Jamie Chapman?«

»Jamie Chapman?«, wiederholte Nancy entgeistert. »Nein, warum?«

»Das war doch der Sonntag, an dem Dad und ich aufgebrochen sind, oder?«

»Ja«, antwortete Nancy. »Dad ist hier mit dem Wagen losgefahren und hat dich am Supermarkt abgeholt, und von dort seid ihr direkt zum Flughafen gefahren.«

Nun erinnerte sich Tony wieder. »Mir sind Jamies Sneakers aufgefallen«, sagte er, um dann fortzufahren: »Er hatte neue Sneakers. Er hat damit vor allen angegeben. Ich weiß genau, er hatte sie am Samstag an, weil er mich ein paarmal gefragt hat, ob sie mir gefallen. Aber am Sonntag, da hatte er sie nicht mehr an. Die, die er anhatte, waren völlig abgetragen. Ich hab ihn gefragt, warum er seine neuen Schuhe nicht trägt. Worauf er gesagt hat, die anderen wären nass geworden, weil er mit Kerry noch beim Schwimmen war, *nach* ihrer Party.«

Seine Mutter und sein Vater starrten ihn an. *»Nach ihrer Party?«,* kam es von den beiden wie aus einem Mund.

»Du bist dir wirklich sicher, dass Jamie das gesagt hat?«, fragte sein Vater.

»Ja, Dad. Ganz sicher.«

Carl ging zum Telefon. »Tony, das musst du der Polizei melden.« Er wählte die Nummer der Dienststelle in Saddle River. Der Polizist, der den Anruf entgegennahm, notierte sich Namen und Telefonnummer und sagte, er würde Detective Wilson unverzüglich in Kenntnis setzen.

55

Marina Long und ihr Mann Wayne hatten sich seit dem Umzug nach Saddle River Sorgen um Valerie gemacht. Es war ihnen bewusst, wie abrupt und dramatisch diese Veränderung für sie gewesen sein musste, trotzdem hatten sie natürlich gehofft, dass die neue und hoch bewertete Schule Valerie auffangen würde. Schließlich hatte sie an ihrer alten Schule trotz ihrer großen Schüchternheit viele Freundinnen gefunden. Mittlerweile waren sie aber seit neun Monaten in New Jersey. Eigentlich genügend Zeit, um neue Freundschaften zu schließen. Aber wo waren sie, die neuen Freunde? Immer schien Valerie allein zu sein.

Marina hatte sich den Nachmittag freigenommen und gehofft, einige Zeit mit ihrer Tochter verbringen zu können. Nachdem Valerie jedoch von der Schule nach Hause kam, verschwand sie sofort in ihrem Zimmer und ließ sich nicht mehr blicken. Als Marina sie kurz nach Waynes Rückkehr zum Essen rief, gab sie sich so distanziert wie immer. Am Tisch versuchten sie ein Gespräch über die Aussichten des neuen Lacrosse-Teams in Gang zu bringen, Valeries Antwort fiel jedoch einsilbig aus: »Gut.« Bei Kaffee und Apfelkuchen, Valeries Lieblingsnachspeise, ging Marina das eigentliche Thema an.

»Valerie, Miss Dowling hat angerufen und uns gebeten, sich mit ihr zu treffen. Wir waren heute Morgen an der Schule.«

Valerie machte ein ablehnendes Gesicht. »Dazu hat sie kein Recht«, entgegnete sie scharf.

»Sie hat jedes Recht dazu«, antwortete Marina. »Anscheinend machen sich deine Lehrer Sorgen um dich und über dein Verhalten im Unterricht.«

»Was ist mit meinem Verhalten im Unterricht?«

»Du wirkst abwesend, und deine Noten werden immer schlechter.«

»Sie werden wieder besser werden.«

»Gibt es irgendeinen Grund, warum deine Noten nicht mehr so sind wie früher?«, fragte Wayne.

Als sie darauf nicht antwortete, sagte er: »Hör zu, Valerie. Ich weiß, du nimmst es uns übel, dass deine Mutter und ich zusammen sind. Ich finde, wir sollten mal einiges zwischen uns klären.

Meine erste Frau und ich wollten immer eine Tochter haben. Aber das sollte nicht sein, und dann ist Lucy gestorben, etwa zur gleichen Zeit wie dein Vater. Ich weiß, wie es ist, wenn man jemanden verliert, der einem sehr nahesteht. Als du deinen Daddy verloren hast, warst du todunglücklich. Ich weiß, ich kann ihn nicht ersetzen, das will ich auch gar nicht. Aber du sollst wissen, dass ich dir nahe sein will. Für mich bist du die Tochter, die ich nie hatte.«

Valerie sah weg.

»Val, wir wissen, das alles ging sehr plötzlich vonstatten«, sagte Marina. »Ich habe dir erzählt, dass Wayne befördert wurde. Das stimmt. Tatsache ist aber auch, dass seine Zweigstelle in Chicago geschlossen wurde und er arbeitslos geworden wäre, wenn er das Angebot in New York nicht angenommen hätte.«

Valerie sagte nichts. Marina sah sie an. »Valerie, dein Vater hat dich sehr geliebt. Ich weiß, für deinen Daddy wäre es ein großer Trost, wenn er wüsste, dass Wayne für dich da ist. Und dich liebt.«

Valerie überlegte, ob sie erzählen sollte, was wirklich los war, aber irgendwie weigerten sich ihre Lippen, die Worte zu bilden.

Sie hatte es Kerry erzählt, der Einzigen, der sie hatte vertrauen können – aber Kerry war jetzt tot. Sie schüttelte den Kopf, als wollte sie alles abtun, was ihre Mutter und ihr Stiefvater gesagt hatten, schob den Stuhl zurück und verließ den Tisch.

Marina folgte ihr die Treppe hinauf.

»Valerie, irgendetwas ist, und du willst nicht darüber reden. Aber du kannst das nicht mit dir allein ausmachen. Du hast deinen Vater und deine Großmutter verloren. Du solltest mit einem Therapeuten reden, mit jemandem, der dir helfen kann.«

»Tu mir einen Gefallen, Mom. Lass mich in Ruhe«, sagte Valerie und schloss die Tür zu ihrem Zimmer.

56

Auf der Fahrt zum Haus der Chapmans ging Mike alles durch, was er bei seinem morgendlichen Treffen mit Tony Carter und dessen Vater erfahren hatte. »Jamie Chapman hat gesagt, er wäre mit Kerry *nach* der Party schwimmen gewesen.« Tony war sich dessen absolut sicher. Die Auswirkungen auf die Ermittlungen waren nicht zu unterschätzen.

Mike hatte Tony und dessen Eltern darauf einzuschwören versucht, nichts von alledem öffentlich bekannt zu geben. Aber er hatte so seine Zweifel daran. Irgendwie hatte er den Eindruck, dass die Familie es nur schwer für sich behalten könnte.

Die tote Kerry war am Sonntagmorgen um Viertel nach elf von ihrer Familie gefunden worden. Die rechtsmedizinische Untersuchung konnte nur ein ungefähres Zeitfenster angeben, wie lange sie im Wasser gelegen hatte. Um 23.10 Uhr hatte Kerry noch eine SMS an Alan geschickt und ihm mitgeteilt, dass er nicht mehr zu ihr kommen solle. Angenommen, die SMS stammte wirklich von ihr – und für Mike gab es keinen Grund, daran zu zweifeln –, dann war sie das letzte dokumentierte Lebenszeichen von ihr.

Alans drei Freunde und die Kellnerin im Nellie's hatten bestätigt, dass Alan das Lokal gegen 23.15 Uhr verlassen hatte. Für die gut sechs Kilometer lange Strecke von dort zum Haus der Dowlings brauchte er ungefähr elf Minuten. War es möglich, dass Jamie mit Kerry *nach* 23 Uhr schwimmen war, nach dem Ende der Party, aber *bevor* Alan am Haus eintraf? Sehr unwahrscheinlich.

Er hatte seinen Kollegen, Detective Andy Nerlino, mitgenommen, weil er Marge und Jamie unabhängig voneinander befragen wollte. »Ich hab mit den beiden an dem Tag gesprochen, an dem die Leiche gefunden wurde«, erzählte ihm Mike. »Und danach hab ich mir gedacht, irgendwie hören sich ihre Antworten eingeübt an.«

»Verstanden.«

Nachdem sie bei den Chapmans eingetroffen waren, klingelte Mike an der Tür. Nichts rührte sich. Sie gingen um das Haus herum und sahen nach, ob sich die Chapmans möglicherweise im hinteren Garten aufhielten. Auch dort war niemand zu sehen. Andy pochte gegen die Hintertür. Dann rief er: »Mike, komm mal her und sieh dir das an.«

Er deutete auf einen kleinen Fleck an der weißen Holztür, gleich unterhalb der Klinke.

»Blut?«, fragte Mike und beugte sich vor, um den Fleck näher in Augenschein zu nehmen.

»Möglich.«

Mike zückte sein Handy und machte mehrere Fotos, dann rief er in der Dienststelle an. »Ich brauche sofort jemanden von der Spurensicherung.«

Zwanzig Minuten später traf der Spurensicherer ein. Er nahm eine Probe des Farbflecks und gab sie in eine Beweismitteltüte.

Mike und Andy verständigten sich darauf, dass die Chapmans wohl tatsächlich nicht da waren. »Bevor wir mit ihnen reden, sollten wir herausfinden, ob es sich wirklich um Blut handelt, und wenn ja, von wem es stammt«, sagte Mike. »Wir können dem Labor Feuer unterm Hintern machen, aber auch dann wird es einige Tage dauern, bis Ergebnisse vorliegen. Ich werde noch mal bei den Carters anrufen und ihnen einschärfen, vorläufig nichts an die große Glocke zu hängen.«

57

Die Polizei hatte darauf bestanden, dass Tony Carter nichts über seine Aussage verlauten ließ. Einige Tage hielt er es durch. Aber dann, als er hörte, dass man bei den Carters Streifenwagen gesehen hatte, konnte er sich nicht mehr zurückhalten. Seine Mutter und sein Vater waren keinen Deut besser.

Tonys Geschichte – »ich habe dafür gesorgt, dass der Mord an Kerry aufgeklärt wird; Alan Crowley ist unschuldig; Jamie Chapman war als Letzter bei Kerry, als sie noch am Leben war« – verbreitete sich wie ein Lauffeuer in der Stadt.

Statt sich darüber zu freuen, äußerte sich Alan sehr verhalten dazu, was seine Eltern sehr überraschte. »Die Polizei muss was durcheinandergebracht haben«, sagte er bloß. »Ich habe Kerry und Jamie oft genug miteinander erlebt. Er hat sie so wenig umgebracht wie ich.«

»Ich kann nicht fassen, dass du dich nicht freust«, herrschte June ihn an. »Ich denke, wir sollten sofort Princeton Bescheid geben.«

»Mom, es gibt keinen Grund, deswegen einen Freudentanz aufzuführen. Ich sage dir, das alles über Jamie stimmt nicht. Außerdem, wenn die Polizei irgendwann selbst draufkommt, wer wird dann wieder in ihr Blickfeld rücken?« Er deutete auf sich selbst.

Verärgert über die Reaktion ihres Sohns stürmte June aus dem Zimmer und ging nach oben. Mit sich überschlagender Stimme rief sie Lester Parker an und erzählte ihm von Tony Carters Aussage.

»June«, erwiderte Parker, »ich wollte Sie gerade anrufen. Mir ist eben zu Ohren gekommen, dass der Nachbarsjunge mit Kerry nach der Party noch im Pool gewesen sein soll. Wir sollten uns nicht allzu sehr darauf versteifen. Meines Wissens ist der junge Mann geistig gravierend eingeschränkt. Die Polizei könnte zu dem Schluss kommen, dass diese Geschichte bloß seiner Fantasie entsprungen oder frei erfunden ist, jedenfalls nichts, was sie für bare Münze nehmen kann.«

Das Telefonat hatte June einen ziemlichen Dämpfer verpasst, gleichzeitig war sie aber auch von neuem Optimismus erfüllt. Trotz Lester Parkers Warnung musste Alan doch einsehen, dass die Polizei nun einen anderen Verdächtigen ausgemacht hatte. Sie hoffte inständig, das würde seine Stimmung zumindest so weit verbessern, dass er keine Selbstmordgedanken mehr hegte.

58

Zur Mittagszeit traten mehrere Schüler an Aline heran und erzählten ihr aufgeregt, dass Tony Carter bei der Polizei gewesen sei. Aber Jamie, so Alines erster Gedanke, hätte Kerry nie auch nur ein Haar gekrümmt. Sie hatte auf Jamie aufgepasst, seitdem er acht Jahre alt gewesen war. Wenn sie beim Babysitten war, hatte sie oft die damals sechsjährige Kerry mitgenommen, oder sie hatte Jamie bei schönem Wetter, wenn man in den Pool konnte, zu ihnen in den Garten gebracht.

Er war immer so sanft gewesen, in jeder Hinsicht, dachte sie. Er hatte Kerry sehr gemocht.

Nach der Schule fuhr sie sofort nach Hause. Die Eingangstür war nicht abgeschlossen. »Mom?«, rief sie, als sie eintrat.

»Hier draußen!«, hörte sie ihre Mutter von der Terrasse.

Fran saß in einem der Clubsessel, neben denen Steve die leblose Kerry abgelegt hatte, nachdem er sie aus dem Becken getragen hatte. Aline fragte sich, wie oft ihre Mutter dort saß und warum sie ausgerechnet diesen Platz gewählt hatte.

»Ich nehme an«, begrüßte Fran sie, »dass du von Tony Carter gehört hast. Wie viel haben die Crowleys den Carters wohl bezahlt, damit er mit dieser Geschichte herausrückt? Es ist abscheulich, dass sie versuchen, es jemandem wie Jamie in die Schuhe zu schieben, der sich nicht zur Wehr setzen kann.«

»Mom, warum sollten die Carters das tun?«

»Das werde ich dir sagen. Weil sie gesellschaftliche Emporkömmlinge sind. Ich habe selbst gehört, wie June Crowley gesagt hat, Carl Carter würde Doug immer in den Ohren liegen, damit er sich für ihn einsetzt und Carl in den Ridgewood Country Club aufgenommen wird. Was für ein elendiges Tauschgeschäft, den unschuldigen Jamie gegen ein Verbrechen, das ihr Sohn begangen hat.«

»Mom, du weißt, wie nahe mir Jamie ist«, entgegnete Aline. »Aber ich will nicht glauben, dass die Crowleys Tony Carter dazu angestachelt haben, für sie zu lügen.«

»Von Anfang an hast du Alan verteidigt. Ich verstehe dich nicht.«

»Mom, von Anfang an hast du Alan die Schuld gegeben. Ich verstehe *dich* nicht.«

»Dann sind wir uns ja einig, dass wir uns nicht einig sein«, sagte Fran.

»Hör zu, Mom, ich will ganz bestimmt nicht, dass wir uns streiten. Aber ich kann dir Folgendes sagen: Du erinnerst dich noch, dass Mike Wilson dich und Dad auf Kerrys Reifenpanne angesprochen hat?«

»Ja. Und sie hat uns nichts davon erzählt, weil Dad ihr vorher gesagt hatte, sie soll sich einen neuen besorgen.«

»Die Polizei hat den Fahrer des Abschleppwagens, der ihr den Reifen gewechselt hat, immer noch nicht gefunden. Alan wurde verhaftet, aber ich weiß, dass Mike Wilson keine Ruhe geben wird, bis dieser Mann gefunden ist und man weiß, wo er sich am Abend der Party aufgehalten hat.«

»Worauf willst du hinaus?«

»Vor vierundzwanzig Stunden haben wir noch nicht gewusst, dass Jamie am Abend der Party angeblich mit Kerry schwimmen war. Wir waren überzeugt, dass er mit dem Mord nichts zu tun hat. Die Polizei hat immer noch nicht den Fahrer des Abschleppwagens gefunden. Worauf ich hinauswill? Es gibt immer noch sehr viel, was wir nicht wissen. Deshalb sollten wir nicht vorschnell urteilen.«

»Gut. Dann lassen wir es dabei bewenden. Wie wäre es mit einem Glas Wein?«

Im Wohnzimmer, nachdem sie sich einen Wein eingeschenkt hatten, sagte Fran: »Du hast erzählt, du würdest mit Scott Kimball einen Vortrag besuchen und nachher mit ihm vielleicht noch essen gehen. Du bist gestern ziemlich spät nach Hause gekommen, ich nehme also an, dass ihr zusammen essen wart. Wie war es denn?«

»Der Vortrag oder das Essen?«, fragte Aline lächelnd.

Fran musste tatsächlich lachen. »Vorträge sind immer gleich. Erzähl mir vom Essen.«

»Es war wirklich sehr nett. Ein italienisches Restaurant. Das Essen war köstlich. Ich hatte ...«

Ihre Mutter fiel ihr ins Wort. »Ich möchte was über Scott Kimball hören.«

»Mom, warum überrascht mich das nicht? Ich mag Scott. Er ist sehr nett, er sieht gut aus. Er ist intelligent, und man kann sich gut mit ihm unterhalten.«

Aber als sie das alles erzählte, sah sie plötzlich Mike Wilson vor sich, wie er ihr am Tisch gegenübergesessen hatte. In seiner Gesellschaft fühle ich mich sehr viel wohler, dachte sie. Es war jetzt jedoch nicht der richtige Zeitpunkt, das zu sagen.

»Meine Liebe«, sagte Fran, »es ist für uns alle nicht leicht. Aber wenn du die Möglichkeit hast, einen schönen Abend zu verbringen, dann solltest du sie ergreifen. Dad und ich überlegen gerade, ob wir nicht für ein langes Wochenende auf die Bermudas fliegen. Der Tapetenwechsel würde uns guttun.«

»Da stimme ich dir zu. Es wird euch *beiden* guttun.«

59

Mike überflog den Laborbericht zur Analyse des Flecks, den die Spurensicherung an der Tür der Chapmans abgenommen hatte. Es handelte sich um Blut. Die Probe war mit Kerrys DNS abgeglichen worden und hatte mit ihr übereingestimmt. Es war eindeutig Kerrys Blut.

Aufgrund von Tony Carters Aussage, der zufolge Jamie mit Kerry nach der Party beim Schwimmen gewesen sei, sowie den sichergestellten Blutspuren an der Hintertür der Chapmans beantragte Mike einen Durchsuchungsbeschluss. Er wurde sofort ausgestellt.

Es war ein bewölkter Tag, der Wind war für einen Septembermorgen bemerkenswert kühl. Mike, der gern zum Golfen ging, hoffte, dass das kein Vorbote für schlechteres Wetter war.

Mit Andy Nerlino an seiner Seite und dem Durchsuchungsbeschluss in der Hand klingelte er an der Eingangstür der Chapmans. Fast augenblicklich wurde sie geöffnet. Marge trug eine Schürze über ihrer alten, mit Bleichflecken versehenen Freizeithose. Sie wirkte sehr überrascht, als sie sie sah.

»Mrs. Chapman, Sie wissen vielleicht noch, wer ich bin. Ich bin Mike Wilson, Detective bei der Staatsanwaltschaft Bergen County. Und das ist mein Kollege, Detective Andy Nerlino.«

»Natürlich erinnere ich mich an Sie. Tut mir leid, ich bin gerade beim Hausputz. Ich habe nicht mit Besuch gerechnet.«

»Schon gut, Mrs. Chapman«, sagte Mike. »Das ist schon in Ordnung so. Ich muss Ihnen mitteilen, wir haben einen richterlichen Beschluss, der uns das Recht gibt, Ihr Haus zu durchsuchen. Hier ist Ihre Ausfertigung.«

Verdutzt betrachtete Marge das Dokument. »Das verstehe ich nicht. Warum um alles in der Welt wollen Sie mein Haus durchsuchen?«

»Es steht in Verbindung mit unseren Ermittlungen im Mordfall Kerry Dowling. Wenn wir zudem schon mal hier sind, würden wir auch gern mit Ihrem Sohn Jamie sprechen. Ist er zu Hause?«

Schlagartig war ihr Mund wie ausgedörrt. »Er ist oben in seinem Zimmer, er sieht fern.«

»Detective Nerlino wird hier bei Ihnen bleiben. Ich gehe nach oben und unterhalte mich mit Jamie.«

»O nein«, sagte Marge. »Jamie regt sich vielleicht auf. Ich sollte bei ihm sein, wenn Sie mit ihm sprechen.«

»Ihr Sohn Jamie ist zwanzig Jahre alt. Das ist doch richtig, oder?«

»Ja.«

»Dann ist er von Rechts wegen volljährig. Ich werde allein mit ihm reden«, beschied Mike und ging schon zur Treppe.

Marge streckte die Hand aus, wollte ihn noch aufhalten, seufzte dann aber nur resigniert und ging zur Couch. Der Staubsauger stand auf dem Läufer. Sie stieß mit dem Fuß dagegen, als sie sich setzte. Auf dem Tisch lagen Staubtuch und Möbelpolitur bereit. Fast unbewusst griff sie danach und legte beides neben den Staubsauger.

»Sie erinnern mich an meine Mutter«, sagte Andy. »Einmal in der Woche geht sie das ganze Haus durch. Wenn sie fertig ist, ist alles blitzeblank. Sie sind genau wie sie, das sehe ich.«

Marge fuhr sich mit der Zunge über die Lippen. »Ja, wahrscheinlich. Trotzdem wäre ich gern bei Jamie.«

»Detective Wilson ist bestimmt gleich fertig. Tut mir leid, aber ich muss darauf bestehen, dass Sie hierbleiben.«

Mike klopfte an Jamies halb offene Tür und schob sie auf. »Hallo, Jamie. Ich bin Mike Wilson. Du erinnerst dich an mich?«

Jamie lag quer über seinem Bett, im Hintergrund lief *Ace Ventura – Ein tierischer Detektiv.* »Sie arbeiten in Hackensack«, sagte Jamie stolz.

»Das stimmt, Jamie. Ich bin Detective. Meine Dienststelle ist in Hackensack. Wäre es möglich, den Fernseher auszuschalten, solange wir uns unterhalten?«

»Klar. Es ist sowieso bloß eine Aufzeichnung. Ich kann sie mir jederzeit ansehen, wenn ich Lust habe«, sagte Jamie, stand auf und schaltete den Fernseher aus. Dann kehrte er zu seinem Bett zurück und setzte sich.

»Ich mag Filme«, sagte Mike. »Du auch, oder?«

»Ja. Mom kauft mir immer welche, und auch DVDs, zum Geburtstag.«

»Deine Mom ist sehr nett.«

»Sie liebt mich, und ich liebe sie.«

»Jamie, erinnerst du dich, als wir uns das letzte Mal in deinem Zimmer unterhalten haben?«

Jamie nickte.

»Du hast mir erzählt, Kerry wäre jetzt im Himmel.«

»Sie ist dort bei meinem Dad.«

»Und ich habe dir erzählt, dass die Polizei und Kerrys Eltern herausfinden wollen, was mit Kerry passiert ist, bevor sie in den Himmel gekommen ist.«

»Das weiß ich.«

»Das ist gut, Jamie. Ich wette, du kannst dich auch ziemlich gut an Dinge erinnern.«

Jamie lächelte.

»Ich möchte, dass du dich an den Abend von Kerrys Party erinnerst, den Abend, an dem sie in den Himmel gekommen ist. Ich habe dich gefragt, ob du Kerry gesehen hast, wie sie nach der Party aufgeräumt hat. Weißt du noch, was du mir da gesagt hast?«

Mike nahm seinen kleinen Notizblock heraus und las vor. »Du hast gesagt, ›ich war nicht mit Kerry schwimmen.‹«

»Ich darf darüber nicht reden«, sagte Jamie, senkte den Kopf und mied den Blickkontakt mit Mike.

»Warum nicht, Jamie?«

Als er nichts darauf erwiderte, fragte Mike: »Wer hat dir gesagt, dass du darüber nicht reden darfst?«

»Meine Mom hat gesagt, es ist ein Geheimnis. Geheimnisse darf man nicht weitererzählen.«

Mike hielt kurz inne. »Jamie, deine Mom hat gesagt, es ist schon in Ordnung, wenn ich in dein Zimmer komme und mit dir rede. Weißt du, was sie noch gesagt hat?«

»Nein«, antwortete er und schüttelte den Kopf.

»Sie hat gesagt, es ist schon in Ordnung, wenn du mir das Geheimnis erzählst. Sie hat mir sogar einen Teil des Geheimnisses selbst erzählt. Sie hat gesagt, am Abend von Kerrys Party bist du nicht in deinem Zimmer geblieben. Du bist rausgegangen. Sie hat gesagt, du kannst mir auch den übrigen Teil des Geheimnisses erzählen.«

»Okay«, sagte Jamie leise. »Kerry lässt mich immer bei sich schwimmen. Und nach der Party ist sie schwimmen gegangen. Ich wollte auch mit ihr schwimmen, also bin ich zu ihr hinüber.«

»War Kerry schon im Pool, als du rübergegangen bist?«

»Ja.«

»Hast du mit Kerry geredet, als du drüben warst?«

»Ja.«

»Was hast du gesagt?«

»Ich hab gesagt, ›Kerry, hier ist Jamie. Gehen wir schwimmen‹.«

»Jamie, versuch dich zu erinnern. Das ist wichtig. Hat dir Kerry geantwortet?«

»Sie hat gesagt, ›ich kann nicht‹.«

»Sie hat dir gesagt, ›ich kann nicht schwimmen‹?«

»Sie hat im Wasser geschlafen.«

»Jamie, bist du zu Kerry ins Wasser gestiegen?«

Jamie fing an zu weinen. »Meine neuen Sneakers und meine Hose sind ganz nass geworden.«

»Hast du Kerry angefasst, als du im Pool warst?«

Jamie streckte die Hand von sich, als würde er jemanden schütteln. »Ich hab gesagt, ›Kerry, wach auf, wach auf‹.«

»Und was hat Kerry gesagt?«

»Sie hat immer noch im Wasser geschlafen.«

»Jamie, du erinnerst dich wirklich ganz hervorragend. Ich hab noch ein paar Fragen. Kerry hat also immer noch im Wasser geschlafen. Was hast du dann gemacht?«

»Meine Sneakers und meine Hose waren ganz nass. Ich bin nach Hause und in mein Zimmer gegangen.«

»Wo war deine Mom, als du nach Hause gekommen bist?«

»Sie hat in ihrem Sessel geschlafen.«

»Wo ist ihr Sessel?«

»Im Wohnzimmer.«

»Hast du zu deiner Mom was gesagt?«

»Nein. Sie hat doch geschlafen.«

»Gut. Als du dann wieder in deinem Zimmer warst, was hast du da gemacht?«

»Ich hab meine Sneakers und meine Socken und meine Hose ausgezogen und sie im Schrank versteckt.«

»Warum hast du sie versteckt?«

»Weil sie doch nass waren. Meine Sneakers waren neu. Ich soll sie nicht nass machen.«

Mike überlegte. Tony Carters Aussage schien also der Wahrheit zu entsprechen.

»Jamie, weißt du, was ein Golfschläger ist?«

»Mr. Dowling hat einen.«

»An dem Abend, als du nach der Party mit Kerry schwimmen warst, hast du da einen Golfschläger gesehen?«

»Ich hab ihn auf den Stuhl gelegt.«

»Jamie«, sagte Mike und sah auf sein Notizbuch. »Als ich das letzte Mal hier war, hast du gesagt, du wärst zur Party nicht eingeladen gewesen. Du wärst zu alt dazu. Die Party war nur für Kerrys Freunde von der Highschool. Erinnerst du dich noch daran?«

»Ja«, sagte er und sah wieder zu Boden.

»Wenn Leute nicht zu Partys eingeladen werden, dann werden sie manchmal wütend. Warst du auf Kerry wütend, weil sie dich nicht eingeladen hat?«

»Ich bin ihr Freund.«

»Das weiß ich, Jamie. Aber Freunde verletzen manchmal unsere Gefühle. Als du nicht eingeladen wurdest, warst du da wütend auf Kerry?«

»Ich war traurig.«

»Und was tust du, wenn du traurig bist?«

»Ich geh auf mein Zimmer und seh mir Filme oder DVDs an.«

Mike beschloss, es anders zu versuchen. »Kennst du Alan Crowley?«

»Meine Mom und ich haben ihn im Fernsehen gesehen. Er hat Kerry geküsst und ist nach Hause gegangen.«

»Und was ist dann passiert, Jamie?«

»Der Große hat sie geschlagen und in den Pool gestoßen.«

»Kennst du diesen Großen?«

Ein breites Lächeln erschien auf Jamies Gesicht. »Mein Dad hat mich immer Großer genannt.«

»Jamie, hast du Kerry geschlagen?«

»Nein.«

»Hast du sie in den Pool gestoßen?«

»Nein. Das war der Große.«

»Jamie, bist du der Große?«

»Ja.«

»Bist du der Große, der Kerry geschlagen und in den Pool gestoßen hat?«

»Ich bin der Große. Der Große hat Kerry geschlagen und in den Pool gestoßen.«

»Jamie, du bist ein Großer. Gibt es noch jemanden, der auch ein Großer ist?«

Schritte waren auf der Treppe zu hören, gleich darauf stieß Marge die Tür auf und kam herein, gefolgt von Nerlino. »Sie haben kein Recht, mich von meinem Sohn fernzuhalten«, sagte sie.

Sie setzte sich neben Jamie. »Alles in Ordnung, mein Lieber?«

»Ich hab ihm das Geheimnis verraten. Du hast gesagt, es ist in Ordnung.«

Finster starrte sie zu Mike Wilson.

Mike erhob sich. »Mrs. Chapman, wie gesagt, wir haben einen Durchsuchungsbeschluss.« Er sah auf Jamies Füße. »Sind das deine neuen Sneakers, Jamie?«

»Ja. Gefallen sie Ihnen?«

»Ja. Aber ich müsste sie mir für ein paar Tage ausleihen.«

»Das ist schon okay.« Jamie sah zu seiner Mutter, um deren Zustimmung zu erhalten, und schlüpfte dabei aus den Schuhen.

»Jamie, weißt du noch, welche Sachen du an dem Abend getragen hast, an dem du mit Kerry schwimmen warst?«

»Ja. Meine Mom hat mir das Hemd gekauft.«

»Kann ich es sehen?«

»Klar«, sagte Jamie, ging zum Schrank, zog zwei Schubladen auf und schloss sie wieder. »Mom hat es mir in Disneyworld gekauft«, sagte er, während er das Hemd auseinanderfaltete und es dem Detective hinhielt.

»Weißt du noch, welche Hose du anhattest, als du mit Kerry im Pool warst?«

Verwirrt sah Jamie zum Schrank. »Ich hab viele Hosen.«

»Das ist gut, Jamie. Das ist also das Hemd, das du mit Kerry im Pool getragen hast?«

»Ja«, antwortete er lächelnd. »Es ist jetzt trocken.«

»Hast du es gewaschen, Jamie?«

»Nein, meine Mom hat es gewaschen.«

Laut Tony Carters Aussage hatte Jamie ihm am Sonntagmorgen vor dem Supermarkt erzählt, er trage nicht seine neuen Sneakers, weil sie nass geworden seien.

»Jamie, das ist Detective Nerlino. Könntest du das Hemd und die Schuhe nach unten bringen? Er gibt dir dann eine Tüte, in die du das alles hineinlegen kannst.«

»Okay«, sagte Jamie und verließ mit Nerlino das Zimmer.

Als sie allein waren, begann Marge sich zu rechtfertigen. »Sie können Vater Frank fragen, ich hatte wirklich vor, die Polizei zu verständigen und Ihnen mitzuteilen, was Jamie gesehen hat. Aber der Anwalt, den Vater Frank mir besorgt hat, ist noch für zwei Tage in Atlanta. Ich wollte erst mit ihm sprechen. Vater Frank wird mich zum Anwalt begleiten. Dann können wir reden.«

»Gut. Für heute habe ich keine Fragen mehr. Aber wir werden den Durchsuchungsbeschluss in die Tat umsetzen.«

Jamie rief von unten: »Es war doch okay, dass ich das Geheimnis verraten habe, oder, Mom?«

»Ja, Jamie, das war richtig«, rief Marge zurück.

Sie klang müde und war dann, als sie wieder unten war, völlig außer Atem.

In diesem Moment klingelte das Telefon. Es war Vater Frank. »Marge, ich wollte mich bloß erkundigen, ob bei Ihnen alles in Ordnung ist.«

60

Die zwei Tage bis zu Greg Barbers Rückkehr aus Atlanta fühlten sich für Marge wie eine Ewigkeit an. Sie hatte Vater Frank erzählt, dass Detective Wilson darauf bestanden hatte, in ihrer Abwesenheit Jamie zu befragen. »Ich weiß nicht, was Jamie ihm gesagt oder wie der Detective ihm die Worte im Mund umgedreht hat, aber ich habe große Angst.«

»Marge, übermorgen um zehn Uhr ist Ihr Termin bei Greg Barber. Ich hole Sie um halb zehn ab, dann fahren wir zusammen hin. Ich kann Ihnen versichern, Greg ist ein erstklassiger Anwalt. Es wird Ihnen bestimmt besser gehen, wenn Sie mit ihm erst mal gesprochen haben.«

Intuitiv spürte Jamie ihre Unruhe. Mehrmals fragte er sie: »Mom, bist du böse auf mich, weil ich unser Geheimnis verraten habe? Mike hat gesagt, es wäre schon okay.«

»Ich bin doch nicht böse auf dich, Jamie«, wiederholte Marge jedes Mal. Bei diesen Fragen wurde ihr wieder einmal klar, wie gutgläubig und vertrauensvoll er war und wie leicht er bei einer Befragung in die eine oder andere Richtung gelenkt werden konnte.

Wie versprochen holte Vater Frank sie um 9.30 Uhr ab. »Greg Barbers Kanzlei liegt gleich um die Ecke des Gerichtsgebäudes«, erklärte er ihr.

Als sie daran vorbeifuhren, zuckte Marge innerlich zusammen. Hierher war Alan Crowley gebracht worden, dachte sie sich. Wieder sah sie die Fernsehbilder vor sich, auf denen er den orangefarbenen Overall getragen hatte. Dann stellte sie sich

Jamie in so einem Overall vor, und schon dabei wurde ihr ganz elend zumute.

Sie trafen zehn Minuten zu früh ein, die Rezeptionistin führte sie dennoch sofort in Greg Barbers Büro.

Marge gefiel sein Äußeres. Er war um die fünfzig und hatte schütteres graues Haar. Seine Hornbrille verlieh ihm etwas Lehrerhaftes. Er kam ihnen von seinem Schreibtisch entgegen, begrüßte sie und bedeutete ihnen, sich an einem kleinen Konferenztisch niederzulassen.

Sobald alle Platz genommen hatten, begann er: »Mrs. Chapman, Vater Frank hat mir schon einiges über Ihren Sohn erzählt. Meines Wissen bedarf er besonderer Förderung, er hat eine geistige Behinderung?«

Marge nickte, und dann brach es auch schon aus ihr heraus: »Vater Frank und ich wollten mit Ihnen zur Polizei und ihr sagen, was Jamie gesehen hat, aber dann hat sich dieses Plappermaul Tony Carter wichtig machen müssen und überall herumerzählt, dass er den Mord gelöst und dass Jamie Kerry Dowling umgebracht hätte. Deswegen ist der Detective zu uns nach Hause gekommen und hat darauf bestanden, allein mit Jamie in seinem Zimmer zu reden, während ich unten bleiben musste. Weiß der Himmel, was für Worte er Jamie in den Mund gelegt hat.«

»Mrs. Chapman, Sie haben sicherlich schon mal gehört, dass Sie von der Polizei über Ihre Rechte belehrt werden müssen. Hat der Detective Sie oder Jamie darauf hingewiesen, dass Sie nicht mit ihm reden müssen?«

»Ich kann mich nicht erinnern, so was von ihm gehört zu haben. Aber ich weiß natürlich nicht, was er zu Jamie gesagt hat.«

»Wie alt ist Jamie?«

»Zwanzig.«

»War Jamie auf der Schule?«

»O ja. Er war auf der Highschool in Saddle River. Vier Jahre lang, im Sonderunterricht.«

»Um welche Behinderung handelt es sich?«

»Es war eine schwierige Geburt, es kam zu einem Sauerstoffmangel. Dabei hat Jamie Gehirnschäden davongetragen, sagen die Ärzte.«

»Jamie lebt bei Ihnen?«

»Natürlich. Er könnte nicht allein leben.«

»Jamies Vater?«

»Ist gestorben, als Jamie fünfzehn war.«

»Hat er eine Arbeit?«

»Ja, im örtlichen Acme-Supermarkt. Er füllt dort die Regale und packt die Lebensmittel für die Kunden ein. Fünf Tage die Woche, vier Stunden am Tag. Dort hat er Tony Carter auch erzählt, dass er am Abend der Party mit Kerry schwimmen war.«

»Mrs. Chapman, die Eltern von Kindern mit geistigen Behinderungen treffen zu dem Zeitpunkt, an dem ihr Kind achtzehn wird, oft eine sehr wichtige Entscheidung. Sie beantragen die Vormundschaft für ihr Kind, sodass das Kind in den Augen des Gesetzes immer ein Kind bleibt. Haben Sie das bei Jamie getan?«

»In der Schule ist mir empfohlen worden, die Vormundschaft zu beantragen. Ja, das habe ich getan.«

»Sie sind also vor einem Richter erschienen, der Sie zum Vormund für Jamie ernannt hat, sodass Sie alle Entscheidungen für ihn treffen?«

»Ja. Das war ein paar Monate nach seinem achtzehnten Geburtstag.«

»Gut. Sie haben die Vormundschaftspapiere griffbereit?«

»Ich habe sie zu Hause liegen, in der obersten Schublade meines Schranks.«

»Marge«, sagte nun Vater Frank, »übergeben Sie sie mir, wenn ich Sie bei Ihnen zu Hause absetze.«

»Warum wollen Sie sie haben?«, fragte sie Barber.

»Weil ich feststellen will, ob der Detective überhaupt das Recht hatte, Jamie ohne Ihre Anwesenheit und ohne Ihre Erlaubnis zu befragen. Obwohl er nicht verhaftet war oder sich in Polizeigewahrsam befunden hatte, deutet doch einiges darauf hin, dass er überhaupt nicht mit dem Detective hätte reden müssen, da er anscheinend als Verdächtiger eingestuft wird.

Aber das für später. Beginnen wir ganz am Anfang, mit dem Abend, an dem das junge Mädchen, Ihre Nachbarin, eine Party gefeiert hat und ermordet wurde. Erzählen Sie mir alles, was Sie von diesem Abend und dem folgenden Morgen wissen, bis hin zu dem Zeitpunkt, als die Polizei zu Ihnen ins Haus gekommen ist.«

Punkt für Punkt erzählte Marge, was sich ereignet hatte. Das Auffinden von Jamies nassen Sachen in seinem Schrank. Steve Dowling, der die tote Kerry aus dem Pool getragen hatte. Ihre Panik, worauf sie Jamies Sachen und Turnschuhe gewaschen hatte. Das Jamie abgenommene Versprechen, niemandem zu sagen, dass er an dem Abend im Pool gewesen war. Und sie erzählte Greg Barber, dass Jamie anscheinend Alan gesehen hatte, der sich nach der Party noch einmal mit Kerry unterhalten und sich anschließend von ihr verabschiedet hatte.

Dazu sprach sie von ihrer Besorgnis wegen Jamie, der immer erzählte, dass »der Große« Kerry geschlagen und in den Pool geworfen habe. Sowie von ihrem schlechten Gewissen nach Alan Crowleys Verhaftung.

»Vater Frank«, schloss sie, »wird das alles bestätigen können. Ich wollte wirklich zur Polizei, aber zuerst wollte ich mit Ihnen reden. Aber dann hat Tony Carter uns mit seinem Gerede einen Strich durch die Rechnung gemacht.«

»Mrs. Chapman, es gibt gewisse Umstände, unter denen ich es bedenklich finden würde, wenn zwei Familienmitglieder vom selben Anwalt vertreten werden. Vorerst allerdings, denke ich, kann ich sowohl Sie als auch Jamie vertreten. Haben Sie irgendwelche Einwände dagegen?«

»O nein, Mr. Barber. Ich weiß, dass Sie das Beste für uns tun. Aber um Jamie mache ich mir wirklich Sorgen.«

»Gut. Um die finanziellen Belange kümmern wir uns später. Im Moment überlassen Sie alles mir.«

Barber wandte sich an Vater Frank. »Vater, wenn Sie schon so nett sind, von Mrs. Chapman die Vormundschaftspapiere abzuholen, dann wäre ich Ihnen dankbar, wenn Sie sie einfach bei mir zu Hause in den Briefkasten werfen könnten.«

»Natürlich«, sagte Vater Frank.

»Mrs. Chapman, das Folgende kann ich nicht genug hervorheben. Wenn irgendjemand mit Ihnen oder mit Jamie über diesen Fall reden möchte, dann enthalten Sie sich bitte jeden Kommentars. Geben Sie ihm lediglich meinen Namen und meine Telefonnummer und sagen Sie ihm, er soll sich an mich wenden.«

»Mr. Barber ...«

»Bitte nennen Sie mich Greg.«

»Greg, ich kann Ihnen gar nicht sagen, wie erleichtert und dankbar ich bin. Bitte nennen Sie mich Marge.«

Er lächelte. »Marge, Vater Frank spricht in den höchsten Tönen von Ihnen und Ihrem Sohn. Wir werden das durchstehen. Kommen Sie morgen um dreizehn Uhr mit Jamie noch mal zu mir. Ich muss mit ihm alles durchgehen.«

61

Aline war sehr besorgt nach der Unterhaltung mit Fran. Sie musste mit Mike Wilson über Jamie reden, und sie wusste, es würde kein kurzes Gespräch werden.

Er meldete sich gleich beim ersten Klingeln. »Mike, hier ist Aline Dowling. Ich muss Ihnen unbedingt etwas mitteilen. Haben Sie zufällig heute Abend Zeit für ein Essen?«

»Ja«, kam es sofort.

»Kennen Sie Esty Street, das Restaurant in Park Ridge?«

»Klar. Tolles Essen.«

»Um neunzehn Uhr?«

»Abgemacht.«

Von diesem Zeitpunkt an fühlte sich Aline erleichtert. Mike Wilson war entschlossen, Kerrys Mörder zu finden, aber er kannte Jamie nun mal nicht so gut wie sie selbst.

Auch hier war Mike bereits da, als sie im Restaurant eintraf, und winkte ihr von einem Tisch in der Ecke aus zu. Sie nahm Platz und sah, dass bereits ein Glas Weißwein auf sie wartete. Diesmal hatte er ebenfalls einen Weißwein vor sich stehen.

»Heute Abend schließe ich mich Ihnen an«, sagte er.

»Wenn ich jemals ein Glas Wein nötig hatte, dann jetzt«, sagte Aline.

»Dann bin ich froh, dass Sie nicht darauf warten müssen. Wie geht es Ihren Eltern?«

»Ein bisschen besser. Sie wollen ein langes Wochenende auf den Bermudas verbringen.«

»Freut mich zu hören. Sie müssen gerade viel durchmachen.«

Der Kellner kam mit den Speisekarten. »Werfen wir einen Blick darauf und bestellen wir, bevor es voll wird.«

Er spürte Alines Anspannung. Sie wirkte aufgewühlt, und er glaubte zu bemerken, dass sie in letzter Zeit etwas abgenommen hatte.

»Aline, mein Gott, ich hab mich nach dem Wohlergehen Ihrer Eltern erkundigt und Sie dabei ganz vergessen.«

»Offen gesagt, Mike, ich kann kaum glauben, was hier vor sich geht. Ich bin die Erste, die zugibt, dass sie Alan Crowley nicht besonders gut kennt. Schließlich habe ich mich in den letzten Jahren vorwiegend in London aufgehalten und bin ihm nur ein paarmal begegnet, als ich in den Ferien nach Hause kam. Aber wenn Kerry in ihren Mails von ihm schrieb, ist immer deutlich geworden, dass sie und Alan eine sehr innige Beziehung hatten. Ich weiß, sie haben sich auf der Party gekabbelt, aber es ist doch ein großer Unterschied, ob man sich streitet oder jemanden umbringt.

Dann noch ein zweiter Punkt. Sie haben sicherlich gehört, dass Tony Carter überall herumposaunt, Jamie Chapman habe Kerry getötet. Es macht mich ganz wahnsinnig, wenn ich so etwas höre. Ich habe auf Jamie aufgepasst, seitdem er acht war, und ich kann Ihnen versichern, dass er nie, nie im Leben Kerry irgendetwas antun würde. Er liebt sie nämlich ganz einfach.«

»Aline, Sie haben gerade selbst eingeräumt, Alan Crowley nicht besonders gut zu kennen, weil Sie in der Zeit, in der Kerry mit ihm zusammen war, vorwiegend im Ausland waren. Ich möchte Sie daran erinnern, dass Sie in diesen drei Jahren auch Jamie nicht gesehen haben. Der nette kleine Junge, auf den Sie aufgepasst haben, ist jetzt ein junger Mann. Menschen ändern sich. Das kann auch bei Jamie der Fall sein.«

»Mike, die Menschen ändern sich nicht so sehr. Ich würde auf einen ganzen Stoß Bibeln schwören, dass Jamie unfähig ist, irgendjemandem etwas anzutun, am allerwenigsten Kerry.«

»Aline, ich werde Ihnen jetzt etwas sagen, was ich eigentlich für mich behalten wollte. Versprechen Sie mir, dass dieses Gespräch unter uns bleibt?«

Aline nickte.

»Ich bin vor Kurzem bei den Chapmans gewesen und habe mit Jamie gesprochen. Dabei sind uns mehrere potenziell belastende Indizien in die Hände gefallen, die wir im Moment auswerten. Genaueres werden wir aber erst wissen, wenn uns die Ergebnisse vorliegen.«

Mehr, wusste Aline, würde sie im Moment kaum erfahren. »Nur damit Sie es wissen, Mike, meine Mutter ist der gleichen Meinung wie ich – Jamie hätte Kerry niemals etwas zuleide getan. Und sie hat Jamie in den drei Jahren meiner Abwesenheit ständig gesehen.«

»Aline, ich möchte herausfinden, was Kerry zugestoßen ist. Dazu werde ich allen Spuren nachgehen, auf die wir stoßen.« Er beschloss, das Thema zu wechseln. »Irgendetwas Neues in der Schule?«

»Das Übliche. Der Abschlussjahrgang steht unter Druck, weil die Schüler die Uni-Bewerbungsessays schreiben müssen. Ich verbringe viel Zeit damit. Sie können sich ja vorstellen, viele Schüler wissen noch nicht, für welche Uni sie sich entscheiden sollen, und sind dementsprechend verunsichert.«

»Ja, das überrascht mich nicht. Es ist schließlich die erste wichtige Entscheidung, die sie in ihrem Leben treffen.«

»Besonders eine Schülerin macht mir wirklich Sorgen. Sie ist im Januar aus Chicago zugezogen, und ihre Noten sind aus keinem ersichtlichen Grund immer schlechter geworden. Sie ist sehr distanziert. Ihre Eltern sind ganz krank vor Sorgen.«

»Könnten Drogen im Spiel sein?«

»Nein, glaube ich nicht. Aber ich spüre, sie verschweigt etwas. Ich weiß nur nicht, was.«

»Hat sie Freunde an der Schule?«

»Obwohl sie zwei Jahre jünger ist, war sie eng mit Kerry befreundet. Sie haben im Frühjahr zusammen Lacrosse gespielt. Man hat mir gesagt, Kerry wäre ihre Vertraute im Team gewesen, und jetzt fehlt sie ihr sehr.«

»Sie fürchten, sie könnte sich was antun?«

»Ja. Genau wie die Eltern. Sie wollten sie dazu überreden, einen Therapeuten aufzusuchen, aber sie hat sich geweigert.«

»Typisch, leider. Ich hoffe wirklich, dass es bloß Heimweh ist und sie mit der Zeit darüber hinwegkommt.«

Ihr Essen wurde serviert, und Mike war froh, dass sich Alines Stimmung danach zusehends aufheiterte.

62

Am Samstagmorgen klingelte es an Marges Tür. Zu ihrer Überraschung stand Mike Wilson vor ihr.

»Mrs. Chapman, ich habe um die Genehmigung ersucht, Jamies Fingerabdrücke abzunehmen. Sie und Jamie haben das Recht, sich vor Gericht durch einen Anwalt vertreten zu lassen. Am Montagmorgen um zehn Uhr ist die dazugehörige Anhörung festgesetzt, der Richter wird dann über den Antrag entscheiden. Hier ist Ihre Ausfertigung meines Gesuchs.«

Marge, sichtlich nervös, antwortete: »Unser Anwalt ist Greg Barber in Hackensack. Ich werde ihn gleich anrufen.«

»Gut, hier meine Karte. Wenn Mr. Barber mich vor der Anhörung kontaktieren möchte, kann er das gerne tun.«

Noch während sie Wilson hinterhersah, als er wegfuhr, wählte sie Greg Barbers Nummer. Seine Sekretärin verband sie, worauf Marge das Dokument vorlas, das der Polizist ihr ausgehändigt hatte.

»Marge, bewahren wir die Ruhe. Ich bin nicht überrascht. Auch wenn Jamie nicht verhaftet wurde, kann ein Richter das Abnehmen der Fingerabdrücke anordnen. Ich werde übermorgen mit Ihnen und Jamie vor Gericht erscheinen. Ich werde Einspruch einlegen, fürchte aber, dass der Richter dem nicht stattgeben wird. Da bis dahin nicht mehr viel Zeit ist, möchte ich Sie bitten, dass Sie noch heute Abend um neunzehn Uhr Jamie bei mir vorbeibringen.«

Am Montagmorgen um zehn Uhr trat Greg Barber im Gerichtssaal vor Richter Paul Martinez, denselben Richter, der bereits Alan Crowleys Anklagevernehmung geleitet hatte. Begleitet wurde Barber von einer eingeschüchterten und ängstlich wirkenden Marge Chapman und Jamie, der das alles sehr spannend fand.

Barber hatte sich zwei Tage zuvor mehr als eine Stunde lang mit Jamie und Marge unterhalten. Er war überzeugt, dass Jamie das Verbrechen nicht begangen hatte. Sein Gefühl sagte ihm aber auch, dass Alan Crowley ebenso wenig der Täter war.

Barber unterhielt sich mit dem stellvertretenden Staatsanwalt Artie Schulman, sagte ihm, dass er dem Antrag auf Abnahme der Fingerabdrücke zwar widersprechen würde, insgeheim aber davon ausging, dass der Richter ihm vermutlich stattgeben würde. Des Weiteren wies er darauf hin, dass er sowohl Marge als auch Jamie vertrat und dass niemand ohne seine Erlaubnis mit ihnen sprechen dürfe.

Bei der kurzen Anhörung machte Schulman die Gründe für den Antrag geltend und verwies auf die Befragung von Jamie Chapman. Chapmans Aussagen seien zwar nicht eindeutig, sollten sie sich aber als richtig erweisen, würden sie Alan Crowley entlasten. Der Richter zeigte sich durch diese Informationen sehr verblüfft und gab dem Antrag statt.

Greg Barber erklärte Jamie daraufhin, was nun gleich, wenn sie nach unten gingen, geschehen würde und dass er jederzeit an seiner Seite sein würde.

Schweigend folgten Jamie und Marge mit ihrem Anwalt dem Detective, der sie zum Büro der Staatsanwaltschaft im ersten Stock des Gerichtsgebäudes brachte. Marge wartete auf einer Bank draußen, während Greg mit Jamie eintrat.

Keine halbe Stunde nach der Anhörung wurde Staatsanwalt Matthew Koenig überschwemmt mit Anfragen der Presse, die weitere Informationen über Jamie Chapman einforderte, den neuen Hauptverdächtigen im Mordfall Kerry Dowling.

Der zornigste Anruf allerdings kam von Alans Anwalt Lester Parker. »Herr Staatsanwalt, mir ist durchaus bewusst, dass Sie nicht jede Entwicklung kommunizieren können. Ganz offensichtlich sind Ihre Ermittlungen aber nicht sonderlich weit gediehen. Ich vertrete jedoch einen unschuldigen Achtzehnjährigen, der mittlerweile so sehr an Depressionen leidet, dass seine Eltern fürchten, er könnte sich etwas antun. Wenn Sie vor Gericht diese neuen Entwicklungen verkünden und ich davon erst aus den Medien erfahren muss, dann ist das nicht richtig, und das wissen Sie.«

»Hören Sie zu, Lester«, entgegnete Koenig, »ich habe Ihren Anruf entgegengenommen, weil Ihnen eine Erklärung zusteht. Wir haben gehofft, wir könnten das alles so lange von den Medien fernhalten, bis wir seine Fingerabdrücke haben und einschätzen können, ob das den Ermittlungen in der einen oder anderen Weise dienlich ist. Wir sind nicht verpflichtet, Sie in Kenntnis zu setzen, solange wir nicht zu dem Schluss gelangt sind, dass Alan nicht der Täter ist. Und davon sind wir meilenweit entfernt. Das ist fürs Erste alles. Wenn sich Wichtiges ereignet, werde ich es Sie wissen lassen.«

»Und ich werde Sie wissen lassen, wenn mein unschuldiger Mandant derweil Selbstmord begeht.«

63

Nach der Anhörung fuhr Marge mit Jamie sofort nach Hause. Wenige Minuten nach ihrer Ankunft sagte er: »Mom, ich hab Hunger. Ich möchte Chinesisch zum Mittagessen.« Marge wollte schon telefonisch die Bestellung aufgeben, als sie den Kühlschrank öffnete und sah, dass sie keine Diet Coke mehr hatten.

»Jamie, ich hol das Essen ab und muss noch schnell was einkaufen. Wird nicht lange dauern. Schau dir in der Zwischenzeit doch einen Film an.«

Als sie zwanzig Minuten später zurückkehrte, musste sie zu ihrer Bestürzung einen Fernseh-Übertragungswagen vor dem Haus sehen. Jamie stand breit lächelnd auf dem Rasen, neben ihm eine Frau mit einem Mikro. Eine Kamera war auf ihn gerichtet.

Marge bog in die Auffahrt ein und hielt an. Als sie ausstieg, hörte sie Jamie sagen: »Und dann bin ich mit Kerry schwimmen gegangen.«

»Lasst ihn in Ruhe!«, schrie Marge. »Jamie, kein Wort mehr. Geh ins Haus.«

Aufgeschreckt vom Ton seiner Mutter, rannte er hinein.

Mit dem Kameramann im Schlepp, der zu tun hatte, um ihr zu folgen, eilte die Reporterin zu Marge. »Mrs. Chapman, was sagen Sie zu der Anhörung heute in Hackensack?«

»Nichts. Gar nichts. Ich will, dass Sie und der Typ mit der Kamera von meinem Grund und Boden verschwinden. Auf der Stelle!«, brüllte Marge, öffnete die Haustür und knallte sie hinter sich zu.

Bei der Vorstellung, was Jamie womöglich noch alles zu den Reportern gesagt hatte, wurde ihr ganz anders. Verzweifelt ließ sie sich in ihren Lieblingssessel fallen. Nur langsam kam sie in der Sicherheit ihres Hauses wieder zur Ruhe. »Ich halte das nicht mehr aus«, seufzte sie und sah sich nach ihrer Handtasche um. Sie brauchte eine von ihren Herztabletten, unbedingt.

»Mom!«, rief Jamie von oben. »Komm ich jetzt auch ins Fernsehen wie Alan Crowley?«

»Nein, Jamie«, rief Marge. Aber, fragte sie sich, würde dem wirklich so sein?

»Mom, ich will in meinem Zimmer essen. Kannst du mir das Essen bringen?«

Erst jetzt fiel ihr auf, dass sie es zusammen mit der Diet Coke und der Handtasche im Wagen gelassen hatte. Sie trat ans Fenster und spähte hinaus. Der Ü-Wagen war fort. Die Luft war rein. Sie lief zu ihrem Auto.

64

Der stellvertretende Staatsanwalt Artie Schulman und Mike Wilson betraten gemeinsam das Büro des Staatsanwalts Matt Koenig und teilten ihm mit, dass ein Fingerabdruck auf dem Golfschläger mit dem von Jamie Chapman übereinstimmte.

»Er hat zugegeben, ihn aufgehoben und auf einen Stuhl am Pool abgelegt zu haben«, sagte Mike.

»Aber wir haben auch Alan Crowleys Fingerabdrücke auf dem Schläger, oder?«

»Ja. Wir wissen, dass Alan gelogen hat. Erst später hat Chapman uns erzählt, dass Crowley mit dem Opfer zwar geredet, aber das Grundstück verlassen hat, als Kerry noch wohlauf war.«

»Chapman gilt doch als geistig eingeschränkt. Sind seine Aussagen überhaupt vertrauenswürdig?«, fragte Koenig.

Mike seufzte. »Zum größten Teil wohl schon. Er versteht meine Fragen. Er erinnert sich und hat sofort die Kleidung zur Verfügung gestellt, die er an dem Abend getragen hat. Nur, ihm zufolge hat das Opfer im Pool geschlafen. Das lässt darauf schließen, dass Kerry Dowling bei seiner Ankunft am Tatort bereits tot war. Er sagt aber auch, dass Kerry, als er sie bat, aufzuwachen, sagte, ›ich kann nicht‹. Wenn das wirklich stimmt, wäre sie noch am Leben gewesen.«

»Ist es möglich, dass sie verletzt im Pool lag, als sie ›ich kann nicht‹ gesagt hat?«

»Nein. Sie hatte ein massives Schädel-Hirn-Trauma, sie muss sofort das Bewusstsein verloren haben, noch bevor sie überhaupt auf der Wasseroberfläche auftraf.«

»Gut. Was sagt Ihnen also Ihr Gefühl hinsichtlich Jamie Chapman?«

»Seine Antworten sind widersprüchlich. Ich fragte ihn, ob er Kerry geschlagen hat, und er antwortete: nein. Er meinte, der ›Große‹ habe Kerry geschlagen, und sein Vater habe ihn immer den ›Großen‹ genannt. Also wollte ich ihn darauf festnageln, ob noch ein anderer ›Großer‹ am Tatort gewesen sei, aber darauf erhielt ich keine eindeutige Antwort. Ich weiß also nicht, ob er bloß einen anderen gesehen oder es wirklich selbst getan hat.«

»Was machen wir jetzt mit Alan Crowley?«

»An einer Sache«, antwortete Mike, »hat Jamie nicht den geringsten Zweifel gelassen, nämlich an der, dass Alan Crowley das Opfer geküsst hat und anschließend gegangen ist.«

»Boss«, glaubte Artie sich rechtfertigen zu müssen, »so gut wie alles hat auf Alan Crowley als Täter hingedeutet, deshalb haben wir empfohlen, dass Sie die Verhaftung absegnen. Nach den neuesten Entwicklungen steht allerdings sehr in Zweifel, ob er der Mörder ist.«

Matt Koenig dachte über die Folgen nach, die möglicherweise falsche Person verhaftet zu haben. Sein Verdruss war nicht zu übersehen.

»Wir müssen so viel wie möglich über Jamie Chapman herausfinden«, sagte Artie. »Wir brauchen seine Schulunterlagen. Gab es Verhaltensauffälligkeiten, Anzeichen von Gewalttätigkeit? Als Sonderschüler musste für ihn ein Sonderlehrplan vorgelegen haben. Den sollten wir uns besorgen, darüber hinaus müssen wir mit seinen Lehrern reden.«

»Sie wissen, dass dafür eine weitere richterliche Anordnung nötig ist?«, warf Koenig ein.

»Das weiß ich.«

»Und Sie wissen, dass Chapmans Anwalt uns jeden einzelnen Schritt erschweren kann. Aber vielleicht gestattet er uns ja Einsicht in die Unterlagen, wenn er der Meinung ist, es könnte seinem Mandanten helfen.«

»Gut«, entgegnete Artie. »Ich frage mal bei Greg Barber an und versuche herauszufinden, welche Position er vertritt.«

65

Am Morgen nach der Anhörung und dem Pressetumult kamen Artie Schulman, Matt Koenig und Mike erneut zusammen. Die drei wussten, dass sie sich in eine Sackgasse manövriert hatten.

Die scheinbar wasserdichte Anklage gegen Alan Crowley war in sich zusammengefallen. Jamie Chapman war zwar aller Wahrscheinlichkeit nach nicht der Täter, es konnte aber auch nicht gänzlich ausgeschlossen werden. Er hatte von einem »Großen« gesprochen, der Kerry wehgetan habe, und man wusste nicht, ob er damit sich selbst meinte oder einen anderen. Außerdem hatte sowohl Crowleys als auch Chapmans Anwalt angewiesen, dass ihre Mandanten nicht mehr befragt werden durften.

Dazu kam nach wie vor der Fahrer des Abschleppwagens, der Kerry den Reifen gewechselt hatte.

Koenig hatte recht behalten mit seiner Einschätzung, dass Greg Barber ihnen keine Steine in den Weg legen würde, wenn sie um Einsicht in Jamies Schulunterlagen baten. Barber selbst war sie gerade durchgegangen und hatte sie seine Sekretärin kopieren und ins Büro der Staatsanwaltschaft schicken lassen.

Wie erwartet ging aus den Aufzeichnungen hervor, dass sie es mit einem jungen Mann mit gravierenden kognitiven Einschränkungen zu tun hatten. Ebenso deutlich wurde, dass er in der Schule als freundlich und umgänglich eingestuft wurde und es keinerlei Hinweise auf gewalttätiges oder aggressives Verhalten gab.

Alle drei stimmten darin überein, dass sie noch nicht an dem Punkt waren, um vor Gericht die Klage gegen Alan Crowley zurückzunehmen. Matt Koenig fügte noch hinzu, dass er Lester Parker kontaktieren und ihm mitteilen wolle, dass die elektronische Fußfessel entfernt und die Reisebeschränkung außerhalb von New Jersey aufgehoben werden könne. Das würde Parker zwar nicht lange besänftigen, ihm aber deutlich machen, dass er ihm zumindest entgegenkommen wolle.

Koenig beendete das Treffen mit den Worten: »Ich weiß, wir tun alle unser Bestes, um den Fall zu lösen. Die Kritik, die uns möglicherweise entgegenschlägt, müssen wir eben in Kauf nehmen.«

66

Zweieinhalb Wochen waren seit Kerrys Tod vergangen. Das bedrückende Gefühl der Endgültigkeit stellte sich allmählich ein. Aline versuchte abends stets bis etwa halb sieben zu Hause zu sein, um mit ihrer Mutter noch ein Glas Wein zu trinken. Sie glaubte, es würde Fran helfen. Als sie an diesem Abend ins Haus kam, war sehr schnell klar, dass es ihrer Mutter nicht gut ging. Mit verweinten Augen saß sie im Wohnzimmer und blätterte durch ein Fotoalbum.

Fran sah auf, als Aline hereinkam. »Weißt du noch, wie Kerry sich den Knöchel gebrochen hat, damals, als sie elf war? Wie oft hab ich sie gewarnt? Sie konnte gut Schlittschuhlaufen, aber diese Drehungen, die bekam sie einfach nicht so hin, wie sie wollte. Trotzdem hat sie es unermüdlich versucht.«

»Ich erinnere mich«, sagte Aline. »Ich war nie eine gute Schlittschuhläuferin.«

»Nein«, stimmte ihre Mutter zu. »Du warst immer die tolle Schülerin. Kerry war die tolle Sportlerin.«

»Ich denke, es ist Zeit für ein Glas Wein«, schlug Aline vor und nahm ihrer Mutter das Fotoalbum aus dem Schoß.

Fran schloss die Augen. »Ja«, sagte sie gleichmütig.

Aline ging in die Küche. »Hier riecht es ja köstlich«, rief sie.

»Kalbsschnitzel in Tomatensauce mit Mozzarella. Ich dachte, ich koche mal was anderes.«

Aline musste nicht daran erinnert werden, dass dieses Gericht Kerrys Lieblingsessen war. Sie kam mit zwei Gläsern Wein zurück und machte noch einige Lichter an. »Erhelle die Stelle, an der du weilst«, sagte sie.

»Es erstaunt mich, dass du dieses Lied kennst.«

»Mom, ich kenne dieses Lied gar nicht. Ich weiß nur, dass von dir jedes Mal, wenn du ein Licht einschaltest, dieser Spruch kommt.«

Fran lächelte. »Ja, das stimmt wohl.« Und dann: »Aline, ich weiß nicht, was dein Vater und ich getan hätten, wenn du in London geblieben wärst.«

»Ich wäre sofort nach Hause gekommen.«

»Ich weiß. Aber lass uns über was anderes reden. Wie war es heute in der Schule?«

»Ich hab dir erzählt, dass im Abschlussjahrgang alle nur noch auf die Frage fixiert sind, auf welches College sie gehen sollen. Und manche sind beim Schreiben der Essays ein Naturtalent und können mühelos eine ganze Geschichte erzählen. Und andere müssen um jedes Wort ringen.«

Die Eingangstür war zu hören, Steve kam also nach Hause. Er trat ins Wohnzimmer, sah ihre Weingläser und sagte: »Na, irgendwo auf der Welt ist es bestimmt gerade fünf Uhr.«

Er umarmte Fran. »Wie geht's?«

»Heute war kein guter Tag. Ich hatte nichts mehr zu tun und bin an der Highschool vorbeigekommen. Die Mädchen-Fußballmannschaft war beim Training. Das brachte mich wieder zum Grübeln.«

»Ich weiß. Ich hab mir deswegen vorgenommen, nicht mehr an der Schule vorbeizufahren. Gibt es noch Wein, oder habt ihr ihn schon ausgetrunken?«

»Ich hol dir ein Glas, Dad«, sagte Aline.

Als sie in der Küche war, klingelte es an der Tür.

»Erwarten wir noch jemanden?«, fragte Steve.

»Nein«, antwortete Fran.

Während Aline mit dem neuen Glas Wein ins Wohnzimmer

zurückkehrte, kam Steve mit Scott Kimball herein. Was macht er denn hier?, fragte sich Aline verblüfft.

»Hallo, Scott«, begrüßte sie ihn. »Was für eine Überraschung. Meinen Vater scheinen Sie ja schon zu kennen. Das ist meine Mutter Fran. Mom, das ist Scott Kimball.«

»Ich kenne Sie«, sagte Fran. »Scott war Kerrys Lacrosse-Trainer.«

»Scott, was zu trinken gefällig?«, fragte Steve.

»Wenn Sie nichts dagegen haben, nehme ich auch einen Weißwein.«

»Nehmen Sie den hier«, sagte Steve und deutete auf das Glas in Alines Hand. »Ich hol mir ein neues Glas.«

»Setzen Sie sich doch«, sagte Fran.

Und ziehen Sie auch gleich noch die Schuhe aus, dachte sich Aline.

»Also, Scott«, sagte Aline, »was führt Sie hierher?«

»Aline, ich hab versucht, Sie anzurufen. Aber Sie scheinen Ihr Handy ausgestellt zu haben. Heute Nachmittag hat mich ein Freund angerufen. Er ist ganz untröstlich. Er hat zwei Karten für *Hamilton*, für den morgigen Abend, nun muss er aber geschäftlich überraschend weg und hat sie deshalb mir gegeben. Ich habe gehofft, Sie hätten Zeit.«

»Oh, Aline, wie wunderbar!«, rief Fran. »Dein Vater und ich würden das Stück ja so gern sehen.«

Aline fragte sich, ob sie Scott irgendwie dazu bringen konnte, die Musical-Karten ihren Eltern zu überlassen. Sie zögerte und überlegte, wie sie ihm am besten absagen konnte.

Aber Fran antwortete schon für sie. »Oh, Aline, natürlich gehst du mit. Alle sind so begeistert von dem Stück.«

»Scott, das ist sehr nett von Ihnen«, fiel Steve mit ein.

Aline wollte tatsächlich sehr gern *Hamilton* sehen. Nur behagte ihr die Vorstellung nicht, einen dritten Abend mit Scott Kimball zu verbringen. Zudem gefiel es ihr ganz und gar nicht, dass er einfach so hereingeplatzt war. Bevor sie antworten konnte, sagte ihre Mutter aber schon: »Scott, mögen Sie Kalbsschnitzel mit Mozzarella und Tomatensauce?«

»Ich *liebe* Kalbsschnitzel mit Mozzarella und Tomatensauce. Aber ich will mich keinesfalls aufdrängen.«

»Wer mit zwei Karten für *Hamilton* kommt, drängt sich ganz bestimmt nicht auf«, beschied Steve. »Nicht wahr, Aline?«

Darauf konnte sie nun beim besten Willen nichts anderes mehr erwidern als: »Natürlich nicht.«

Scott wurde der Platz ihr gegenüber zugewiesen, wo früher Kerry gesessen hatte.

Beim Essen kam er auf seine Familie zu sprechen. »Ich bin in Nebraska aufgewachsen, wo meine Eltern immer noch leben. Außerdem meine Großeltern. Die Ferien verbringe ich immer bei ihnen. Aber wie ich Aline gegenüber schon erwähnt habe, reise ich gern. Im Sommer bin ich deshalb meistens unterwegs.«

»Wir machen jedes Jahr mit Freunden eine Flusskreuzfahrt«, sagte Fran. »Wie genieße ich diese Reisen. Letztes Jahr waren wir auf der Donau. Im Jahr davor auf der Seine.«

»Eine Flusskreuzfahrt steht als Nächstes auf meiner Liste«, sagte Scott. »Mit welcher Gesellschaft fahren Sie denn?«

Aline schwieg während des Essens. Als Nächstes verkündet er noch, er habe zwei Karten für eine Flusskreuzfahrt, dachte sie. Aber dann mach dich schon mal mit dem Gedanken vertraut, jemand anderen einzuladen.

Beim Kaffee fragte sie sich, warum ihr Scott so auf die Nerven ging. Sie hatte nicht vorgehabt, mit ihm ein zweites Mal auszugehen, musste sich aber eingestehen, dass sie es sehr genossen hatte. Es hatte ihr gefallen, wie besorgt er sich wegen Valerie gezeigt hatte.

Aber Aline hatte keinesfalls vor, sich in eine Beziehung hineindrängen zu lassen, die sie nicht wollte. Sie würde heute Abend das Essen mit ihm hinter sich bringen und morgen mit ihm in *Hamilton* gehen, und das wäre es dann. Punkt.

Dann allerdings musste sie an Mike denken. Wäre er mit den Karten gekommen, hätte sie mit größtem Vergnügen zugesagt.

Am nächsten Abend dann, als Scott sie nach der Musical-Vorstellung nach Hause fuhr und an die Tür begleitete, wusste sie, wie recht sie mit allem gehabt hatte. Als sie nämlich den Schlüssel aus der Handtasche holte, legte er plötzlich die Arme um sie und küsste sie. »Ich verliebe mich in Sie, Aline«, sagte er. »Nein, ich *habe* mich schon verliebt.«

Sie entzog sich seiner Umarmung, steckte den Schlüssel ins Schloss und öffnete die Tür. »Tun Sie uns beiden einen Gefallen – lassen Sie es gut sein«, sagte sie energisch, trat ins Haus und schloss hinter sich die Tür.

67

Mike war kaum in seinem Büro, als Ermittler Sam Hines an die halb geöffnete Tür klopfte. »Mike, ich glaube, ich hab was über den Fahrer des Abschleppwagens, hinter dem wir her sind.«

Mike winkte ihn herein und deutete auf den Stuhl vor seinem Schreibtisch. »Was gibt es?«

»War mehr oder minder ein Zufallstreffer, weil ich gar nicht danach gesucht habe. Ich hatte ja nur Fahrer von Abschleppunternehmen auf dem Radar, die für mehrere Kommunen lizenziert sind. Bislang ist da aber nichts Interessantes aufgetaucht. Aber solche Unternehmen sind ja nicht die Einzigen, die Abschleppwagen betreiben. Schrottplätze zum Beispiel transportieren ja auch Autowracks.«

»Klingt logisch.«

»Das macht diesen Bericht von der Polizei in Lodi so interessant.« Hall fasste zusammen: »Vor drei Stunden wurde dort Edward Dietz festgenommen, vierundzwanzig Jahre alt, wegen Besitz von Kokain und Drogenutensilien. Er wurde auf der Route 16 wegen überhöhter Geschwindigkeit und Rechtsüberholen angehalten. Sein Abschleppwagen ist auf Ferranda Brothers zugelassen, eine Firma in Moonachie, die Autos ausschlachtet.

So, und jetzt wird es interessant. Ich lese von diesem Typen, den sie verhaftet haben, und dann klingelt das Telefon. Sandy Fitchet von der Verkehrspolizei in Lodi ist dran. Fitchet wusste von unserer Suchmeldung. Sie halten diesen Kerl also fest und nehmen sich sein Strafregister vor. Und da findet sich so einiges. Nichterscheinen vor Gericht nach einem Verkehrsdelikt. Mit den Unterhaltszahlungen für ein Kind im Rückstand, und drei Monate zuvor wurde ein Verfahren gegen ihn eingestellt. Da hatte er auf dem Parkplatz des Woodbury Commons Outlet eine Frau zu küssen versucht, deren Wagen nicht anspringen wollte.«

»Warum wurde es eingestellt?«

»Das Opfer war von außerhalb des Bundesstaates und ist nicht zur Zeugenvernehmung erschienen.«

»Wie alt war das Opfer?«

»Siebzehn.«

»Dann hat er es anscheinend gern auf jüngere Frauen abgesehen. Erst hilft er ihnen, dann versucht er es auszunutzen. Gute Arbeit, Sam. Ich würde mich gern sofort mit unserem barmherzigen Samariter unterhalten.«

»Das dachte ich mir schon«, sagte Hines. »Fitchet wartet in der Dienststelle auf dich. Dietz sitzt bei denen noch in der Arrestzelle.«

Langsam schob sich Mike auf der Route 17 in südliche Richtung voran und hoffte, der festgehaltene Fahrer des Abschleppwagens war wirklich derjenige, auf den Kerry getroffen war. Andererseits konnte er sich nur allzu gut vorstellen, wie die Medien ausflippen würden, wenn die Staatsanwaltschaft im Mordfall Dowling nun einen dritten Tatverdächtigen präsentierte. Nicht vorgreifen, ermahnte er sich. Die Wahrscheinlichkeit sprach dafür, dass der Festgenommene nicht der war, den sie suchten.

Nachdem er endlich bei der Polizei in Lodi eingetroffen war, wies ihn der Polizist am Empfang zu einem Raum, wo Sandy Fitchet an einem Tisch wartete. Darauf lagen mehrere Beweismitteltüten. Eine enthielt eine Brieftasche, ein Taschenmesser und eine Schlüsselkette. Eine andere war voller Papiere.

Die Polizistin erhob sich, streckte ihm die Hand hin und stellte sich vor. Mike schätzte sie auf Mitte bis Ende zwanzig.

Sie erläuterte Mike die Umstände, unter denen sie Dietz gestoppt und festgenommen hatten. »Ich bin gerade dabei, seine persönlichen Besitztümer durchzugehen«, sagte sie und verteilte den Inhalt der Tüten auf dem Tisch.

»Das ist eine ziemlich dicke Brieftasche«, sagte Mike. »Was dagegen, wenn ich die mir mal ansehe?«

»Nur zu«, sagte sie, während sie selbst die Tüte mit den Papieren öffnete.

»Was ist das alles?«, fragte Mike und deutete auf die Tüte, die ebenfalls vor Sandy auf dem Tisch lag.

»Das haben wir in seinem Wagen gefunden. Darauf lag eine Crack-Pfeife. Will nur mal sehen, ob sich noch was Interessantes findet.«

»Dann haben Sie den Abschleppwagen durchsucht. Wie haben Sie so schnell einen Durchsuchungsbeschluss bekommen?«

»Wir haben keinen gebraucht. Es ist nicht Dietz' Wagen. Er ist auf Ferranda Brothers registriert. Ich habe mit dem Besitzer gesprochen. Er hat mir erst versichert, dass alles, was ich im Wagen finde, nicht ihm gehört, dann hat er mir sein Einverständnis gegeben, ihn zu durchsuchen.«

»Welchen Eindruck haben Sie von Dietz?«

»Ich kläre ihn gerade über seine Rechte auf, und was macht dieser Mistkerl? Erzählt mir was davon, wie hübsch ich aussehe. Was für ein mieser Typ.«

Mike lächelte. Dietz' Brieftasche war so dick, dass er sich fragte, ob sie überhaupt in seine Gesäßtasche passte. Er zog eine Unzahl von Zetteln heraus und sortierte sie stapelweise. Quittungen von Wendy's, Dunkin' Donuts und McDonald's. Von Tankstellen und Supermärkten. Ein mehrere Wochen alter Strafzettel. Die Quittung einer Motorradwerkstatt. Mehrere

Visitenkarten, unter anderem von einem Arzt und zwei von Anwälten. Mike kannte einen von ihnen, dessen Kanzlei in East Rutherford lag.

Er stutzte, als ihm ein aufgerissener Umschlag in die Finger kam, auf dem eine Telefonnummer gekritzelt war.

Sandy hatte die Veränderung seines Gesichtsausdrucks wahrgenommen. »Mike, was ist?«

Ohne zu antworten, zog er seinen Notizblock aus der Tasche und ging die Seiten durch. Dann sah er zur Nummer auf dem Umschlag. Ein Lächeln erschien auf seinem Gesicht.

»Na, Volltreffer!«, sagte er. »Die Nummer auf dem Umschlag in Dietz' Brieftasche ist Kerry Dowlings Handynummer. Er ist der Typ, den wir gesucht haben.«

»Mike, haben Sie was dagegen, wenn ich vom Nebenraum zusehe, wenn Sie Dietz befragen?«

»Ganz und gar nicht.«

Während Mike im Befragungsraum darauf wartete, dass Dietz zu ihm gebracht wurde, rief er Artie Schulman an. Der stellvertretende Staatsanwalt bestand darauf, nach Dietz' Befragung sofort zurückgerufen zu werden.

Die Tür ging auf, und Sandy Fitchet führte Dietz am Ellbogen in den Raum. Er trug eine ausgebleichte, ölverschmierte Jeans und angestoßene Arbeitsstiefel. Sein ölfleckiges graues T-Shirt war an der rechten Schulter leicht eingerissen, auf der Brust prangte das Logo eines Autoherstellers. Die Hände waren vor dem Körper mit Handschellen gefesselt. Die nackten Arme zeigten die verräterischen Spuren frischer Nadeleinstiche. Er ließ sich gegenüber von Mike auf einem Klappstuhl nieder.

Dietz war knapp eins achtzig groß und hatte kurz geschorene Haare. Obwohl er unrasiert war und dunkle Augenringe hatte, war er nicht unattraktiv.

»Mr. Dietz, mein Name ist Mike Wilson. Ich bin Detective der Staatsanwaltschaft Bergen County.«

»Ich bin Eddie Dietz, aber das wissen Sie vermutlich schon. Es ist mir eine Ehre, Sie kennenzulernen, Detective.«

»Gut, Eddie, ich will Ihnen nicht zu viel von Ihrer kostbaren Zeit stehlen und gleich auf den Punkt kommen. Als Erstes: Ihr Strafzettel, Ihre Verhaftung wegen Drogenbesitzes und Ihre ausstehenden Unterhaltszahlungen interessieren mich null. Ich hoffe, ich habe nichts vergessen. Ich möchte mit Ihnen lediglich über einen meiner Fälle reden, bei dem es um eine junge Frau geht. Kennen Sie zufällig eine Kerry Dowling?«

Dietz überlegte kurz. »Nein, der Name sagt mir nichts.«

»Vielleicht hilft das weiter.« Mike zog ein Bild von Kerry aus einem Umschlag und schob es ihm hin.

Er betrachtete es und sah dann zu Mike. »Tut mir leid, die kenne ich nicht.«

»Sie sagen, Sie *kennen* sie nicht. Wollen Sie mir damit auch sagen, dass Sie ihr nie begegnet sind?«

Dietz schüttelte den Kopf.

»Gut, Eddie, mal sehen, ob wir Ihrem Gedächtnis auf die Sprünge helfen können. Das Mädchen auf dem Foto ist die achtzehnjährige Kerry Dowling. Vor zweieinhalb Wochen hat sie ihre Highschool-Freunde zu einer Party eingeladen, am nächsten Tag ist sie tot im Swimmingpool ihrer Eltern aufgefunden worden.«

»Ach ja, ich glaub, ich hab darüber was im Fernsehen gesehen.«

Mike zog eine Tüte unter seinem Stuhl hervor, legte sie auf den Tisch und deutete auf die Brieftasche darin. »Ist das Ihre?«

»Sieht aus wie meine.«

»Es ist Ihre, Eddie. Und was da alles so hineingestopft ist, das gehört Ihnen dann auch, oder?«

»Kann schon sein.«

»Eddie, besonders interessiert mich das hier.« Er schob ihm den aufgerissenen Umschlag hin.

»Das ist die Telefonnummer von irgendjemandem. Na und?«

»Eddie, lassen wir den Mist. Ungefähr eine Woche vor ihrem Tod waren Sie auf der Route 17 in Mahwah unterwegs. Sie haben angehalten und Kerry Dowling den Reifen gewechselt. Dann haben Sie vereinbart, den Alkohol für ihre bevorstehende Party zu besorgen, zu der Sie ebenfalls eingeladen werden wollten. Sie haben sie sogar gefragt, ob Sie nach der Party vorbeikommen könnten. Als sie ablehnte, sind Sie zudringlich geworden.«

»Ich hab sie zu nichts gezwungen. Sie wollte es doch so.«

»Oh, ganz bestimmt, Eddie. Genau wie die junge Frau auf dem Parkplatz des Woodbury Commons. Ein gut aussehender Kerl, der ihr hilft, weil der Wagen nicht anspringen will. Sie wollte sich nur erkenntlich zeigen.«

»Genau.«

»Eddie, ich würde Sie liebend gern wegen Ihres Übergriffs auf Kerry und wegen Weitergabe von Alkohol an Minderjährige drankriegen, aber das geht leider nicht. Die einzige Zeugin, Kerry Dowling, ist tot. Sie ist ermordet worden. Aber das war noch nicht alles von der Geschichte zwischen Ihnen und Kerry, oder? Denn später am Abend sind Sie …«

»Einen Moment. Sie glauben doch nicht, dass ich …«

»Doch, Eddie. Ich glaube, Sie sind nach der Party zu ihr zurück. Vielleicht waren Sie angetrunken oder high. Als sie sich gegen Ihre Avancen wehrte, sind Sie richtig wütend geworden und haben sie umgebracht.«

Eddies Atem beschleunigte sich. Seine bis dahin trüben, matten Augen funkelten jetzt. »Der Tag, an dem sie gestorben ist, das war ein Samstag, oder?«

»Samstag, der 25. August«, erwiderte Mike. »Der Tag, an dem Sie ihr das Bier besorgt und sie gefragt haben, ob Sie auch mit zur Party kommen könnten.«

»Gut, ich gebe es zu. Ich hab ihr das Bier gebracht, ich hab sie gefragt, ob ich mit auf die Party kann. Aber ich kann beweisen, dass ich an dem Abend nicht mehr bei ihr war.«

»Wie? Wo waren Sie?«

»Ich bin an diesem Abend nach Atlantic City gefahren und im Tropicana abgestiegen. Ich habe fast die ganze Nacht gezockt.«

»Wann sind Sie im Tropicana angekommen?«

»So um zehn hab ich eingecheckt.«

Mike rechnete es schnell durch. Atlantic City lag gut 220 Kilometer von Saddle River entfernt. Auch wenn Dietz sich beeilt hätte, hätte er für die Fahrt mehr als zwei Stunden gebraucht. Wenn er Kerry um 23.15 Uhr ermordet hatte, wäre er frühestens am Sonntagmorgen um 1.30 Uhr dort angekommen.

»In Ihrer Müllkippe von Brieftasche habe ich keine Quittung des Tropicana gesehen.«

»Ich heb nicht alles auf.«

»Sie sind nach Atlantic City gefahren?«

»Ja.«

»Allein?«

»Ja.«

»In wessen Wagen?«

»Meinem.«

»Haben Sie einen E-Z-Pass?«

»Nicht mehr, seitdem ich meine Kreditkarte verloren habe. Seitdem zahle ich die Maut bar.«

»Wie haben Sie das Hotelzimmer bezahlt?«

»In bar.«

»Gut, Eddie. Ich werde Ihre Tropicana-Geschichte überprüfen. Ich weiß ja, wo ich Sie finde, wenn ich Sie noch mal brauche.«

Auf dem Weg zur Tür rief der Polizist am Empfang ihm nach. »Detective, Officer Fitchet fragt, ob Sie vielleicht noch ein paar Minuten warten könnten. Sie wollte mit Ihnen noch kurz reden.«

»Okay.« Mike setzte sich auf einen der Stühle und rief Artie Schulman an, der beim ersten Klingeln ranging. »Artie, ich bin noch bei der Polizei in Lodi. Der Fahrer des Abschleppwagens, der hier festgenommen wurde, ist tatsächlich unser Mann. Er behauptet, zum Zeitpunkt des Mordes in Atlantic City gewesen zu sein. Ich werde es nachprüfen.«

»Gute Arbeit. Ich frag mal nach, vielleicht haben wir ein paar Kontaktpersonen dort, die die Dinge beschleunigen können. Halten Sie mich auf dem Laufenden.«

Aus dem Augenwinkel sah er Sandy Fitchet mit einem Zettel in der Hand auf sich zukommen. Sie nahm neben ihm Platz. »Ich habe gerade mit meinem Onkel gesprochen, Herb Phillips. Er ist Lieutenant bei der Staatspolizei in South Jersey und arbeitet eng mit dem Sicherheitspersonal in den Casinos zusammen. Onkel Herb meint, er und der Sicherheitschef des Tropicana könnten sich morgen um zehn mit Ihnen oder jemand anderem treffen, um die Aufzeichnungen der Überwachungskameras durchzugehen. Hier sind ihre Telefonnummern.«

»Ich bin morgen Vormittag im Gericht. Ich kann also nicht selbst hinfahren. Ich schicke aber einen meiner Ermittler. Und Ihnen schulde ich ein Essen. Vielen Dank für alles«, sagte Mike, bevor er zu seinem Wagen hinauseilte.

Als Erstes rief er Sam Hines an und erzählte ihm von der Befragung von Dietz. »Stell dir den Wecker. Du musst morgen um zehn in Atlantic City sein. Ruf Artie an und gib ihm Bescheid.«

Am nächsten Vormittag war Mike in seinem Büro mit Papierkram beschäftigt. Durch eine Verzögerung beim Prozess war seine Aussage auf den Nachmittag verschoben worden. Um halb zwölf klingelte sein Telefon, das Display zeigte an, dass es sich um das Tropicana Hotel handelte. Er meldete sich.

»Sam, was hast du?«

»Laut der Reservierungsliste war am 25. August ein Einzelzimmer von einem Mr. Edward Dietz gebucht worden. Der Betrag wurde in bar beglichen. Die Aufnahmen der Überwachungskameras zeigen einen jungen Weißen, der um 21.49 Uhr das Hotel betritt – ich bin absolut sicher, dass es sich um Dietz handelt. Es gibt weitere Aufnahmen vom Casino, aber ...«

»Spar dir die Mühe«, sagte Mike. »Wenn er kurz vor zehn in Atlantic City war, hätte er nie bis 23.15 Uhr nach Saddle River zurückkommen können. Richte den Jungs dort unten meinen Dank aus.«

Mike legte auf und atmete tief durch. Er freute sich nicht sonderlich darauf, dem stellvertretenden Staatsanwalt Artie Schulman und Staatsanwalt Matt Koenig berichten zu müssen, dass ihre einzigen Tatverdächtigen im Mordfall Dowling nach wie vor nur Alan Crowley und Jamie Chapman waren.

68

Marina Long überlegte seit geraumer Zeit, ob sie ihren Job aufgeben sollte. Sie hatte sich schon immer für Mode interessiert und arbeitete deshalb im nahe gelegenen Ridgewood in einem Geschäft für Damenbekleidung. Sie hatte ein untrügliches Gespür dafür, ihren Kundinnen Stücke zu präsentieren, die zu ihrer Persönlichkeit und ihrer Figur passten. Schon jetzt hatte sie sich einen kleinen Kreis von Stammkundinnen aufgebaut.

Die Stelle hatte sie kurz nach dem Umzug nach New Jersey gefunden. Die Arbeit machte ihr Spaß, und sie verdiente recht gut. Ihre Sorgen um Valerie aber waren nicht kleiner geworden. Die Stimmung ihrer Tochter hatte sich in den vergangenen Tagen noch weiter eingetrübt. Sie gab sich, falls das überhaupt möglich war, noch reservierter. Das alles bestärkte Marina in der Überzeugung, dass sie am Nachmittag, wenn ihre Tochter von der Schule kam, besser zu Hause sein sollte.

Alles, was sie zu Valerie sagte, schien diese aber nur zu nerven. Marina beschloss, ihrer Tochter von ihrer Entscheidung zu erzählen. »Ich habe mich entschlossen, mir eine Stelle mit anderen Arbeitszeiten zu suchen. Ich werde mich also mal umsehen.«

»Wie du willst.« So lautete Valeries wie immer übliche Reaktion, und damit war das Thema für sie erledigt.

Am Freitagmorgen kam Valerie zum Frühstück nicht nach unten. Marina ging hinauf in ihr Zimmer. Valerie lag zusammengerollt im Bett und schlief tief und fest.

Intuitiv spürte Marina, dass etwas nicht stimmte, sie stürzte ans Bett. Auf dem Nachttisch fand sie eine Tablettendose, deren Deckel aufgeschraubt war. Ambien, das Schlafmittel, das sie gelegentlich nahm. Die Dose war leer.

Sie rüttelte Valerie an der Schulter, drehte sie auf den Rücken und rief ihren Namen. Valerie rührte sich nicht.

Marina sah sie an. Ihre Tochter war kreidebleich, ihre Lippen waren blau angelaufen. Ihr Atem ging ganz flach.

»O mein Gott, nein!«, schrie sie, griff sich das Telefon und wählte den Notruf.

69

Fran und Steve reisten am Freitagmorgen auf die Bermudas ab. Sie hatten beschlossen, ihren Aufenthalt dort auf eine volle Woche auszudehnen. Aline war froh, dass ihre Mutter zugestimmt hatte. Es war nicht zu übersehen, dass Fran immer deprimierter wurde und einen Tapetenwechsel dringend nötig hatte.

Als sie am Freitag von der Arbeit nach Hause kam, erinnerte sie sich an die Post. Sie holte sie aus dem Briefkasten am Ende der Auffahrt, nahm sie mit nach drinnen und legte alles auf den Küchentisch. Erst jetzt fiel ihr ein an Ms. Kerry Dowling adressierter Umschlag auf. Er war von MasterCard.

Aline erinnerte sich, dass ihre Eltern ihr kurz vor dem Weggang aufs College eine Kreditkarte gegeben hatten. »Aber nur für Notfälle«, hatte ihr Vater ihr damals lächelnd eingeschärft, wohl wissend, dass seine und ihre Vorstellung von einem Notfall sehr auseinandergingen. Das Gleiche mussten sie mit Kerry gemacht haben.

Normalerweise hätte sie den Umschlag einfach liegen lassen. Da ihre Eltern aber fort waren, riss sie ihn auf.

Die Rechnung wies lediglich zwei Einträge auf. ETD, ein Reifenservice-Center. Das musste der neue Reifen gewesen sein, den Kerry auf Dads Anraten gekauft hatte.

Der zweite Eintrag stammte vom Coach House, einem Diner in Hackensack. Die Rechnung belief sich auf 22,79 Dollar. Seltsam, dachte Aline. Es gab Diners in Waldwick und Park Ridge, die sehr viel näher an Saddle River lagen. Warum war Kerry so weit nach Hackensack gefahren?

Erstaunt sah sie auf das Datum. Kerry hatte dort am 25. August gegessen, am Tag der Party; dem Tag, an dem sie ermordet worden war.

Aline zückte ihr Handy und ließ sich die Liste ihrer empfangenen Textnachrichten anzeigen. Die SMS, in der ihre Schwester ihr schrieb, sie müsse mit ihr über etwas »SEHR WICHTIGES« reden, war an dem Tag um 11.02 Uhr verschickt worden.

Wieder sah sie auf die Rechnung. Fast dreiundzwanzig Dollar waren viel für eine Person allein. Vielleicht hatte sich Kerry mit jemandem zum Frühstück getroffen und die Rechnung übernommen. Kurz danach hatte sie ihr die SMS geschickt. Konnte da ein Zusammenhang bestehen?

Kerry war am Samstagmorgen im Diner gewesen. Die Wahrscheinlichkeit, dass morgen, ebenfalls einem Samstag, dasselbe Personal dort arbeitete, inklusive der Kellner, dürfte hoch sein.

Mit wem hätte sie sich dort treffen können? Vielleicht mit Alan. Oder mit einer ihrer Freundinnen, vielleicht mit einem der Mädchen aus dem Lacrosse-Team. Dann würde ich gern mit ihr reden.

Aline setzte sich an ihren Computer, rief Kerrys Facebook-Seite auf und druckte einige der Fotos aus.

Vielleicht war alles Zeitverschwendung, dachte sie, aber es könnte wichtig sein, zu wissen, was Kerry an ihrem letzten Lebenstag gemacht hatte.

Der Gedanke, sie könnte vielleicht herausfinden, was sie mit diesem *sehr Wichtigen* gemeint hatte, hielt Aline fast die ganze Nacht wach.

Um Viertel nach acht stand sie auf, duschte und zog sich an. Um 8.45 Uhr war sie schon unterwegs zum Coach House. Ihr gewöhnlich leichtes Frühstück mit Kaffee hatte sie diesmal ausfallen lassen. Wenn sie dort ein Frühstück bestellte, waren die Angestellten dort vielleicht eher in Gesprächslaune.

Erleichtert stellte sie fest, dass nur eine Handvoll Wagen auf dem Parkplatz stand. Zwei Angestellte kümmerten sich um die Gäste an der Theke. Aline sah sich um. Wenn sich Kerry mit jemandem vertraulich traf, hätte sie sich einen Platz ausgesucht, der so weit wie möglich von den anderen entfernt war. Wahrscheinlich einen der Tische rechts oder links am Fenster.

»Wie viele?«, fragte der Mann hinter der Kasse.

»Nur ich allein«, antwortete sie. »Ich hätte gern einen Tisch am Fenster.«

»Klar. Suchen Sie sich was aus. Wo Sie wollen.«

Kurz nachdem sie Platz genommen hatte, kam eine Kellnerin mit der Speisekarte. »Kann ich mit Kaffee anfangen?«

»Aber natürlich.«

Aline schlug den Ordner mit den von ihr ausgedruckten Fotos auf.

Als die Kellnerin mit dem Kaffee zurückkehrte, sagte Aline: »Sie arbeiten am Samstag, wie ich sehe – waren Sie am Samstag, den 25. August, auch hier?«

Die Kellnerin dachte nach. »Mal sehen. Das war also vor drei Wochen. Ja, ich bin da gerade aus dem Urlaub zurückgekommen. An dem Samstag müsste ich hier gewesen sein.«

»Meine Schwester war nämlich an dem Samstag hier. Sie hat sich mit jemandem zum Frühstück getroffen. Mit wem, das versuche ich herauszufinden. Würden Sie sich kurz mal ein paar Fotos ansehen?«

»Klar«, kam die prompte Antwort.

Aline breitete mehrere Bilder auf dem Tisch aus. »Dieses Mädchen«, sagte die Kellnerin, »das kommt mir bekannt vor. Die hab ich schon mal gesehen.« Sie deutete auf Kerry.

»Das ist meine Schwester.«

»O mein Gott«, entfuhr es der Kellnerin. »Ist das nicht die, die im Pool ermordet wurde?«

»Ja«, antwortete Aline leise.

»Die hab ich an dem Tag bedient. Die beiden haben genau an dem Tisch hier gesessen, an dem Sie jetzt auch sind.«

Die Kellnerin beugte sich nun vor und betrachtete ein Bild nach dem anderen. Dann das Foto vom Lacrosse-Team, und dann zeigte sie auf eines der Mädchen. »Das ist sie. Die hier ... hat geweint.«

Sie zeigte auf Valerie.

70

Überraschend klingelte das Telefon, als Marge das Frühstücksgeschirr abräumte. Gus Schreiber war dran, der Geschäftsführer der Supermarktfiliale, in der Jamie arbeitete.

Erstaunt über den Anruf, sagte sie: »Oh, Mr. Schreiber, Sie sind ja immer so nett zu Jamie. Er arbeitet gern für Sie. Ich weiß nicht, was er tun würde, wenn er nicht seinen Job im Supermarkt hätte.«

Es folgte ein verlegenes Schweigen, dann sagte Schreiber: »Mrs. Chapman, deswegen rufe ich Sie an. Unsere Kunden haben für uns absoluten Vorrang. Einige von ihnen haben mich angesprochen und ihre Besorgnis zum Ausdruck gebracht, dass Jamie unter den gegenwärtigen Umständen noch bei uns arbeitet. Ich hoffe, Sie verstehen, was ich Ihnen damit sagen will.«

»Nein, das verstehe ich nicht. Bitte erklären Sie es mir.«

»Mrs. Chapman, nach allem, was Kerry Dowling zugestoßen ist, sind die Kunden unserer Filiale verständlicherweise nervös, wenn Jamie anwesend ist.«

»Sagen Sie ihnen, sie sollten sich eher um Ihren anderen Angestellten Sorgen machen, um dieses Klatschmaul Tony Carter. Sie wissen verdammt gut, dass Jamie immer ein wunderbarer Angestellter war. Daran hat sich nichts geändert. Und jetzt wollen Sie ihn ohne jeden Grund feuern. Sie sollten sich schämen.«

»Mrs. Chapman, es gibt viele Supermärkte in der Gegend, in denen die Leute einkaufen können. Ich muss die Sorgen meiner Kunden ernst nehmen.«

»Auch wenn das bedeutet, dass Sie sich äußerst unfair gegenüber einem loyalen Mitarbeiter verhalten? Ich werde auf der Stelle meine Acme-Karte in den Müll werfen. Und lassen Sie sich eines gesagt sein: Jamie hat einen hervorragenden Anwalt. Der wird von diesem Gespräch erfahren.« Sie knallte den Hörer auf.

Marge hörte Jamie die Treppe herunterkommen. Er war fertig für die Arbeit angezogen. »Mom, ich geh jetzt. Wir sehen uns später.«

»Einen Moment, Jamie. Ich muss mit dir reden. Setz dich, bitte.«

»Mom, ich will nicht zu spät kommen. Ich muss mich doch einstempeln.«

Marge rang um die richtigen Worte. »Jamie, manchmal haben Geschäfte wie Acme nicht genügend Kunden. Wenn das so ist, dann müssen sie dem einen oder anderen Angestellten sagen, dass er nicht mehr für sie arbeiten kann.«

»Heißt das, sie feuern ein paar von meinen Freunden?«

»Ja, das heißt es, Jamie. Aber nicht nur deine Freunde. Du kannst da auch nicht mehr arbeiten.«

»Ich kann da nicht mehr arbeiten? Aber Mr. Schreiber hat gesagt, ich bin einer seiner Besten.«

»Ich weiß, das hat er gesagt, und es tut ihm auch sehr leid.«

Jamie drehte sich um und stapfte wieder die Treppe hinauf. Als er fast oben war, hörte sie noch, wie er in Tränen ausbrach.

71

Nach einigen Besorgungen war Mike am späten Samstagmorgen wieder in seiner Eigentumswohnung. Er hatte keine große Lust auf die am Spätnachmittag noch anstehende Fahrt nach New Brunswick, aber es war der einzige Zeitpunkt, zu dem er sich mit einem Zeugen in einem anderen Fall treffen konnte.

Er wusste, dass es unprofessionell war, mit Aline ein Treffen zu vereinbaren, nur weil er sie sehen wollte. Er musste an den Lieblingsspruch seiner Mutter denken: »Das Herz hat seine Gründe, die der Verstand nicht kennt.« Jedes Mal, wenn zwei Menschen zusammenkamen, von denen man es nicht für möglich gehalten hätte, war von seiner Mutter dieser Spruch gekommen.

Am Abend zuvor war er mit einer Frau beim Essen gewesen, mit der er sich während des Jurastudiums gelegentlich verabredet hatte. Sie war intelligent und attraktiv, er hatte ihre Gesellschaft genossen. Aber sie weckte nicht die gleichen Gefühle bei ihm wie Aline.

Er musste sich wieder vergegenwärtigen, dass seine eigentliche Aufgabe darin bestand, den Mord an einer jungen Frau aufzuklären. Sein Umgang mit der Familie des Opfers, eingeschlossen ihrer Schwester, sollte sich auf das Notwendigste beschränken.

Trotzdem wollte ihm Aline Dowling nicht aus dem Kopf. Oft genug versuchte er sich Gründe auszudenken, die mit dem Fall zu tun hatten und die es ihm ermöglichen würden, sie anzurufen und sich mit ihr auf ein Treffen zu verabreden.

Ihr Bild stand ihm immer vor Augen. Ihre haselnussbraunen Augen mit den langen Wimpern schienen manchmal die Farben ihrer Kleidung widerzuspiegeln. Bei ihrem ersten Treffen hatte sie eine violett-blaue Jacke mit einer dazu passenden Hose getragen, die ihre Eleganz noch betonten. Manchmal trug sie ihre Haare offen um die Schultern. Manchmal hatte sie sie nach hinten gebunden. Mike wusste nicht, was ihm besser gefiel.

Sie hatte ihm von ihrem Verlobten erzählt, der vier Jahre zuvor bei einem Autounfall getötet worden war. Er hatte den Eindruck, dass es im Moment niemanden in ihrem Leben gab. Ihr aus tiefstem Herzen kommendes Eintreten für Jamie Chapman zeugte von absoluter Loyalität, obwohl der Betreffende ein Tatverdächtiger im Mordfall ihrer Schwester war. Zudem versuchte sie die Ermittlungen zu unterstützen, indem sie sich mit Kerrys Freundinnen unterhielt.

Sie maß nicht nur den Verdachtsmomenten gegen Jamie Chapman keine Bedeutung bei, sie war auch davon überzeugt, dass Alan Crowley nicht der Mörder ihrer Schwester war. Der Täter hatte Kerry einen tödlichen Schlag auf den Hinterkopf verpasst. Wer einem achtzehnjährigen Mädchen so etwas zufügte, würde vor nichts zurückschrecken, wenn es galt, der Entdeckung zu entgehen. Daneben wusste er, dass sich Aline große Sorgen um eine Schülerin machte, die Kerry sehr nahegestanden hatte und jetzt an einer Depression zu leiden schien. Aline hatte ihm nicht ihren Namen genannt, daher ging Mike davon aus, dass sie ihm auch sonst wenig über sie erzählen würde.

Sein Handy klingelte, dann sah er den Namen auf dem Display. »Hallo, Aline«, meldete er sich.

»Mike, Sie haben mich vor einiger Zeit gefragt, ob ich weiß, was Kerry mit ihrer SMS meinte, in der sie schrieb, sie müsste mit mir über etwas ›sehr Wichtiges‹ reden. Ich glaube, ich bin gerade ein Stück vorangekommen.«

»Worum geht es da, Aline?«

»Kerry hat mir an dem fraglichen Tag um 11.02 Uhr die SMS geschickt. Auf ihrer Kreditkartenabrechnung habe ich entdeckt, dass sie an diesem Morgen in einem Diner beim Frühstücken war. Die Kellnerin hat sich an Kerry erinnert und gesagt, das Mädchen, das damals bei ihr war, habe geweint. Ich habe ihr Fotos von Kerrys Freundinnen gezeigt, und sie hat das betreffende Mädchen sofort identifiziert.«

»Und um wen handelt es sich?«

»Der Name sagt Ihnen nichts. Valerie Long. Es ist die, von der ich Ihnen erzählt habe. Sie hat mit Kerry Lacrosse gespielt. Kerry hat sich ihrer angenommen, und Kerrys Tod geht ihr daher sehr nah. So, wie es aussieht, hat Kerry mir die SMS gleich nach diesem Frühstück geschickt.«

»Haben Sie irgendeine Ahnung, worüber sie gesprochen haben?«

»Nein. Aber ich werde einen Grund finden, um Valerie am Montag zu mir ins Büro zu bitten. Mal sehen, vielleicht erzählt sie ja etwas.«

»Aline, wenn dieses Mädchen Ihrer Schwester etwas anvertraut hat, was eventuell mit dem Mord zu tun hat, dann kann das für Sie sehr gefährlich werden. Ich schlage Ihnen vor: Holen Sie das Mädchen in Ihr Büro, sagen Sie ihr, dass Sie von ihrem Treffen mit Kerry wissen, und versuchen Sie ihr deutlich zu machen, dass Kerry Ihnen alles erzählt hätte, was sie und Valerie besprochen haben. Sagen Sie ihr, Kerry hätte vorgehabt, Ihnen sowieso alles zu berichten, und wahrscheinlich hätte sie auch gewollt, dass sie Ihnen jetzt alles erzählt. Dann können wir darüber reden, ob es sinnvoll ist, dass ich das Mädchen befrage.«

»Genau das habe ich vor«, sagte Aline. »Danke, Mike.«

»Aline, mir haben unsere Essensverabredungen immer sehr gefallen. Wenn diese Sache vorbei ist …«

»Ja«, unterbrach Aline ihn, »dann will ich, dass Sie mit mir ausgehen.«

72

Am Sonntagmorgen, nach dem 10-Uhr-Gottesdienst, genoss Aline die Ruhe beim Frühstück. Sie las die Zeitung. Die Arbeit, die sie sich mit nach Hause genommen hatte, schob sie noch etwas auf. Noch eine Tasse Kaffee, dachte sie, dann eine Stunde im Fitnessstudio, dann setz ich mich dran.

Als sie vom Tisch aufstand, klingelte das Festnetztelefon. Das Display zeigte nur einen »anonymen« Anrufer an. Sie hob ab.

»Spreche ich mit Aline Dowling?«

»Ja. Wer ist da?«

»Hier ist Marina Long. Tut mir leid, dass ich Sie zu Hause anrufe, aber ich habe Ihre Handynummer nicht.«

»Kein Problem, Mrs. Long. Ich habe erst neulich wieder an Sie und Valerie denken müssen. Sie war am Freitag nicht in der Schule. Ist alles in Ordnung?«

Es folgte eine Pause, bevor Marina antwortete. »Nein.«

»Was ist geschehen?«

»Valerie hat am Freitag einen Selbstmordversuch unternommen ...«

»O mein Gott! Hat sie überlebt?«

»Ja. Ich war den gesamten Freitag bei ihr im Krankenhaus. Sie wurde über Nacht dabehalten. Am nächsten Morgen hat ein Psychiater mit ihr gesprochen. Er meint, wir könnten sie mit nach Hause nehmen. Gestern hat sie fast den ganzen Tag geschlafen, heute scheint es ihr etwas besser zu gehen. Ich mach mir große Sorgen um sie. Ich denke, sie wird noch ein paar Tage zu Hause bleiben und sich ausruhen müssen.«

»Mrs. Long, machen Sie sich darüber mal keine Gedanken. Ich kläre das mit ihren Lehrern. Haben Sie was dagegen, wenn ich sie besuche? Ich könnte sofort kommen. Ich verspreche auch, ich bleibe nur ein paar Minuten.«

»Ich weiß, wie nahe Ihnen das alles geht. Natürlich, kommen Sie vorbei.«

Ein geisterhaft blasse Valerie saß im Familienzimmer auf der Couch, sie hatte ein paar Kissen in den Rücken geschoben und sich eine Decke übergelegt. Aline umarmte sie und zog sich einen Stuhl heran.

»Valerie, wir machen uns alle große Sorgen um dich. Wir wären untröstlich, wenn dir etwas zugestoßen wäre. Ich wollte dir nur sagen, dass wir dir alle sehr zugetan sind und dir in jeder erdenklichen Weise helfen wollen. Wenn du jemanden zum Reden brauchst, dann bin ich da.«

Valerie sah sie an. »Verstehen Sie das denn nicht? Ich kann nicht mit Ihnen reden«, entgegnete sie und wandte sich ab.

Aline fuhr nach Hause, wo sie sofort Mike anrief. Da sie ihn nicht erreichte, hinterließ sie eine Nachricht und teilte ihm von ihrem Besuch bei Valerie und deren Selbstmordversuch mit.

Mike hörte erst nach seiner Joggingrunde die neuen Nachrichten ab. Sofort versuchte er Aline zurückzurufen, die allerdings nicht ranging. Natürlich hatte er keinerlei belastbare Indizien, aber sein Gefühl sagte ihm, dass Kerrys Frühstückstreffen mit Valerie irgendwie im Zusammenhang mit ihrer Ermordung am Abend dieses Tages stand.

Die Zeit ist von entscheidender Bedeutung, dachte er. Zwei Verdächtige warteten darauf, dass der Fall gelöst würde. Bei Online-Recherchen stellte er fest, dass der Name Long nur einmal in Saddle River registriert war. Angegeben war auch der Straßenname.

Er rief eine Kollegin an, damit sie ihn begleitete. Ja, falls er das Treffen arrangieren könne, hätte sie Zeit.

Zwanzig Minuten später klingelte sein Handy. Es war Aline. »Tut mir leid, dass ich Ihren Anruf verpasst habe. Ich war im Fitnessstudio und hab mein Handy zu Hause gelassen.«

»Aline, ich befürchte, Kerrys Tod könnte etwas mit ihrem Treffen mit Valerie im Diner zu tun haben. Erst recht, nachdem das Mädchen jetzt versucht hat, sich umzubringen. Daher will ich keine Minute mehr warten. Eine sehr erfahrene und einfühlsame Kollegin wird mich begleiten. Ich möchte Sie bitten, rufen Sie Valeries Eltern an und fragen Sie, ob wir heute noch bei ihnen vorbeikommen könnten. Sie vertrauen Ihnen. Aus diesem Grund wäre es vielleicht besser, wenn Sie den Anruf übernehmen.«

»Mach ich. Ich melde mich wieder.«

Zehn Minuten später rief Aline zurück. »Mike, es hat etwas gedauert, bis ich sie überzeugen konnte. Sie fürchten, dass Valeries Zustand noch zu labil ist. Aber sie sind einverstanden, wenn Sie um achtzehn Uhr kommen – sofern Sie sofort wieder gehen, wenn Valerie alles zu sehr mitnehmen sollte.«

»Aline, ich danke Ihnen sehr. Ich schulde Ihnen eine Essenseinladung. Wie wäre es damit gleich heute Abend, so um halb acht, acht Uhr? Unmittelbar nach dem Besuch bei Valerie?«

»Gern.«

73

Aline, die sich auf das Treffen mit Mike freute, duschte und trat anschließend vor ihren Schrank. Sie wählte eine marineblaue Seidenbluse, dazu eine eng anliegende Jeans. Sie war gerade mit dem Make-up fertig, als das Telefon klingelte. Der Name auf dem Display war eine Überraschung. »Hallo, Mrs. Chapman.«

»Ich spreche mit Aline Dowling?«

»Ja.«

»Aline, hier ist Brenda Niemeier. Ich bin eine enge Freundin von Marge. Das hier ist ihr Handy. Sie hat mich nämlich gebeten, Sie anzurufen.«

»Mit Mrs. Chapman ist alles in Ordnung?«

Aline hörte, wie die Frau mit den Tränen kämpfte. »Ich bin im Pascack Valley Hospital. Es sieht so aus, als hätte Marge einen Herzinfarkt gehabt. In ihrer Handtasche wurde die Anweisung gefunden, dass man in einem Notfall mich verständigen soll, damit ich die Entscheidungen treffe, zu denen sie nicht mehr in der Lage ist.«

»O mein Gott«, entfuhr es Aline. Insgeheim war sie wenig überrascht. Sie konnte sich nur allzu gut vorstellen, unter welcher Anspannung Marge in den vergangenen Wochen gestanden haben musste. »Brenda, was kann ich tun, um Ihnen zu helfen?«

»Bevor Marge in den OP-Saal gebracht wurde, hat sie sich noch große Sorgen um Jamie gemacht. Sie hat gefragt, ob Sie rübergehen und sich für eine Weile um ihn kümmern könnten.

Sagen Sie ihm, dass alles gut wird. Vielleicht könnten Sie auch noch dafür sorgen, dass er was zu essen bekommt. Marge macht sich schreckliche Sorgen, dass keiner mehr für Jamie da ist, wenn ihr etwas zustößt.«

»Sagen Sie Marge, dass ich mich natürlich um Jamie kümmere. Bitte geben Sie mir unverzüglich Bescheid, wenn Sie Neues über ihren Zustand wissen.«

»Das mach ich. Marge hat mir immer gesagt, wie nett Ihre Familie ist, und wie glücklich sie sich schätzen darf, Sie als Nachbarn zu haben.«

Aline verabschiedete sich, rief sofort wieder Mike an und erzählte ihm von Marge. »Ich geh jetzt rüber zu Jamie. Wir können uns ja später im Haus der Chapmans treffen.«

»Gut. Aber bitte vor dem Haus. Vergessen Sie nicht, es ist mir nicht gestattet, mit Jamie zu reden.«

74

Auf dem Weg zu Valerie rief Mike Detective Angela Walker an, die ebenfalls schon unterwegs war. Er erklärte ihr die Abfolge der Ereignisse, angefangen mit dem Auffinden der toten Kerry im Familienpool. Dazu äußerte er seinen Verdacht, dass beim Frühstück am Morgen von Kerrys Tod etwas vorgefallen sein musste, was unmittelbar danach zum Abfassen der SMS geführt hatte, in der sie ihrer Schwester mitteilte, sie müsse mit ihr über etwas »sehr Wichtiges« reden.

Mike hatte aus einem ganz bestimmten Grund Angela ausgesucht. Die Afroamerikanerin war gerade vierzig geworden und besaß die außergewöhnliche Gabe, bei Jugendlichen genau den richtigen Ton anzuschlagen. Er hatte persönlich miterlebt, wie sie einen achtzehnjährigen Drogendealer bei einer Befragung in Grund und Boden gestarrt hatte, und er hatte gesehen, wie feinfühlig sie mit einem Zehnjährigen umgegangen war, dessen Eltern vor seinen Augen erschossen worden waren. Wenn jemand Valerie dazu bringen konnte, sich ihnen zu öffnen, dann wäre dies Angela.

Marina Long begrüßte sie an der Tür. Sie führte sie ins Familienzimmer, wo Valerie in eine Decke gehüllt auf der Couch saß. »Wayne und ich sind im Zimmer nebenan, falls Sie uns brauchen«, sagte Marina und ging.

Mike und Angela nahmen auf den zwei Stühlen Valerie gegenüber Platz. Nachdem sie kurz zu Mike und Angela geschaut hatte, stierte sie wieder mit leerem Blick vor sich hin.

»Valerie«, begann Mike. »Zuallererst: Wie geht es Ihnen?«

»Ganz okay«, antwortete sie leise.

»Das ist Detective Angela Walker. Sie arbeitet mit mir am Fall von Kerry Dowling.«

Immer noch sah Valerie stur geradeaus.

»Valerie«, fuhr Mike fort, »ich weiß, dass Kerry Dowling Ihre Freundin war. Ich weiß, wie schrecklich es ist, eine Freundin zu verlieren, und ich bin mir absolut sicher, dass Sie auch wollen, dass der Täter für sein Verbrechen zur Verantwortung gezogen wird.«

Valerie sah unverändert vor sich hin, ihre Gesichtszüge aber hatten sich verhärtet.

»Valerie, am Tag ihres Todes hat Kerry am Morgen um elf Uhr noch eine SMS an ihre Schwester Aline in England geschickt. Darin hat sie ihr geschrieben, dass sie mit ihr über etwas ›sehr Wichtiges‹ reden muss. Sie hat diese SMS unmittelbar nach dem Frühstück im Coach House, einem Diner in Hackensack, weggeschickt. Waren Sie mit Kerry an diesem Morgen dort?«

»Nein«, sagte Valerie und zog die Decke enger um sich.

»Valerie, der Kellnerin im Diner sind Fotos von Kerrys Freundinnen gezeigt worden. Sie hat Sie als das Mädchen identifiziert, das mit Kerry im Lokal gewesen war.«

Valerie schüttelte vehement den Kopf, Tränen traten ihr in die Augen. Ihr Atem ging heftig. Die Hände hatte sie mittlerweile zu Fäusten geballt.

Mike wollte bereits die nächste Frage stellen, als er Angelas Hand auf seinem Arm spürte. Sie musste ihm nicht sagen, dass sie das Gespräch übernehmen wollte.

»Valerie, haben Sie was dagegen, wenn ich mich zu Ihnen auf die Couch setze? Ich bin gern nah bei den Menschen, mit denen ich rede.«

Ohne auf eine Antwort zu warten, ging Angela zur Couch. Valerie rutschte zur Seite und machte ihr Platz.

»So ist es besser«, sagte Angela. »Wie alt sind Sie denn, Valerie?«

»Sechzehn.«

»Sechzehn«, wiederholte Angela. »Ich hab eine Tochter, die ist siebzehn. Sie ist Ihnen sehr ähnlich. Ein hübsches Mädchen. Und richtig gut im Sport.«

»Wie heißt sie?«, fragte Valerie.

»Penelope. Sie kann den Namen nicht leiden. Sie will, dass alle sie nur Penny nennen. Sie meint, Penelope, so heißen nur Clowns.«

Ein schwaches Lächeln huschte über Valeries Gesicht.

»Sie ist auch in anderen Dingen wie Sie. Wenn ihr etwas zu schaffen macht, ist es richtig schwer, mit ihr darüber zu reden. Sie macht dann dicht und lässt keinen an sich ran.«

Valerie sah von Angela weg.

»Valerie, ich möchte, dass Sie mich ansehen. Dass Sie mir direkt in die Augen sehen.«

Valerie wandte sich ihr wieder zu.

»Und ich würde Ihnen gern die Hand halten. Ist das okay für Sie?«

Valerie nickte, und Angela umfasste sanft die Hand des Mädchens.

»Schauen Sie mich an. Ich weiß, Sie tragen etwas ganz Schreckliches mit sich herum. Und es wird Ihnen erst wieder besser gehen, wenn Sie es herauslassen.«

Valerie schüttelte den Kopf.

»Valerie, Sie sind hier in Sicherheit. Was immer Ihnen Schmerzen bereitet oder Angst einjagt, Sie können etwas tun, damit es aufhört«, sagte Angela und strich ihr eine Haarsträhne aus dem Gesicht.

»Ich kann nicht«, flüsterte Valerie mit fast kindlicher Stimme.

»Doch, du kannst das, Valerie. Du musst keine Angst mehr haben. Du bist jetzt in Sicherheit. Du bist in Sicherheit.«

Valeries Atem ging noch heftiger, Tränen traten ihr in die Augen.

»Es ist in Ordnung, Liebes. Du bist in Sicherheit.«

»Er vergewaltigt mich!«, schrie sie mit einem Mal laut, zuckte und schluchzte und ließ sich dann in Angelas Umarmung fallen.

75

Aline eilte über die Terrasse, durch den Garten und um die Hecken herum zu Marges Grundstück. Es war ein ungewöhnlich kühler, wolkenbedeckter Abend, die Sonne verschwand gerade hinter dem Horizont.

Aline sah das Licht im Zimmer oben, von dem sie wusste, dass es Jamies Zimmer war. Durch das offene Fenster war der Ton des Films zu hören, den er sich ansah. Sie klingelte, wartete, aber es rührte sich nichts.

Erneut ging sie nach hinten und rief zu Jamies Zimmer hinauf. Er erschien am Fenster und sagte ihr, sie solle hochkommen.

Aline stieg die Treppe hinauf. Wann hatte sie zum letzten Mal auf ihn aufgepasst? Es musste fast zehn Jahre her gewesen sein.

Das Anklopfen an seiner Tür reichte aus, um sie aufschwingen zu lassen. Er lag auf dem Bett und starrte an die Decke. Der Fernseher war jetzt aus. Es war offensichtlich, dass er geweint hatte.

»Meine Mom ist im Krankenhaus«, sagte er. »Sie ist vom Krankenwagen geholt worden. Jetzt wird sie auch sterben und bei meinem Dad im Himmel sein.«

Aline ließ sich auf der Bettkante nieder. »Jamie, viele, die ins Krankenhaus gebracht werden, werden gesund und kommen wieder nach Hause. Wir dürfen die Hoffnung nicht aufgeben und müssen beten, dass es deiner Mom wieder besser geht, dann wird alles gut.«

»Mom ist im Krankenhaus, weil ich böse war. Ich komme ins Gefängnis, weil ich was Schlimmes getan habe. Ich war mit Kerry schwimmen.«

Tränen liefen ihm übers Gesicht. Er zitterte am ganzen Körper.

O mein Gott, dachte Aline. Ihm ist noch nicht einmal klar, was die anderen ihm vorwerfen.

Aline strich ihm über die Arme. Dann umfasste er sie, so fest, dass es fast wehtat. Trotz seiner eigenen Aussagen konnte sie nicht glauben, dass dieser sanfte Mensch Kerry irgendetwas angetan hatte. War das die Gelegenheit herauszufinden, was ihrer Schwester wirklich zugestoßen war?

Sie ließ ihm etwas Zeit, damit er sich beruhigte, dann stand sie auf und trat ans Fenster. Die Lichter in ihrem Garten waren gerade angegangen und leuchteten im fahlen Dämmerlicht.

Sie musste an ihr Psychologiestudium denken. Eine besonders interessante Vorlesung hatte von Traumabewältigung bei jugendlichen Opfern gehandelt, indem das auslösende Ereignis erneut nachgespielt wurde. War der Abend von Kerrys Tod für Jamie ein traumatisches Ereignis gewesen? Hatte irgendjemand ihn gebeten zu erzählen, was vorgefallen war – ihn derart gebeten, damit er die Geschichte auf seine ihm ganz eigene Art und Weise erzählen konnte?

»Jamie, hast du schon was gegessen?«

»Nein.«

»Ist Chinesisch immer noch dein Lieblingsessen?«

»Sesamhühnchen, weißer Reis und Wonton-Suppe«, sagte er und lächelte nun wieder.

»Gut. Ich werde das Essen bestellen, aber davor spielen wir ein kleines Spiel. Wir tun so, als wäre es der Abend von Kerrys Party.«

Sie begannen damit, dass Jamie aus dem Fenster sah. »Kerry

hat eine Party gehabt«, sagte er. »Alle sind nach Hause gegangen, und Kerry war ganz allein.«

»Kerry war also allein. Was hat sie gemacht?«

»Sie hat aufgeräumt. Dann ist Alan Crowley gekommen. Er mag Kerry. Er hat sie geküsst und umarmt.«

Sie zeigte auf ihren Garten. »Aus welcher Richtung ist Alan gekommen?«, fragte sie.

Jamie schien verwirrt. Aline nahm ihn an der Hand. »Komm, wir gehen in den Garten. Und dann zeigst du mir alles, was du an dem Abend getan und was du gesehen hast.«

76

Eine ganze Weile lang weinte Valerie, ohne etwas zu sagen. Angela hielt das Mädchen fest, das seinen Kopf an ihrer Schulter vergrub.

»Wer, Valerie?«, fragte Angela. »Wer hat dir das angetan?«

»Das kann ich nicht sagen. Ich hab es Kerry erzählt, und jetzt ist sie tot. Es ist meine Schuld.«

Ihre Stimme überschlug sich. Angela wiegte sie in den Armen. »Valerie, Valerie, dir geschieht hier nichts, du bist in Sicherheit.«

Marina und Wayne, die sie hatten schreien hören, kamen ins Zimmer gestürzt. »Valerie!«, rief Marina.

Mike sah zu Wayne. Aline hatte ihm erzählt, dass Valerie ihren Stiefvater nicht mochte. War er es, der ihr das angetan hatte?

Mike sprang auf, als Wayne zu Valerie eilte und vor ihr in die Hocke ging. »Valerie, Liebes, sag uns, wer dir das angetan hat. Du musst es uns erzählen.«

»Es ist ... es ist ... mein Trainer, Scott Kimball. Er war es. Er wird nicht aufhören.«

»Der Trainer«, rief Marina aus. »Mein Gott, wir haben ihn erst heute Nachmittag kommen lassen. Er hat sich so besorgt gegeben wegen Valerie. Wir haben ihn sogar mit Valerie allein gelassen.«

»Er hat mich gewarnt, ich soll niemandem was sagen. Er hat gesagt, ›du weißt, was mit Kerry passiert ist‹«, schluchzte Valerie.

Wayne erhob sich. »Ich bring ihn um«, sagte er ganz leise.

Mike war so verblüfft wie alle anderen. Irgendwie musste Scott Kimball herausgefunden haben, dass sich Valerie Kerry anvertraut hatte. Mike zückte sein Handy und wählte Alines Handynummer. Sie ging nicht ran. War sie in Gefahr? »Ich muss bei Aline nachsehen«, sagte er abrupt.

»Gehen Sie«, sagte Angela. »Ich kümmere mich hier um alles.«

Er stürzte aus dem Zimmer und rannte zu seinem Wagen. Während der Fahrt rief er bei der Polizeidienststelle in Saddle River an. »Sofort Streifenwagen zum Haus der Chapmans schicken, 15 Waverly Road. Scott Kimball, männlich, weiß, Anfang dreißig, wird der Vergewaltigung und des Mordes verdächtigt, könnte vielleicht dort sein.«

77

Sie gingen nach unten, verließen über die Hintertür das Haus und überquerten den Rasen. Als sie das Grundstück der Dowlings betraten, blieb Jamie stehen. Mit geneigtem Kopf ging er hin und her, als würde er etwas im Gras suchen.

»Jamie, was machst du da?«

»Er ist nicht da«, sagte er.

»Was ist nicht da?«, fragte Aline.

»Der Golfschläger. Er hat hier im Gras gelegen.«

»Warte hier, Jamie.«

Sie lief zur Garage, nahm sich einen Schläger, kehrte zu Jamie zurück und gab ihn ihm.

»Er hat hier gelegen«, sagte er, legte den Schläger ins Gras und hob ihn wieder auf. »Ich wollte Kerry beim Aufräumen helfen.«

»Zeig mir, was du damit gemacht hast.«

Jamie ging mit dem Schläger zum Pool-Bereich. Dann besah er sich den Schläger. »Der hier ist sauber. Der andere war schmutzig.« Er legte ihn auf einen Liegestuhl am Beckenrand.

Als Jamie den Schläger aufgehoben und zur Terrasse gebracht hatte, glaubte er also, er würde ihr beim Aufräumen helfen, dachte Aline. Das erklärt seine Fingerabdrücke auf der Tatwaffe.

Sie folgte ihm. Sie standen vor der Terrasse.

»Du machst das ganz toll, Jamie. Alan ist nach der Party noch mal zu Kerry zurückgekommen?«

»Ja.«

»Zeig mir, woher er gekommen ist und was er gemacht hat.«

Jamie ging um die Hausecke, außerhalb ihrer Sichtweite.

Dann drehte er um und erschien wieder. Er nahm den Schläger vom Liegestuhl und legte ihn auf den Steinboden. »Alan hat das gemacht«, sagte Jamie, nahm den Schläger und lehnte ihn gegen einen Terrassenstuhl

»Und was hat Alan dann gemacht?«, fragte Aline leise. »Tu so, als wäre ich Kerry. Mach alles, was auch Alan gemacht hat.«

Jamie kam zu ihr. Er umarmte sie und küsste sie auf die Stirn. Dann ging er fort und verschwand wieder um die Hausecke.

Als Jamie zurückkam, sagte Aline: »Wir spielen immer noch unser Spiel. Tu wieder so, als wäre ich Kerry. Und jetzt zeig mir, was der ›Große‹ getan hat. Zeig mir, woher er gekommen ist.«

Jamie ging zur anderen Seite des Gartens, die an den Wald grenzte.

Aline spürte ihr Handy in der Tasche vibrieren. Sie zog es heraus und sah den Namen auf dem Display: Mike Wilson. Aber sie wollte ihr »Spiel« mit Jamie nicht unterbrechen. Ich rufe gleich zurück, dachte sie.

Auf Zehenspitzen schlich Jamie durch den Garten. Als er sich der Terrasse näherte, bedeutete er Aline, sich näher an den Pool zu stellen.

»Umdrehen«, sagte er. Aline stand nun mit dem Rücken zu Jamie, blickte aber über die Schulter nach hinten. Jamie nahm den Schläger, der am Stuhl lehnte, hob ihn hoch, während er sich näherte, und holte damit aus.

»Okay, Jamie, das reicht«, sagte Aline, während sie schützend die Hände hob.

»Das hat der Große gemacht.«

»Der Große ist also aus dem Wald gekommen. Er hat den Schläger genommen und Kerry geschlagen. Das hat er gemacht?«

Jamie nickte und warf den Schläger ins Gras neben dem Pool.

Und Aline zwang sich zur nächsten Frage: »Jamie, bist du der Große gewesen, der Kerry geschlagen hat?«

Jamie schien verwirrt von der Frage. Er schüttelte den Kopf, sah sich überall um, dann schweifte sein Blick zum Wald, und seine Miene änderte sich. Er fuchtelte mit dem Arm und rief: »Aline, er war es. Er hat sie geschlagen. Der Große hat sie ins Wasser gestoßen.«

78

Mike raste durch die Chestnut Ridge Road und bog in die Waverly Road ein. Intuitiv hatte er die Sirene nicht angeschaltet. Wenn Kimball tatsächlich bei Aline sein sollte, wollte er ihn nicht warnen.

Er bog in die Auffahrt zum Grundstück der Chapmans, lief die zwanzig Meter zur Haustür und drückte auf die Klingel. Noch während das Wartens entsicherte er seine Waffe.

»Komm schon, Aline, mach auf«, sagte er, klingelte erneut und schlug mit der flachen Hand gegen die Tür.

79

Völlig entgeistert sah Aline zu Scott Kimball. Er kam auf sie zu und hatte eine Pistole auf sie gerichtet. Sein Grinsen war eine verzerrte Grimasse. Er fing an zu lachen.

Dann sah er zu Jamie. »Nach einem Lacrosse-Training hast du mir mal erzählt, dein Dad hätte dich immer ›Großer‹ genannt. Und ich hab dir erzählt, dass mein Dad mich auch so genannt hat.«

»Scott«, entfuhr es Aline, »was machen Sie denn hier? Sind Sie völlig verrückt?«

»Nein, du bist es, Aline«, antwortete er. »Genau wie Kerry. Valerie dazu zu bringen, Dinge zu erzählen, die euch nichts angehen.« Er lachte laut. »Was habt ihr beide bloß an euch, du und Kerry, dass euch die Leute Dinge anvertrauen, über die sie besser schweigen sollten? Im letzten Monat habe ich gemerkt, dass es immer schwieriger wurde, Valerie unter Kontrolle zu halten. Es war nur eine Frage der Zeit, bis sie es jemandem erzählen würde. Und ich hatte das Gefühl, dass dieser *jemand* deine Schwester Kerry sein würde. Also hab ich Kerrys Wagen mit einem Peilsender versehen. Den gibt es übrigens immer noch, nur ist er jetzt an deinem Auto befestigt. Daher weiß ich auch, dass du heute Morgen Valerie einen Besuch abgestattet hast. Aber zurück zu Kerry. An dem Samstagmorgen, als Kerry Valerie abgeholt hat, bin ich dem Signal zum Diner gefolgt. Sie haben am Fenster gesessen. Demselben, an dem du auch gesessen hast, als du der Kellnerin die Fotos gezeigt hast. Ich konnte nicht hören, worüber Kerry und Valerie gesprochen haben, aber ich musste bloß die Gesichter sehen, und ich wusste, dass Valerie ihr ihr Herz ausgeschüttet hat.«

»Sie haben Kerry umgebracht!«, rief Aline. »Warum?«

»Es war Valeries Schuld. Sie hat sich an mich rangemacht.«

»Warum haben Sie Kerry getötet?«

»Aline, mir ist nichts anderes übrig geblieben. Valerie war leicht unter Kontrolle zu halten. Aber Kerry, keine Chance. Zum Glück bekam ich Kerrys kleine Auseinandersetzung mit. Ich habe eine Stunde dort drüben im Wald gewartet und wollte schon los, als – wer hätte das gedacht – Kerrys Romeo um die Ecke kommt, Alan Crowley.«

»Er hat Kerry umarmt und geküsst«, sagte Jamie.

»Ich weiß, Jamie, ich hab es selbst gesehen. Aber was ich nicht bedacht hatte, und das sind jetzt keine erfreulichen Neuigkeiten für dich, Jamie, war, dass du das alles auch gesehen hast ...«

»Sie sind ein Feigling, Scott«, unterbrach Aline ihn. »Sie haben sich hinterrücks an meine Schwester herangeschlichen und ...«

»Oh, das war nicht mein Plan, Aline. Ich hatte eigentlich vor, sie zu erschießen. Aber als Alan Crowley den Golfschläger auf die Terrasse gebracht hat und dann gegangen ist, habe ich, na ja, etwas improvisiert.«

Fieberhaft überlegte Aline, wie sie ihn dazu bringen konnte, weiterzureden. Sie dachte an Mikes Anruf, den sie nicht angenommen hatte. Ich muss ihn so lange beschäftigen, bis er da ist.

Scott kam auf sie zu.

»Scott, Sie müssen das nicht tun«, flehte Aline.

»Doch, ich muss es tun, Aline. Wenn ihr nicht mehr am Leben seid, du und dein Freund Jamie, dann wird Valerie den Mund halten. Genau wie das letzte Mal.«

80

Vielleicht hat sie Jamie zu sich ins Haus geholt, dachte sich Mike. Er wollte schon wieder zu seinem Wagen zurück, als ihm einfiel, dass er doch einfach die Abkürzung hinten über die Gärten nehmen konnte. Hinter dem Haus der Chapmans sah er, dass im Garten der Dowlings die Lichter brannten. Mit einem Seufzer der Erleichterung sah er Aline und Jamie am Pool stehen. Er wollte ihnen schon zurufen, stutzte dann aber. Aline sprach nicht mit Jamie, sondern beide sahen in Richtung des bewaldeten Abschnitts hinter dem Grundstück. Und Aline stand vor Jamie, als wollte sie ihn beschützen.

Leise durchquerte Mike den Garten der Chapmans und näherte sich der Hecke, die die beiden Grundstücke voneinander trennte. Dann sah er einen Mann, der sich den beiden mit einer Waffe in der Hand näherte. In der Ferne waren jetzt Polizeisirenen zu hören.

Mike zog die Pistole, schob die linke Hand unter die rechte, mit der er die Waffe umfasst hielt, und ging in Feuerstellung.

»Kimball«, rief er. »Keine Bewegung! Lassen Sie die Waffe fallen!«

Scott fuhr herum. Aline stieß Jamie auf den Boden und warf sich über ihn.

Scott drehte sich wieder um, richtete die Pistole erneut auf Aline und drückte ab. Sein Schuss verfehlte ihren Kopf nur um wenige Zentimeter.

Mike feuerte sofort. Sein erster Schuss traf Scott an der linken Schulter. Scott sackte zusammen, hob dann die Waffe und feuerte wild um sich. Mikes nächster Schuss zerschmetterte Scott zwei Rippen, sodass er nach hinten gerissen wurde und die Pistole über die Terrasse schlitterte.

Mike spurtete über den Rasen zur Terrasse, die Pistole hatte er immer noch auf den sich am Boden krümmenden Scott gerichtet. Vor dem Haus der Chapmans hörte er gellende Sirenen und quietschende Reifen.

»Hier rüber!«, rief er den Polizisten zu, die um das Haus gelaufen kamen. Er hielt ihnen seine Dienstmarke hin und deutete auf Kimball: »Holen Sie einen Krankenwagen und nehmen Sie ihn fest.«

Aline half Jamie auf die Beine.

»Seid ihr verletzt?«, rief Mike, während er zu ihnen lief.

Ohne darauf zu antworten, schlang Aline die Arme um Mike.

»Der Große hat uns erschießen wollen«, rief Jamie. »Das war nicht sehr nett.«

»Gott sei Dank ist euch nichts passiert«, sagte Mike und hielt sie fest.

»Das mit dem Abendessen wird aber nichts«, flüsterte Aline. »Planänderung. Wir werden mit Jamie chinesisch essen.«

81

Marge lag auf der Intensivstation des Krankenhauses. Ein EKG zeichnete ihre Herzaktivitäten auf.

Die Operation war erfolgreich verlaufen. Die Wirkung des Narkosemittels ließ allmählich nach, worauf ihre großen Sorgen um Jamie nun umso stärker zurückkehrten.

Es klopfte an der Tür, Vater Frank kam herein. »Wie geht es Ihnen, Marge?«

»Schwer zu sagen, ganz gut, glaube ich.«

»Nun, ich habe Neuigkeiten, bei denen es Ihnen gleich viel besser gehen dürfte. Jamie genießt mit Aline sein chinesisches Essen. Sie wird heute Abend bei ihm übernachten.«

Vater Frank beschloss, nichts von den Schüssen zu erzählen, die auf Aline und Jamie abgegeben wurden, sondern sagte nur: »Die Polizei hat Scott Kimball verhaftet, den Lacrosse-Trainer an der Highschool. Sie ist sich zu hundert Prozent sicher, dass er Kerry Dowling ermordet hat. Er ist der ›Große‹, von dem Jamie immer gesprochen hat.«

Die Sekunden verstrichen, bis ihr die Bedeutung des Gesagten so richtig bewusst wurde. »Oh, Gott sei Dank«, entfuhr es Marge dann. »Gott sei Dank und der gesegneten Jungfrau.«

82

Alan saß mit seinen Eltern im Familienzimmer. Seitdem sie von Jamies möglicher Verstrickung im Mordfall an Kerry erfahren hatten, konnten sie nicht mehr aufhören, die Lokalnachrichten zu sehen. Eine Eilmeldung zog ihre Aufmerksamkeit auf sich. Eine Reporterin stand vor der Highschool. »Saddle River, New Jersey. Scott Kimball, der Lacrosse-Trainer der örtlichen Highschool, ist wegen Mordes an Kerry Dowling verhaftet worden.«

Unmöglich, dachte sich Alan. Das kann doch nicht sein.

Aber so war es. Schockiert hörte er zu, als von Kimballs Versuch berichtet wurde, Aline und Jamie zu töten. Die Tränen schossen ihm in die Augen, während seine Mutter vor Erleichterung aufschrie. »Ich kann noch gar nicht fassen, dass es vorbei ist«, sagte er. »Für Jamie und für mich. Dann gehe ich ja doch nach Princeton.«

83

Fran und Steve genossen ihr ruhiges Abendessen im Hamilton Princess Hotel auf Bermuda. Sie waren die einzigen Gäste in ihrem Bereich des Restaurants. Plötzlich signalisierten ihre Handys gleichzeitig den Eingang einer neuen Nachricht. Sie kam von Aline. *Seht euch das an und ruft mich sofort zurück!!!!!!!!!!*

Erstaunt setzte sich Fran neben Steve. Er tippte auf den Link, worauf die CBS-Lokalnachrichten geöffnet wurden. Es wurde von der Verhaftung Scott Kimballs wegen des Mordes an Kerry Dowling berichtet sowie von Aline, die Jamie das Leben gerettet hatte, als Kimball sie beide erschießen wollte.

Fran und Steve fielen sich in die Arme, nachdem ihnen dämmerte, dass sie beinahe auch noch ihre zweite Tochter verloren hätten.

»Fran, Fran«, sagte Steve mit heiserer Stimme. »Man darf gar nicht daran denken, was alles hätte passieren können.«

Fran, erleichtert und überwältigt vor Dankbarkeit, fand kaum noch Worte. Dann flüsterte sie: »Fliegen wir nach Hause. Ich muss Aline in die Arme schließen.«

Epilog

Drei Monate später

Scott Kimball war noch während seiner Genesungszeit im Krankenhaus zur Anklage vernommen worden. Vorgeworfen wurden ihm der Mord an Kerry Dowling, dazu versuchter Mord an Aline Dowling und Jamie Chapman, Schusswaffenbesitz zu ungesetzlichem Zweck sowie schwere sexuelle Nötigung von Valerie Long.

Der Staatsanwalt hatte Valerie und ihren Eltern mitgeteilt, dass bei sämtlichen anderen Anklagepunkten überwältigende Beweise gegen Kimball vorlägen und er den Rest seines Lebens im Gefängnis verbringen würde. Valerie müsse daher nicht vor Gericht aussagen, falls sie das nicht wollte.

Valerie folgte dem Rat ihrer Eltern, die Hilfe eines Therapeuten anzunehmen, um mit den zahlreichen persönlichen Verlusten und dem durch Scott Kimball erlittenen Missbrauch fertigzuwerden. Waynes wutentbrannte Reaktion, als er von Kimballs Übergriffen gehört hatte, stand ihr lebhaft vor Augen. Zum ersten Mal konnte sie ihn nun als ihren Vater betrachten.

Zwei Stents im Herzen verbesserten Marges Gesundheitszustand beträchtlich. Dennoch beharrte sie darauf, es habe bereits genügt, dass die über Jamie schwebende Bedrohung vorbei war – eine andere Medizin habe sie gar nicht gebraucht.

Jamie war außer sich vor Freude, dass der Geschäftsführer des Acme-Supermarkts ihm seine Stelle wieder anbot. Aufgrund Marges vehementer Forderung einigte man sich sogar darauf, dass er eine Gehaltserhöhung bekam.

Princeton nahm Alan unverzüglich für das Januar-Semester auf. Er zählte die Tage, bis er endlich an die Uni gehen konnte. Drei Monate zuvor hatte er noch keine Ahnung gehabt, welche berufliche Laufbahn er später einschlagen würde. Jetzt wusste er, dass er Anwalt werden wollte.

Im Moment arbeitete er fünf Abende in der Woche als Weihnachtsaushilfe bei Nordstrom. June hatte ihm die Stelle im Kaufhaus besorgt.

Aline und Mike hatten schon in dem Augenblick, in dem sie sich nach der Schießerei umarmt hatten, gewusst, dass es ihnen bestimmt war, einander für immer festzuhalten. Sie wollten im Herbst heiraten, nach Kerrys einjährigem Todestag. Fran und Steve würden immer zutiefst um Kerry trauern, aber sie freuten sich auch, dass Aline und Mike zusammen waren. Und Fran sah bereits eine Zukunft vor sich, in der sie ein Enkelkind in den Armen halten würde.

Vater Frank würde die Trauung leiten. Mikes Eltern hatten Aline sofort ins Herz geschlossen und hätten über die Wahl ihres Sohnes nicht glücklicher sein können.

Und Vater Frank hatte Aline, Mike, Fran und Steve einen Ausspruch Rose Kennedys mit auf den Weg gegeben: »*Nach jedem Gewitter singen die Vögel. Warum soll es den Menschen verwehrt sein, sich am Sonnenlicht zu erfreuen, das ihnen noch bleibt?*«

Danksagung

Das jüngste Buch ist fertig, und es ist wieder mal an der Zeit, allen zu danken, die mich ermutigt und ihre Kenntnisse mit mir geteilt haben.

Michael Korda, seit vierzig Jahren mein Lektor, war auch diesmal mein Leitstern. Dir allen Dank der Welt, Michael.

Marysue Rucci, Cheflektorin bei Simon & Schuster, die wie immer alles klug und aufmerksam begleitet hat.

John Conheeney, meinem außergewöhnlichen Ehemann, der mir seit über zwanzig Jahren zuhört, wenn ich zum x-ten Mal lamentiere, dass diese Geschichte nicht funktionieren würde.

Kevin Wilder, der mir beigebracht hat, wie ein Ermittler an einen Mordfall herangeht.

Kelly Oberle-Tweed für ihre Kenntnisse zur Arbeit von Studien- und Berufsberaterinnen.

Mike Dahlgren für sein Wissen über die Vorgehensweise von Universitäten bei der Bewerbung von umstrittenen Studierenden.

Meinem Sohn Dave, der bei jedem Schritt an meiner Seite war. Einen Großteil der Handlung habe ich ihm zu verdanken.

Meinem Enkel David, der am Fragilen-X-Syndrom leidet. Ich danke dir, dass du mich zu der Figur des Jamie inspiriert hast.

Und zum Schluss natürlich Ihnen allen, meinen Leserinnen und Lesern. Ich hoffe, ich habe Sie mit dem vorliegenden Buch gut unterhalten. Gott schütze Sie alle.